Le
Fem ... tte

ZUT, ON A ENCORE OUBLIÉ MADAME FREUD...

DU MÊME AUTEUR

Le petit caillou *(Laffont)*
Des dimanches et des dimanches *(Laffont)*
Aux lèvres pour que j'aie moins soif *(Tchou-Laffont)*
Elle lui dirait dans l'île *(Laffont)*
Moi j'aime pas la mer *(Balland)*
Écoute *(Gallimard)*
Et alors les morts pleureront *(Gallimard)*
L'écrivain ou la sixième roue du carrosse *(Julliard — col. Points fixes)* Essai
Le temps usé *(Balland)*
La natte coupée *(Grasset)*
Soleils *(Nadeau)* Poésie

FRANÇOISE XENAKIS

ZUT, ON A ENCORE OUBLIÉ MADAME FREUD...

JClattès

Pour Ianni
Pour Mâkhi.

Pour Nicole : un sacré petit capitaine.

PROLOGUE

— Oh excusez-moi je ne vous ai pas présenté Mme Mahler, j'ai complètement oublié...

« Mme Marx non plus ? où ai-je la tête ? Mais vous comprenez, le Maître... (la voix baisse alors d'un ton).

« Ah c'est vous, madame Freud ?

« Zut ! on a encore oublié Mme Freud.

« Mme Socrate ? mais il était pédé !

« Il avait une femme Marx ?

Comme vous (courageuse mais pas téméraire j'ai pris mes exemples chez les mortes), j'avais remarqué, bien sûr, que les femmes d'hommes célèbres étaient le plus souvent oubliées, comme si la lumière qui auréole la tête de leur mari (une bougie allumée dans une soupente rend bien plus noir le noir, c'est connu) les renvoyait dans l'ombre, oblitérées, tant le rayon du projecteur était centré sur l'homme. Bien, je l'avais remarqué et comme vous je m'étais fait une raison... Et puis un jour de Noël, il y a trois ans maintenant, au Maroc, il était 4 heures de l'après-midi et le soleil n'était plus assez fort pour vivre sur la terrasse ; me restait alors un autre bonheur physique possible ; me coucher sous une masse de couvertures blanches avec une pile de livres mais, attention, une pile de livres déjà lus, et les relire ou plutôt les retraverser, m'arrêtant de-ci, delà, ouverte au bonheur intense de retrouver des mots déjà connus. J'ai attrapé les *Mémoires d'Alma Mahler* où Henry-Louis de la Grange (celui qui use sa vie depuis trente ans à traquer celle de Mahler) avait au crayon et dans la marge écrit de telles horreurs sur Dame Alma, sur cette femme qui osait seulement vouloir exister elle aussi, que, moi que les femmes agacent souvent, j'ai soudain eu une révélation, je me suis sentie chargée d'une mission. Il fallait que j'aille au charbon, au feu, pour cette pauvre Alma que l'on connaît trop sous le nom de la « veuve des Quatre-'z'Arts ; elle a, en effet, épousé Mahler puis Gropius, aimé Kokoschka et est morte veuve Werfel (musique, architecture, peinture, littérature and co.) ; aussi pendant le dîner, je me suis entendue dire : « Tu sais, quand tu en auras fini avec ton M. Mahler, moi j'écrirai la défense de sa femme, car c'est impossible qu'elle ait été l'imbécile, l'orgueilleuse, la vaniteuse, la dure, l'allumeuse et la froide que l'on dit et ton Mahler a dû l'étouffer, c'est évident, un jour, oui, je chercherai... »

Et l'idée ne m'a plus quittée. Plus, elle a balayé un projet de livre qui faisait son trou en moi depuis quelques mois déjà, et puis en vrac des visages de femmes se sont imposés, des noms, des détails à me trotter dans la tête... Bref, je devenais une pasionaria et m'emballais : « Je veux sauver de la médisance et de l'oubli la femme légitime du créateur, voire du génie. En reprenant les biographies des plus célèbres on doit pouvoir dénicher leurs légitimes cachées derrière les fourneaux, ensevelies sous les moutons de poussière coincés derrière les commodes, sous les pieds là où on ne va jamais avec le balai, traquer les détails... Et après, laver, recoiffer ces femmes-là, leur peigner les sourcils, poser du rose sur leurs joues, oui les rincer de ce gris et de cette couleur de pellicules sous lesquels les noient immanquablement les quelques historiographes patentés qui sont arrivés jusqu'à elles. Quitte à mentir parfois, mais qu'est-ce que le mensonge ? »

Un créateur, un artiste, un génie c'est qui ? Pour moi c'est un homme qui fait avancer le monde en créant, en inventant. Donc il n'y aura pas de femmes d'hommes d'État, ils ne sont en aucun cas des créateurs au sens où je l'entends ! J'ai tort ? Possible, mais c'est mon affaire et c'est mon livre.

Après... Les recherches ont commencé et horreur ! Les gigantesques créateurs, les Platon, Rabelais (moine, père de famille, un fils), Villon, Pascal, Beethoven, Baudelaire, Van Gogh, Stendhal, Nerval, Poe, Botticelli, Maupassant, Flaubert, Delacroix et autres... NE SE SONT PAS MARIÉS ! Et arrivent, en masse, les homosexuels notoires et assumés, donc célibataires : Léonard de Vinci, Michel-Ange, Rimbaud, Ravel, Proust, Loti, Pierre Louÿs, Cocteau... Dieu merci, demeurent quelques homosexuels mariés : Gide, Oscar Wilde, Verlaine, Aragon... Ainsi parmi les plus grands beaucoup ne se sont pas mariés, n'ont pas créé de famille officielle et n'ont vécu que pour ce qu'ils portaient en eux, ne se payant que des coups de cœur ou des coups de cul mais qui ne venaient en rien et jamais empiéter sur l'essentiel : leur œuvre à accoucher !

Ainsi, pas de Mme Beethoven, pas de Mme François Villon, pas de Mme Brahms... et chez les romantiques me direz-vous, vous avez cherché ? Oui mais ceux-là pour la plupart ont choisi de vivre de grandes affaires très compliquées, « illégales ». Après quoi ils composaient ou peignaient des œuvres sublimes baignées de leurs larmes ! En effet longtemps les créateurs ont cru qu'il leur fallait vivre et souffrir intensément pour créer. En tout cas, pas de vraie Mme Musset, pas de vraie Mme Chopin... ce qui n'arrange pas du tout mes affaires ! Et aujourd'hui ? Être la femme légitime d'un créateur célèbre, n'est-ce pas considéré comme une profession en soi ? Il est bien entendu (du moins doit-il le croire puisqu'on le lui dit !) qu'un créateur est pour les choses de la vie un nimbus, un innocent, un minable et sa femme doit s'occuper de tout afin qu'il consacre ainsi chaque instant de sa vie à *sa* création... Puisqu'elle est femme et donc réceptacle à spermatozoïdes et de surcroît douée, chacun le sait (c'est dans ses gènes), pour surveiller les dossiers de banque, d'U.R.S.A.F.F. et de retraite, et même assez intelligente pour savoir rédiger pour lui les lettres de rupture quand, petites phalènes trop insistantes, les admiratrices (ou admirateurs) se font trop présents et exigeants ; finalement, elle doit être là : garde-fou.

Mais peut-elle se réaliser aussi ? Bref, peut-il y avoir deux soleils sous une même auréole ? *La lettre* de Mahler à Alma sa fiancée en sonne, et pour maintes autres générations encore, le glas.

Et pourtant, il est des femmes qui par amour — l'intérêt seul ne suffit pas — acceptent ces mariages sacerdoces. S'il y a des exceptions ? Des femmes d'hommes célèbres qui s'accomplissent ? Oui, mais elles se comptent sur les doigts d'une main et ce n'est pas le sujet du livre ! Oui, il y en a qui, épouses de créateurs, existent indépendamment, c'est vrai, mais qui dira ce qu'elles auraient pu faire encore et encore si... ? Personne. A cela on doit aussi me rétorquer que certaines ont réussi à passer du stade de la velléité à celui de la création (qu'elles portaient certes en elles), justement par amour pour leur créateur de mari. Pour l'étonner, l'intéresser. Mais les autres, « par lâcheté » dites-vous, cèdent ? Non, dans l'ensemble elles se font délibérément, sciemment, la soignante, la servante, la vendeuse, parfois du créateur choisi par amour. Et, ne les abaissez pas, il arrive qu'au début au moins elles admirent le créateur et même certaines jusqu'à la fin ! Sinon ? Il n'y a pas de longues unions. Regardez les couples d'acteurs où chacun doit briller, où chacun pour continuer à avoir le courage de vivre doit se répéter : « moi d'abord, moi d'abord... » Combien de ces couples-là durent-ils ? Tandis que celle qui décide d'être l'épouse légitime d'un créateur dit : « d'abord lui, lui, lui... » Elle s'efface et puis, le temps venant, elle dit (parfois, souvent) peu à peu : « nous... » On connaît tous de ces femmes de maître qui parlent, parlent de *leurs* théories... de *leurs* bleu-vert... de *leur* montée chromatique...

Que ce soit Xanthippe, la femme de Socrate, ou celle de Victor Hugo, de Marx, de Freud ou de Mahler (et de tant d'autres...), elles ont été demandées en mariage par un homme qui sentait sourdre, impérieuse, la création. Ils ont, honnêtes, prévenu qu'ils étaient atteints de cette maladie-là et ont dit « aide-moi, aide-moi », c'est-à-dire « écoute-moi, accepte tout, comprends tout, fais-toi douce quand je le veux, lascive, sauvage quand je le veux et n'oublie pas de payer le gaz, démerde-toi pour les impôts et fais en sorte que tes mômes ne fassent pas de bruit dans l'appartement car je crée, MOA ! » On s'amuse et on sort du sujet ? Encore deux secondes s'il vous plaît ; si une femme sent le même geyser sourdre en elle, peut-elle exiger de son mari cette même servitude consentie ? Vous croyez que je vais dire oui ? Non. Attendez, si, j'en sais au moins une dont le mari a été la femme parfaite ! C'est M. Meneghini, l'époux de la Callas. Tour à tour sa couveuse, son accoucheuse, sa chambrière, il l'a aidée à choisir ses robes, a veillé sur sa (non) nourriture, son sommeil, ses cachets (médicaments et fric) et il l'a attendue dans les coulisses avec d'abord une petite laine qui est devenue un gros chinchilla... Oui, il faudra, un jour, que je consacre un portrait à M. Meneghini qui est l'expression parfaite de ce que j'appelle « la légitime sublime ».

Je crois que ceux qui choisissent le mariage savent parfaitement en le faisant qu'ils s'imposent un piquet. Un piquet dans un enclos et eux attachés à la ficelle ? Certes ils font des ronds, parfois de grands ronds et s'en vont têtes tirées manger au-delà des barbelés mais, assez vite repus, ils redonnent du mou à la ficelle et reviennent s'accoter au piquet et alors que de temps gagné de nouveau avec cette légitime-piquet !

Stop... Je me lance et à partir de faits précis, historiques, avec en premier mon cœur (midinette à vie), ma tête et mon imagination et, sans oublier mon but initial « défendre la femme légitime du créateur célèbre » coûte que coûte, je vais m'amuser à faire renaître des femmes oubliées, méconnues, méprisées... Je vais les réinventer, qu'elles existent enfin, elles aussi...

Bien sûr ce livre sera comme une cour mal pavée, et il y aura des trous. Livre totalement subjectif, il est des épouses que j'ai abandonnées en route. En clair, elles me barbaient.

2e PROLOGUE. LIVRE FINI.

27 septembre 1984.

« ... Mais dites-moi tous vos maris sont horribles ! »

Non mais j'ai délibérément choisi des hommes qui ont sacrifié le plus souvent leur propre vie et donc aussi celle de leurs proches à leurs œuvres et suis arrivée, c'est vrai, à la conclusion que peut-être bien, peut-être bien qu'un authentique génie est condamné à la non-vie ou encore que la vie telle que nous vivants mortels l'entendons n'est pas pour lui.

Mais par souci d'équité il me faudra m'atteler à la vie et à la défense des maris de femmes célèbres.

Amateurs, amatrices de biographies historiques n'entrez pas ici, ce roman n'est pas pour vous. Certes j'ai lu maints et maints livres sur les maris et je sais la plupart de leurs œuvres mais partant de dates et de faits réels je leur ai fait très souvent dire autre chose, sûre, absolument sûre, que c'était moi qui étais dans le *VRAI*. Très vite je me suis prise à les aimer, à les respecter et ce roman n'est pas demeuré longtemps le résultat d'une boutade, ne sachant plus ce qui en appelait au connu ou à la création romanesque, prise de passion pour elles quand je me suis rendu compte que mes femmes avaient toutes vécu un amour hors du commun : un amour mortel.

MARTHA BERNAYS

1861-1951

épouse : SIGMUND FREUD

Sigmund Freud, bretelles bavaroises pendantes, sa culotte courte lui entravant les pieds fichés dans des souliers à clous — la famille revient de pique-niquer — ahane sur Martha sa femme, sa femme qui porte ce jour-là une lourde et longue jupe de laine verte et des bas blancs serrés par des jarretières au-dessus des genoux qu'elle a ronds. Dans la chambre de l'auberge à Travemünde (là où ils avaient vécu huit jours après leur mariage et où ils revenaient souvent l'été), volets fermés, des stries de soleil viennent frapper les cuisses écartées de Martha... Sigmund est en elle, il s'agite, se secoue d'avant en arrière en un mouvement régulier, systématique. Il donne l'impression de compter. Pourtant, parfois, il s'arrête, coupe le rythme un instant et, coudes écartés de chaque côté de Martha, dresse la tête, barbe tendue, expire profondément, puis reprend, une-deux, une-deux, tandis qu'il murmure d'une voix qui s'affole un rien des douceurs à l'oreille de Martha... des noms de desserts... Puis il lui soulève une main afin qu'elle lui caresse la nuque tout en la priant de l'appeler « mein Sacher-Törter ». Et elle, Martha, qui a toujours préféré le salé au sucré, irritée de cette manie maniaque qu'il a des noms de desserts, se prend elle aussi, en

attendant que tout s'achève, à se raconter des recettes de cuisine. De plus, cet après-midi-là, elle s'était agacée... Deux fois elle avait demandé à la cuisinière de l'hôtel de faire des boulettes de foie haché à la sauce tomate — le professeur adorait cela — et les deux fois elles n'avaient pas été bonnes. Cette sotte s'obstinait à hacher l'oignon cru et à le mêler au foie, et elle, Martha, elle en était sûre : l'oignon doit être frit avant d'être touillé au foie cru... Ou alors c'est elle qui se trompait ? Décidément très agacée, elle eut un mouvement de recul qui désarçonna Herr Doktor Sigmund Freud qui, agacé lui aussi, recoinça alors ses deux pieds à elle entre ses brodequins, se réajustant ainsi plus profondément. Ses mots se précipitaient, Martha connaissait parfaitement son rythme, sa voix devenait rauque, il allait bientôt l'appeler sa « petite Sachertorte... »
Après, tout irait vite... Alors Martha s'occupa d'elle.

Passées les premières semaines de vie conjugale qui l'avaient laissée courbatue, surtout dans la nuque, tant Sigi avait pris dès la première fois l'habitude de la posséder en travers du lit et de lui laisser la tête pendue en contrebas, passé les premières semaines et habituée assez vite à ce sexe court et large qui entrait bien gentiment en son milieu, elle avait doucement mais fermement dit à Sigi que cette position lui donnait la nausée et des courbatures et qu'elle aimerait dorénavant accomplir le devoir conjugal au mitan du lit. Sigi l'avait priée de l'excuser et n'avait plus jamais, jamais varié sa position. Et aussi, passé les premiers mois, Martha Bernays, épouse Freud, avait repris ses rêveries, rêveries qu'elle laissait venir depuis sa prime enfance : images maintenant parfaitement ritualisées, aménagées au cours des ans et qui la menaient immanquablement à l'orgasme. Mariée, elle avait répugné à les faire venir, se l'était même interdit au début, sûre que Herr Doktor Sigmund Freud saurait l'émouvoir mais, hélas ! incapable de s'endormir après les étreintes de son mari, tendue, anxieuse, elle s'était peu à peu autorisée à laisser revenir les images... Et cet après-midi, étouffant sous sa jupe relevée, serrée dans son corset qu'il ne lui avait pas laissé retirer, gênée par ces boulettes de foie décidément trop lourdes, irritée par Martin leur fils aîné qui avait peur de tout et qui braillait devant un monticule, sûr qu'il ne saurait pas le grimper... Ça y est, il en était à la Sachertorte alors, honteuse parce qu'elle ne lui avait jamais avoué et qu'elle était une femme d'une grande droiture, elle s'abandonna, s'ouvrit plus large, et les yeux clos sur elle, laissa venir les images : elle a sept ans environ Martha Bernays, et punie, on l'emmène en voiture à cheval, voir le grand directeur de la pension. Elle est confuse la petite Martha car la directrice du pensionnat lui a interdit ce matin de porter sa culotte. Elle arrive, poussée au dos (par qui ?) dans le bureau du directeur : il est en train de manger, il a l'air d'un paysan en bras de chemise — s'il a des poils ? oui beaucoup —, il mange du lapin en sauce. Il rit, demande à la personne qui accompagne Martha — homme ? femme ? — si tout est préparé comme il le veut. L'accompagnateur doit répondre d'un signe car Martha n'entend pas de voix. Puis l'homme, le directeur, lui offre un verre de vin qu'il la force à boire. Elle essuie de sa petite main les traces violettes au-dessus de sa bouche et il l'assied face à lui sur ses genoux écartés puis passe sa main sous les jupons... C'était sa terreur à la petite Martha et justement... « mais c'est qu'elle n'a pas de culotte, cette petite mademoiselle pas de culotte, pas de culotte, cette petite mademoiselle... vilaine... » et ça devient chanson tandis que d'un seul élan il l'empale sur son sexe. A cet instant-là Martha jouit, envahie par l'odeur d'un sexe d'étalon qu'elle avait vu sortir fumant d'une jument, un jour, — elle avait cinq ans, — elle traversait une boulée près de Hambourg, dans la forêt de Wandslek, où elle s'était écartée de sa mère et de Mina sa sœur, subjuguée par le bruit de petites médailles qui s'entrechoquent et que faisait le faîte des bouleaux... Des heures ? En tout cas le temps s'était arrêté, elle était restée comme pétrifiée, envoûtée... Deux ou trois jours après elle s'était aperçue que lorsqu'elle faisait revenir à nouveau cette image de l'étalon, une chaleur montait d'elle. Et un peu plus tard elle se rendit compte qu'en mettant à ce moment-là sa main dans l'intérieur de son sexe et en l'agitant, cette chaleur augmentait jusqu'à un paroxysme qui la laissait en sueur et enfin prête au sommeil.

Toute son adolescence elle peaufina l'histoire. Il lui fallait dorénavant et l'étalon et le directeur en bras de chemise.

Fiancée... des fiançailles interminables, plus de quatre ans, l'attente était si dure qu'il lui arrivait de faire appel à cette histoire plusieurs fois par jour, se jurant que mariée ça ne serait plus nécessaire — elle chasserait à jamais cette histoire. Mais un soir où Sigmund, apaisé, lui, s'était endormi la main enroulée dans sa tresse, l'angoisse, l'énervement furent tels que — bien sûr elle n'aurait jamais osé bouger pour se caresser près de lui — elle recommença à se raconter son histoire favorite et le sommeil arriva bien mieux... Et puis, et puis un soir, un soir où l'image de la petite fille sans culotte était là, encore incrustée sur sa rétine, si forte, et qu'au même moment Sigi relevait un peu le bas de sa chemise de nuit, elle laissa s'avancer toutes les images et son corps se prêta mieux alors à Sigi. Et Sigi en eut l'air si heureux, il répétait « tu vois, tu vois tu as éprouvé du plaisir » il dit même un mot qu'elle ne comprit pas... il eut l'air si fier qu'à partir de cette nuit elle laissa dans ces moments-là revenir les images — mais dans le même temps, elle devenait triste, Martha, très triste. Est-ce qu'elle ne trompait pas ainsi son cher

Sigmund ? « Il faut que je lui dise, que j'avoue mais comment ? »

Alors, elle mangeait, mangeait et grossissait, grossissait aussi durant ces vacances — encore huit jours —, elle s'était juré de tout lui raconter. Le Herr Doktor Sigmund lui mordillait le lobe de l'oreille et répétait « tu sens la Sachertorte », ça allait venir... Vite, elle accéléra son film intérieur et tandis qu'il soupirait un peu plus fort et que sa tête tombait contre son épaule et que sa barbe cessait de la piquer au visage pour se recroqueviller comme un petit hérisson dans son cou, elle en était au braquemard de l'étalon... Et cet après-midi-là, tandis que les enfants remontaient déjà vers la pension — l'heure du goûter était proche —, ce fut bien. Une grande réussite qui laissa heureux longtemps Martha et Sigmund...

Les fiançailles de Martha Bernays avaient duré quatre ans et ce malgré les réticences de sa mère, une veuve qui trouvait que ce Freud était de bien basse extraction à côté de leur famille (ce qui était vrai au demeurant) — d'autant plus que le frère aîné de Martha était tombé amoureux d'une sœur, sans dot, du même Herr Docktor, et que Minna la sœur de Martha aimait un loquedu tuberculeux qui s'obstinait à n'étudier que le sanscrit mais qui eut le bon goût de mourir avant qu'il n'y ait eu consommation. Martha Bernays était tombée folle d'amour devant ce gentil étudiant en médecine, pauvre comme Job et condamné à aider ses sœurs et ses frères tant son père était âgé et n'avait jamais réussi à faire de bonnes affaires ! Quatre ans de fiançailles où Sigmund — elle rêvait d'être à lui puisqu'elle l'aimait — lui criait : « *notre amour est brûlant, mais nous devons garder entre nous l'épée de Tristan* ».

— Tu es un bourgeois, lui disait-elle en riant...

— Mais toi aussi, répondait-il sérieux, puisque tu seras la mère de mes enfants.

— Non, non, disait-elle en secouant son chignon, seulement si tu le veux...

— Je le veux...

Fin juin.

Martha ferme la maison du 19 Berggasse à Vienne, les tapis sont roulés, enveloppés de papier journal imbibé de pétrole (bien plus efficace que le camphre), que les mites ne s'y frottent pas. Les matelas sont repliés, attachés, serrés. Les armoires ouvertes, du papier bleu recouvre les vitres, que le soleil ne vienne pas faner les papiers peints. Les meubles sont recouverts de housses blanches à rayures bleues. Elle a déjà été deux fois à la gare se faire donner les mesures — elle ne peut s'empêcher de penser que téléphoner lui aurait fait gagner du temps, mais son docteur de mari déteste cet engin —, les mesures des banquettes du train de 3e classe qui va à Semmering. C'est là qu'ils vont cette année encore, mais Mathilde et Martin et même Ernst sont trop grands pour dormir en travers. Il va falloir prendre deux compartiments de 3e classe ; dans le sien il y aura les malles et les trois plus petits : Olivier, Sophie et Anna. Mathilde, Martin et Ernst, sous la surveillance de Marie (les bonnes s'appelaient toujours Marie, du moins du jour où elles entraient au service de M. et Mme Freud, le professeur ainsi n'avait pas à chercher le nom de la servante), voyageront dans l'autre. Il aurait fallu quatre banquettes mais tant pis, elle n'en louera que 3, on verra bien. Sigmund, lui, viendra un peu plus tard quand la villa de location aura perdu son air impersonnel et quand les objets auxquels il tient seront en place : statuettes, bronzes, vases sans lesquels, — il faut qu'il les touche —, il ne peut écrire.

Et que les enfants exaltés aient fini de fouiller partout ! Elle lui laissera dans l'entrée de l'appartement à Vienne son billet de 1re classe, avec un petit mot pour lui dire que sa place est réservée dans la voiture de tête dans l'angle droit côté paysage évidemment dans le sens de la marche. Elle laissera aussi dans l'entrée le petit plaid bleu et vert dont il aime s'entourer les genoux et qui sait, peut-être acceptera-t-il de lire, pour une fois, un roman de Thomas Mann, *les Buddenbrook,* qu'elle posera sous le billet.

— Martha, meine Liebe, pourquoi perds-tu tant de temps à lire des romans ?

— Mais mein Lapin, parce que les romanciers savent tout d'instinct, eux.

— Comment peux-tu énoncer une chose si peu scientifique avec un tel aplomb ?

— Parce que c'est ainsi...

Et elle lui souriait alors du mieux qu'elle savait... Et lui, dépité, baissait la tête, il le savait bien, Sophocle en tête, que les créateurs devinent tant de choses et qu'ils n'ont pas à le prouver, eux...

Le soir, en vacances, alors qu'à Vienne les enfants dînaient avant les parents, ils dînaient tous ensemble, mais Martin était encore plus nerveux qu'en ville. Nerveux ? Non plutôt fébrile, inquiet de mal faire, d'être maladroit devant son père et bien sûr il l'était. Martin avait de l'asthme. A vrai dire il éprouvait des difficultés terribles à respirer dès qu'il voyait son père s'approcher de sa mère. Enfant, il allait sur ses six ans, c'était un après-midi, son père lui avait dit, ainsi qu'à Mathilde et à Olivier, d'aller cueillir des myrtilles pour le goûter tandis que les parents eux remontaient vers l'hôtel... Le docteur, ce jour-là, portait une culotte courte en daim vert et des bretelles brodées d'edelweiss, et sa mère une longue jupe plissée verte ou bleue, non, verte, et des bas blancs. Et puis, lui, Martin, avait cru voir un serpent, il avait eu bien trop peur pour le tuer mais il était inquiet, si sa sœur et son petit frère en cueillant des myrtilles se faisaient piquer? Lui, de peur, ne cueillait rien. Alors il s'était décidé, « il faut aller chercher papa et c'est à moi, le plus grand, de le faire ». Et il avait couru, couru... Personne dans les salons, personne dans la salle à manger, la porte de la chambre de ses parents était entrouverte... son père cul nu fiché dans sa mère, cuisses écartées, il les avait vus, et depuis il respirait mal et travaillait encore plus mal. Martin datait ses malaises de ce moment-là. Mais à qui le dire ? A Père ? pas question, à Mère ? on ne parle pas de ces choses-là.

Cet après-midi, toute la famille avait fait la promenade que préférait le père. Il fallait prendre un bac et traverser un lac pour atteindre ensuite un sommet d'où on découvrait le panorama. Mêlée aux touristes, la famille Freud n'allait que dans des endroits préparés, déjà à l'époque, pour un tourisme même rustique. Jamais ils n'auraient vécu dans un alpage. Martha aurait beaucoup aimé mais son mari était persuadé que cela lui était interdit parce qu'il était médecin. En tout cas, sur le chemin qui montait il y avait eu un incident qui avait beaucoup amusé les enfants et ils en riaient encore tous ce soir là : en montant à la queue leu leu, tête penchée, M. Freud s'était aperçu que l'ombrelle d'une touriste pointait dangereusement à l'extérieur de son aisselle, alors sans un mot mais un sourire plein la barbe, docteur Freud avait retiré l'ombrelle de dessous le bras de la dame et la lui avait tendue pointe en avant... tout en la saluant chapeau bas. La dame n'avait pu faire que « oh ! » Et tout le monde avait ri, tant ri. Mais Martha regardait son mari qui lui paraissait soucieux et marmonnait sans cesse « Il faut que l'on vous parle de ces choses », « de ces choses ». Il s'était aperçu au début de l'été que ses enfants dans les alpages ne faisaient pas la différence entre un bœuf et un taureau... Alors le soir au dîner, il se lança.

— Je voulais vous dire, mes chers petits, que lorsque j'étais jeune médecin je travaillais sur les gonades où se forment et mûrissent les cellules germinales... en clair je découpais des testicules d'anguilles et je...

Alors Martha, d'un sourire très doux — elle avait un sourire merveilleux et des dents d'enfant éblouissantes de blancheur —, le fit taire et de son allemand si pur à côté de celui que l'on parlait habituellement à Vienne avec ce chuintement et ces « ach » venus de l'arrière-gorge qui donnaient à ses moindres mots une coloration de nantie qu'elle avait héritée de sa mère mais qu'elle ne montrait jamais sauf lorsqu'elle prononçait quelques « A », elle exprima son étonnement à voir son cher mari chercher des exemples si abstraits et proposa à ses enfants d'aller avec elle dans une ferme voir comment se passaient les choses de la vie...

— Vous avez dit les choses de la vie, chère? murmura Sigmund.

Soudain, elle posa sa main sur la sienne et dit :

— Mais oui, cher, voulez-vous venir avec nous?

C'est alors que Minna, la sœur de Martha qui vivait totalement avec la famille et qui, peu à peu, avait pris les responsabilités domestiques, pria Marie de commencer à débarrasser la table. Le dîner était fini et son beau-frère avait l'air si gêné. Martha avait toujours de ces libertés de langage, vraiment! Quant à Martin, rouge, près du malaise, qu'est-ce qu'il avait marmonné : « Y a qu'à laisser les portes ouvertes » ou quelque chose comme ça...

Le dîner terminé, Martha allait s'asseoir à côté de Sigmund, qui devait travailler à son *Interprétation des rêves*, elle tricotait, — elle avait avec elle, où qu'elle aille, sa corbeille ronde pleine de laines qui ne la quittait jamais —, ou alors elle relisait la *Montagne magique* dont elle ne se lassait pas.

— Mais qu'est-ce que vous lui trouvez décidément

à ce Thomas Mann dont vous laissez traîner les livres pour que je les lise ?

— Des intuitions, des fulgurances, mein liebe Lapin...

Les enfants ? Minna leur raconterait des histoires jusqu'à ce que le sommeil vienne et demain les vacances recommenceraient : promenades, pique-niques, pêche à la ligne, baignades... Baignades pour le père et les fils, pas pour les femmes et la petite Anne se cacherait dans les jupes de Minna tout près du bord pour voir son père nager la barbe hors de l'eau, cela la ravissait !

— Dis tante Minna, quand a-t-il décidé qu'il ne mouillerait pas sa barbe ?

— Oh, il y a sûrement longuement pensé, tu peux en être sûre, il n'est rien à quoi ton papa n'ait pensé...

Vienne 22 heures.

Aujourd'hui Sigi, qui a pourtant pris l'habitude de lui présenter ses hommages chaque soir même si elle est en fin de grossesse, n'esquisse aucun geste vers elle. Ils sont couchés, lui a sa chemise de nuit blanche bordée d'un liséré rouge, son bonnet de nuit, et elle est enveloppée d'une chemise de finette rose gansée de blanc.

... Les sabots des chevaux martèlent la rue dallée. Sigmund Freud est anxieux, depuis un mois il rend visite à Lisa Pukendorf chaque jour. Frau Lisa est mariée depuis deux ans, elle était une jeune fille gaie, heureuse avant de sombrer dans une mélancolie maniaque et d'accuser ses proches de la torturer. Chaque jour comme il le dit lui-même « *il lui administre une dose de bromure verbal* »... Certes elle a moins de crises d'hystérie mais Doktor Freud se sent mal à l'aise de gagner ainsi de l'argent et désire en parler à Martha ce soir.

Martha sa confidente, son guide. Martha un peu engourdie qui l'écouterait sûrement... bien que, pour se préparer aux caresses rituelles de son époux, elle ait déjà commencé à se raconter son histoire « ... punie ... emmenée vers le grand directeur, mais dis donc tu n'as pas de... » Mais elle est dérangée car Freud s'est relevé et marche dans leur chambre, revenant plus souvent et appuyant son pied plus fort sur la latte de parquet, la seule, qui, quoi que l'on ait essayé de faire, ne cesse de grincer...

— Tu comprends Martha, je suis sur le point de trouver quelque chose d'essentiel. Je perçois, mieux, je suis certain d'une analogie entre les malaises de Anna O, de Frau Lisa et de bien d'autres et même de certaines pauvresses que j'ai vues chez Charcot. Je suis sur le bord de trouver le lien et... (Il s'agace, claque des doigts) et puis non, ça m'échappe, je ne m'en sors pas...

Vaincu soudain.

Martha, secoue sa tresse de nuit. Les yeux verts plus brillants que d'habitude, elle s'assied dans le lit, remonte ses genoux, plie sa tête dessus, décidée à parler cette fois.

— Écoute-moi, mon Sigi, écoute-moi, s'il te plaît et donne-moi tes mains, viens là... tu vas prendre froid... Ce que te raconte Lisa Pukendorf, que sa famille la torture, que son père ou son frère — s'il te plaît Sigi essaie encore une fois de mettre du savon sous cette latte de parquet —, que son père ou son frère, je ne sais plus, l'ont violée ou ce que vous raconte à toi ou au docteur Breuer votre fameuse dame que vous vous obstinez à appeler Anna O et qui n'est autre que mon amie Bertha Pappenheim, oh Sigi n'ait pas l'air étonné, ses histoires je les sais depuis des années! elle rit Martha... ce qu'elles te racontent elles et d'autres n'est jamais arrivé mon chéri.

— Martha, tu veux dire qu'elles ne sont que des mythomanes hystériques ?

— Mais pas du tout Sigi, baisse un peu la lampe veux-tu, tiens-moi les mains et écoute bien ce que je vais te raconter parce que, plus jamais, je ne t'en reparlerai... Je voulais depuis longtemps te le dire, fiancée déjà, mais aujourd'hui c'est le jour. Écoute, s'il te plaît, cesse de bouger et ne m'interromps surtout pas. Ce que j'ai à dire n'est pas des plus faciles... Voilà : j'avais quatre ? cinq ans ? moins ? j'ai vu un cheval uriner dans la forêt, j'ai... Et Martha dit tout et comment elle se sert de ses images — maintenant qu'elle est femme — pour... et combien les autres femmes ont cette manie depuis l'enfance et sans doute les garçons aussi car son frère, petit, avait — elle le sait — son petit monde rien qu'à lui.

« Comprends-moi Sigi, je n'ai jamais été violée par un vieux directeur de collège, elle rit, je n'ai même jamais été pensionnaire, tu connais ma mère ! J'appelle ça mes phantasmes et comme ça je vis très très bien, mais quand j'essaie de les chasser c'est à proprement parler infernal, alors je les accepte, je les dorlote, les cultive ! Elles, tes clientes, éducation ? religion ? conformisme ? je ne sais, les refusent et tout s'abîme alors en elles.

— Tes phan... quoi ?

— Mes phantasmes, mein liebe Lapin.

Barbe en avant, debout, il écume Sigmund Freud, déchiré de jalousie, décidé à ne plus jamais la toucher — « elle me trompe dans mes bras » — et exulte dans le même temps ! La terre s'ouvre, tout ce qu'il percevait, tout ce à quoi il était incapable de donner un nom mais qui était là, étouffant ses malades, Martha, sa petite bourgeoise, sa gentille, sa douce, sa parfaite, son économe, a trouvé. Martha Freud, née Bernays, son épouse, la mère de ses cinq enfants et bientôt six, depuis son enfance joue avec cet imaginaire et y trouve un merveilleux équilibre de vie ! Pas de vapeurs, pas de cris, pas de paralysie, pas d'hystérie chez Martha ! Ordonnée, précise comme toujours, elle a même trouvé le mot : phantasme.

... Il court le docteur Freud, court dans son bureau et écrit, écrit. Ce soir, elle lui a donné la Clé.

Elle, heureuse d'avoir tout avoué à son Sigi chéri, s'étend, s'étire, écarte les jambes, s'enfonce dans le matelas trop mou, — la mère de Freud tient à ce que Sigmund ait des matelas mous —, se recouvre avec la couette. Ce soir personne ne viendra la bouger, la déranger. Elle peut se laisser aller... Elle a cinq ans, elle marche dans une forêt près de Hambourg, sa mère et sa sœur Minna sont un peu derrière... Elle, elle a aperçu une nappe de champignons dans une clairière, elle se précipite et là il y a un étalon qui... l'odeur est là... tandis que la main de Martha se glisse dans son sexe.

Freud a écrit, écrit tard dans la nuit. Il se relit mais soudain barre le mot phantasme : le refuse. Transi, il se glisse dans le lit, ses pieds sont glacés, Martha, à quatre pattes, s'enfonce sous la couette et frotte les pieds de son époux, les enveloppe de sa longue chemise de nuit rose, mais il ne la laisse pas faire... Lui aussi la rejoint sous la couette et là, dans le noir, murmure.

— Mein Sachertorte caramélisée, dis-moi tu es sûre, vraiment sûre pour Anna O ?...

— Sigi, écoute-moi bien encore une fois car c'est déjà l'aube et tu as tant de travail, elle n'a commis l'inceste ni avec son père, ni avec son frère. Elle l'a rêvé, tu m'entends, *rêvé,* eh oui ce sont des phantasmes. Note-le Sigi, je t'en prie, PHAN-TAS-MES, crois-moi je le sais, n'aie pas honte de me croire parce que je ne suis qu'une femme et pas même médecin. C'est sûr. Évident.

Sigi, convaincu enfin, se relève et recopie au-dessus des mots biffés, en belle écriture gothique, le fameux mot : phantasmes. Puis revient et, blotti contre sa femme, s'endort.

Mais plus jamais à partir de cette nuit-là Sigmund ne présenta ses hommages à Martha. Impossible. Le choc a été trop fort, disait-il des années plus tard à Jung son disciple et ami avant qu'ils ne se fâchent l'un avec l'autre. « Impossible, elle était devenue ma mère, mon maître. »

Elle qui ne se voulait que sa femme...

— Martha, Martha, meine Dame, ne crois-tu pas qu'avoir été chez l'épicier du village faire moi-même les commissions parce que tu étais trop fatiguée et que la servante avait mal à la jambe, ne crois-tu pas que j'ai cassé à jamais l'image du docteur Freud là-bas ?

— Mein Lapin à cinq pattes... — Il adorait qu'elle l'appelle « mon lapin » et elle y ajoutait les cinq pattes pour gommer ce qu'elle trouvait de mièvre à cette image —. Elle s'arrêta un instant car, comme toujours alors, il avait redressé la tête et sa barbe aiguë se profilait sur le mur. Elle ne s'en lassait pas ! Mein Lapin à cinq pattes, moi la petite bourgeoise qui n'aspire qu'à être une petite bourgeoise parfaite ménagère, laisse-moi te dire qu'il ne faut pas se préoccuper de l'image que l'on donne de soi à son épicier ou à ses voisins quand on est Herr Doktor Sigmund Freud... ou un inconnu d'ailleurs. Cesse de te préoccuper de ton image, mein liebe.

— Tu crois, vraiment le crois-tu ? mais un médecin. Tout de même...

C'est dimanche, il est 11 h 30. Sigmund Freud a été à pied chercher sa mère Amalia. Depuis que Jacob son père est mort, chaque dimanche Amalia déjeune chez son fils préféré, Sigi, celui qui a été conçu dans un moment d'amour si fort. Elle, la deuxième épouse un peu écrasée par le souvenir de la première, s'était sentie enfin la reine, l'unique aimée...

Le dimanche la maison regorge d'odeurs familiales... Les enfants ont été baignés par Minna. Baignés dans la même eau : d'abord l'aînée Mathilde, puis les autres par ordre chronologique. Le dimanche il y a aussi une friction au gant de crin et à la lavande qui sent fort au travers de la maison... jusque dans la chambre de Martha et de Sigi, aux murs et aux tentures et cantonnières de velours bordeaux et au grand lit au fronton sculpté en bois noir. Le matin du dimanche les enfants ont le droit d'y rejoindre leurs parents et Anna adore de son petit doigt suivre le dessin des roses et arabesques sculptées en relief.

Mais, dès 11 h 30, tout le monde est autour de la table et Marie prête à servir car le dimanche, vers 2 heures, elle va elle aussi faire une promenade jusqu'à 4 heures, heure où le docteur prend son café au lait.

Sigmund présidait et Martha laissait sa place à sa belle-mère, face à son fils au bout de l'immense table d'acajou recouverte d'un tapis et d'une nappe damassée. Huit chaises, Martha n'en avait jamais voulu plus, « après, ça n'est plus un dîner, c'est une réception », alors seuls les aînés étaient à table. Martha souriait toujours en regardant ses chaises. Quand, jeune fiancée, elle avait envoyé ses 5 000 guildens de dot à la sœur de Sigi pour qu'elle meuble leur futur maison, elle avait dit : « *Je veux que les chaises soient lourdes et grasses, recouvertes de cuir et qu'elles puissent des années supporter les fessiers viennois.* » Elle était servie. Avec Amalia, sa belle-mère, il aurait presque fallu ajouter, pensait Martha *in petto,* deux tabourets pour soutenir ce qui débordait ! « Il va lui arriver des broutilles », se disait-elle encore tandis qu'Amalia dévorait à elle seule une perdrix aux choux qu'elle arrosait de bière dans son assiette... Cette manie dérangeait toujours Martha, alors elle regardait ailleurs. Le soleil sur la desserte qui couvrait tout le mur du fond où les plus belles pièces d'argenterie et de verrerie étaient rangées dans une vitrine. Si on s'en servait ? Non, jamais, Sigi avait trop peur que l'on en casse. C'était des cadeaux, des objets précieux. Au début, cela avait un peu agacé Martha. Dans sa famille l'argenterie, celle sauvée de la ruine, servait chaque jour... Mariée, dans les premiers temps, elle avait essayé mais avait bien vu que cela angoissait Sigi et surtout déplaisait à sa belle-mère... Quel gaspillage, disait tout son visage ! Et puis ça ennuyait tellement Marie de frotter, frotter tous ces verres à la cendre et l'argenterie au blanc que mon Dieu, après tout, pourquoi contrarier tant de monde ? Martha depuis son enfance savait mettre en balance ses envies et le vouloir des autres et, quand vraiment ça n'était pas son envie la plus forte, elle cédait très facilement. Cela ne la dérangeait pas du tout, au contraire, cela la laissait plus libre, expliquait-elle à Minna, plus libre pour vivre dans son jardin secret !

Sigmund, lui, n'a pu attendre le dessert, il a allumé son cigare. Tout à l'heure il ira prendre un peu de cocaïne afin de pouvoir travailler plus intensément. Il sait, lui, la dose qu'il lui faut, infime, et jamais jamais ne la dépasse à l'encontre de son si cher ami Ernst Fleisch à qui, pour lui faire perdre la dépendance de la morphine tant il souffrait, il avait donné une autre habitude : celle de la cocaïne ! Le repas se traînait un peu, Amalia avait demandé combien il y avait eu de visites cette semaine et combien d'honoraires il en avait reçu. Sigmund était allé chercher son livre de comptes. Puis elle s'était étonnée que les enfants n'aient pas des petits sarraus sur leur habit du dimanche pour passer à table et avait trouvé enfin que la tarte à la cannelle et au pavot n'était pas assez sucrée... Bref, un dimanche comme les autres. On entendait les promeneurs qui se hélaient dans la rue. Minna avait proposé d'emmener les enfants au zoo, afin que Martha et Sigmund puissent faire en paix la partie de tarots qu'Amalia réclamait chaque dimanche. Après, elle partirait la belle-mère, non sans emporter, Sigi l'exigeait, les restes du déjeuner dans une boîte en fer pour son dîner.

Alors Martha corrigerait les épreuves d'un ouvrage de son mari et prendrait peut-être, elle aussi, un petit rien de poudre pour rester lucide. Sigi l'y avait habituée dès leurs fiançailles mais elle non plus n'avait aucune dépendance à l'égard de la blanche. Tandis que Sigmund continuerait, lui, d'écrire : travail qui, cette fois, le sortirait de ce que Martha appelait « *son splendide isolement* ».

— Meine liebe Sigi, quand tu seras reconnu, tu ne t'appartiendras plus et les autres te mangeront tes heures et tes jours et plus jamais tu ne retrouveras le temps de travailler comme tu le fais maintenant, c'en sera fini de nos dimanches studieux.

« N'empêche... » avait l'air de dire Sigmund qui, mine de rien, faisait tomber la cendre de son cigare sur le parquet puis frottait après avec sa semelle de cuir « on faisait comme cela chez mon père ».

Il est vrai que cela brillait bien plus qu'avec de la cire !

Il fait nuit, Sigmund Freud marche vite, plus vite que d'habitude. Excédé, il tourne autour de l'hôtel. Son fils Martin décidément est un couard. Ils étaient là quelques estivants dans cet hôtel : les Freud au complet et deux autres familles amies, enfin des connaissances de villégiature, Martin allait sur ses dix-sept ans... Un homme était arrivé, les habits déchirés, les genoux et le visage en sang, avait surgi sur le perron où les hôtes réunis prenaient leur déjeuner. « Son ami, son ami était tombé dans une crevasse... Là bas... On voyait la montagne. » Mais à lui seul, trop gros, il n'avait pu s'y glisser pour le remonter. Sigmund Freud avait bien regardé son fils droit dans les yeux... qu'il prouve quelque chose enfin... Il avait d'abord baissé les yeux, Martin, crispé la bouche comme près de sangloter. Son père avait murmuré, mais seulement pour leur table :

— Faut-il vraiment que ça soit moi qui y aille ?

Martha avait alors regardé Martin et de tout son sourire elle lui disait « tu vas y arriver, c'est évident... » qu'il s'était levé... Les deux autres tables l'avaient applaudi. Et tout de suite après le dessert et le café, ils s'étaient tous dirigés vers la terrasse et, avec des jumelles, surveillaient le sauvetage.

Hélas, Martin s'était-il accroché à un buisson, s'était-il foulé la cheville ? en tout cas il était à plat ventre, visage contre le roc, à mi-hauteur du monticule qui jouxtait la crevasse et ne bougeait pour ainsi dire plus. Ce fut un garçon de cuisine qui, passant par un autre chemin, arriva jusqu'au blessé et le ramena sans problème car, en vérité, à deux pas de la vallée il y avait un petit chemin qui donnait dans la crevasse.

Le soir on sabla le champagne, le valet de cuisine vint saluer et eut l'honneur de tremper ses lèvres dans une coupe au milieu de tous ces messieurs-dames. Et, soudain, c'était exceptionnel en public, Sigmund Freud explosa et pria son fils de monter dans sa chambre : « même pas capable d'être un secouriste... » et il ajouta « merci ! » (un merci qui devait hanter et paralyser Martin sa vie durant).

Martha fit semblant d'avoir oublié son mouchoir et courut dans la chambre de Martin qui sanglotait : « mais voyons mon chéri, ce garçon connaissait la région, c'était enfantin pour lui... » mais rien ne put calmer Martin.

Le soir Freud dit à sa femme « votre... (frère en cela de tous les hommes), votre fils est un crétin » en français, toujours en français, il avait si peur que les bonnes écoutent !

— Mais, Sigmund, vous savez le choc qu'a eu...

— Vous m'ennuyez avec cette scène du coït, c'est trop facile à la fin...

— C'est pourtant ainsi Sigi, il nous a vus un après-midi d'été et vous n'avez jamais voulu lui en parler.

— Mais Martha maintenant, la scène primitive a fait son chemin...

— Il fallait lui parler Sigi.

— Je n'ai pas osé, c'est vrai.

Martha le sait, l'a deviné depuis le début, que parfois il la trompe. Sa façon alors de ne plus oser fixer son regard ou cette manière gênée de dire « je veux marcher seul un peu... » et d'ajouter « je traiterai Frau... à domicile aujourd'hui ».

Enfant de pauvre, il a toujours un sursaut lorsqu'il entre dans une maison bourgeoise : les lustres le ravissent, les velours pourpres mêlés aux ors l'impressionnent et les gorges des femmes qui se laissent percevoir sous les robes lâches l'affolent. Il interdit, bien sûr, que Martha en porte : « Chez nous les femmes ne s'habillent pas ainsi. » Autour du couple beaucoup vivent plus librement mais Freud, chez lui, veut que rien ne change et Martha est pour lui l'expression de la respectabilité. Ce à quoi il tient le plus.

Mais lui marié, et les enfants venus si vite, et ce choc : cette révélation de Martha, et ses phantasmes, oui alors parfois, sûr que psychanalytiquement parlant du moins pour les clientes il a tort, il a eu pourtant quelques aventures avec ses patientes. Mais toujours en fin de traitement ! Aventures ? pas vraiment, mais quelques étreintes hâtives dans des chambres à la porte entrouverte pour surveiller que les domestiques n'entrent pas. A vrai dire, il avait détesté ces quelques moments mais il jugeait nécessaire de les vivre. N'avait-il pas écrit au docteur Putnam, un de ses amis : « *Je suis partisan d'une vie sexuelle incomparablement plus libre, encore que j'aie moi-même fait peu d'usage de cette liberté, seulement dans la mesure où je l'ai moi-même jugé légitime...* »

En dehors des vacances d'été, Martha détestait voyager, changer d'hôtel, se frotter à une langue étrangère — elle n'en parlait d'ailleurs aucune. Courir des heures les musées l'épuisait, aussi, dès que leurs moyens le leur avaient permis, elle avait persuadé Sigmund d'aller l'hiver quinze jours en Italie ou en Grèce avec l'un de ses frères ou avec Minna qui avait donné sa vie pour que celle de Martha et de Sigmund soit plus facile. Elle avait même au début donné l'argent de sa dot quand les clients se faisaient par trop attendre.

Sigmund parti, Martha avait d'abord comme une joie d'enfant à se retrouver seule dans le grand lit ! Et puis, le père absent on ne mangeait pas du tout la même chose, Marie était presque en vacances car il n'y avait plus de repas ordonnancés, seulement du café, du lait et des tartines toujours prêtes, les enfants et elle en faisaient des orgies jusque dans leur lit.

C'était le plus souvent Minna qui accompagnait Sigi... une femme se débrouille mieux pour les voyages pour éviter à l'homme les petits problèmes domestiques. C'est ainsi qu'ils allèrent à Venise. Passée la nervosité du train, il devenait d'une humeur charmante et des heures, infatigable, visitait les palais et son visage rayonnait, mystique, devant un Titien. Ils couraient les antiquaires, il marchandait, lui, heureux comme un enfant, un petit dieu romain à deux faces en bronze. Il riait en sortant de la boutique : « Il n'était pourtant pas cher mais ça m'amuse tellement de marchander, il ne faudra pas le dire à Martha, elle n'aime pas ! » Et puis, le soir venu, il allait au travers des ruelles regarder les jeux de ces bandes d'enfants mi-anges mi-arsouilles... et Minna silencieuse le suivait, s'il l'avait fallu, si Sigmund s'était trop attardé auprès d'un, elle se serait alors approchée et, en lui souriant, lui aurait pris le bras qu'il ne... Martha le lui avait demandé :

— Tu comprends, après il s'en veut... c'est autant de temps perdu pour son travail et il est si mécontent de lui que c'est trop pour si peu finalement. Il ne sait pas s'assumer et se dégager du remords... aussi il vaut mieux (et elle riait alors Martha), aussi il vaut mieux qu'il ait son panier plein de « je n'ai jamais vraiment été jusqu'au bout » que de « mon Dieu comment m'en laver ». Ach ! la souillure Minna, c'est son obsession !

Passé le premier sommeil, qui avait été lourd — la maison l'avait épuisée aujourd'hui et elle avait beaucoup travaillé sur *Au-delà du principe de plaisir* que Sigmund voulait publier très vite, certain que, cette fois, la reconnaissance viendrait —, elle s'était endormie comme une masse. Sigmund était à une de ces réunions de la Société de psychiatrie qu'il avait créée. Il revenait toujours vers 11 heures, s'efforçait du mieux qu'il pouvait de ne pas la réveiller quand il se glissait dans le lit mais immanquablement faisait tomber le couvercle du seau hygiénique sur le dallage du cabinet de toilette — il y avait et une baignoire et un cabinet mais Sigmund avait besoin du seau de toilette de son enfance —, un cabinet de toilette que Minna devait traverser pour aller dans sa chambre qui jouxtait celle du couple ! Martha entendait même Minna, sa sœur, se tourner et se retourner dans son lit quand, une fois de plus, Sigmund se cognait dans le seau. Mais cette nuit, aucun bruit n'était venu déranger les deux sœurs, aussi Martha se réveilla et se dressa. Le lit était vide de lui et l'aube, c'était évident, était presque là... Pas un bruit de pas de cheval devant le 19 de la Berggasse... Pas un pas non plus, elle connaissait sa façon de marcher et le bruit de sa canne dont il ne se servait qu'un pas sur trois... Mais cette aube-là, rien. Elle courut pieds nus à la fenêtre : « mein Gott, wo ist mein liebe Sigmund? »... Déjà qu'il est si seul et que la plupart des médecins de la ville changent de trottoir pour ne pas avoir à soulever leur chapeau devant lui, que s'est-il passé? S'est-il disputé ce soir et où erre-t-il gorge nouée avec cette boule qui monte et qui descend et que seule Martha, après des heures à le bercer, arrive à lui faire passer. « Tu vois, je suis hystérique, Martha... »

Elle a écarté les rideaux, il est 6 heures du matin, les vapeurs de la nuit disparaissent... des hommes commencent à balayer les pavés, des femmes ramassent le crottin et... il arrive, chapeau en arrière, il court presque... Il la voit à la fenêtre et la salue à coups de moulinets de canne. Il arrive en courant, amène l'air froid de la nuit avec lui.

— Tu sais, j'ai marché toute la nuit avec Jung, j'ai trouvé, meine liebe Kartoffel. J'ai trouvé mon héritier spirituel! J'en avais déjà eu le pressentiment à New York.

— Je ne t'ai jamais vu si envoûté, est-il réellement aussi merveilleux? Amène-le à dîner, veux-tu?

Et il amena ce colosse jeune, beau, un rien vaniteux dans sa manière de se tenir. D'emblée Martha n'aima pas sa façon de ne jamais regarder sa jeune femme et de bouffer tout ce qu'on lui présentait ou ne lui présentait pas. En effet, il parlait, parlait et machinalement se servait lui-même sans attendre que Martha ébauche un geste vers Marie, qu'elle représente le plat. Le plat, qui était toujours de la volaille, Mme Freud n'avait trouvé que cette façon-là d'en manger parfois : en servir aux invités, puisque Sigmund détestait cette viande-là. Là, il n'osait rien dire. Oui, Jung bouffait comme un pasteur, qu'il avait failli être, et à qui on aurait refusé trop longtemps le droit aux agapes.

Mais ce soir, le professeur ne voit rien. Il mange un pilon sans même en retirer la peau qu'il a pourtant en horreur, suspendu qu'il est aux lèvres du jeune Jung. Plus, il tend à un moment la main au travers de la table et serre un long temps la main de son invité, invité qui s'agace car il avait juste avancé la main pour prendre un morceau de pain noir au cumin, il adore ça, et impossible d'en trouver d'aussi parfumé en Suisse.

— Carl, Carl vous allez être l'homme qui prendra la suite quand je ne serai plus en mesure de mener le mouvement... et moi je pourrai alors réétudier les anciens Grecs dans le texte. Vous êtes là, vous êtes venu...

Il était radieux. Anna, sa fille, qui avait une admiration intellectuelle immense pour son père, se sentait mal ce soir. Jalouse ? Pas un instant, mais elle entendait des intonations dans la voix de son père qu'elle ne lui connaissait pas. De plus ce Jung, qui lui faisait une cour effrénée et des plus directes dès qu'il le pouvait, ne lui plaisait pas. En Amérique déjà, où elle avait accompagné son père et où il avait été ovationné, oui ovationné — certes par une centaine de médecins, mais par rapport au mépris d'ici... —, elle n'avait, déjà, mais alors pas du tout aimé le regard de Jung et sa façon de se ronger les ongles au sang tandis que la salle, debout, acclamait son père.

Ce soir, le professeur continuait, emballé, aussi aveugle qu'en Amérique :

— Cher Carl, j'ai l'intention de vous faire nommer président à vie de l'Association internationale de psychanalyse.

Et Jung de s'esclaffer.

Martha, qui se taisait depuis le début du dîner, eut comme un petit sursaut. Non pas qu'elle fût choquée, rien ne choquait Martha, et puis elle s'était fait une fête de recevoir ce monsieur Jung que son mari trouvait si remarquable, mais elle avait un mouvement de recul depuis le début devant lui ; comme un chien de chasse devant une touffe de jonc où se cache un serpent.

« Me méfier de mes impulsions. Je dois me méfier de mes impulsions, je le sais. Et ça n'est pas seulement parce qu'il a cette beauté qui trouble Sigmund — le haut de ses pommettes en est vermillon ! non... il y a quelque chose de pressé et de fourbe dans cet homme et son œil n'est que mépris. »

Et soudain, cela lui arrivait de plus en plus souvent tandis qu'elle continuait à faire les gestes convenus, ceux d'une maîtresse de maison, elle les voyait — à les toucher — lui, Jung qui dépouillait son mari de ses vêtements. Le professeur était nu et souriait.

Le soir, couchés, il y avait longtemps qu'il ne l'avait pas fait, des années peut-être... Sigmund posa sa bouche contre son sein ne la caressa pas mais la téta oui, la téta comme un bébé sa mère...

« Aide-moi, Martha... Aide-moi... » Avant de sombrer dans le sommeil, il dit encore « *comme ça doit être agréable d'être la femme et de se soumettre au coït,* c'est si dur d'être un homme... » tandis que Martha lui caressait le visage.

Sigmund adorait le chou rouge mariné des jours dans le vinaigre, et les côtelettes de porc panées. Depuis sa tendre enfance l'odeur sure de ce mélange lui affolait les narines. A Freiberg où il était né, quand il revenait de jouer dans la forêt ou s'il restait des heures dans l'atelier de serrurerie qui était en bas de sa maison, cette odeur de chou que sa mère faisait cuire, il la reconnaissait parmi toutes même si elle était mêlée à l'odeur de poulet bouilli ou rôti que les femmes Zafic, leurs voisines, faisaient chaque jour tant elles élevaient de poules dans leur arrière-cour. Depuis, Sigmund détestait et l'odeur et le goût de la volaille vivante ou morte, et, adulte, il se refusait toujours à ce qu'il y en ait sur sa table. Mais, du chou rouge il en voulait à chaque déjeuner en plus du goulash qu'il prenait à 11 heures dans un bol que lui portait une des Marie. Plusieurs fois, au début de sa carrière, il s'était rendu compte que ses clients avaient une curieuse façon parfois de relever les narines, de tourner la tête de droite et de gauche, humant ils ne savaient quoi, puis, sourcils froncés, la plupart des femmes enfonçaient leur nez alors dans leur manchon et les hommes caressaient de leurs mains gantées leur large moustache couvrant ainsi leur nez, le temps de s'habituer à cette odeur aigre et, aussi, les enfants étaient bruyants et Minna avait la détestable manie de ne jamais fermer les portes « pour voir ce que font les petits » : gênant, très gênant, tout cela, aussi, profitant que son voisin, après une explosion de gaz dans son appartement, eût décidé de quitter les lieux, Freud loua l'appartement voisin. Dorénavant, les clients entreraient par une autre porte et ne rencontreraient plus la famille... Au moins, ils ne seraient plus gênés que par l'odeur de cigare, Freud en fumait plus de vingt par jour, et il est des analyses qui tournèrent court tant certains allongés, Freud assis derrière eux la bouche arrondie autour d'un énorme cigare allumé, étaient saisis de vomissements incoercibles. Ceux-là devaient abandonner cette nouvelle thérapeutique s'ils voulaient que cessent leurs vomissements !

C'est dans ce nouvel appartement qu'il installa son divan à analyse, recouvert d'un lourd tapis persan brun, ocre et vert, tandis que le mur qui le jouxtait était capitonné d'un tapis identique. Cela formait ainsi une demi-cage. Sur le divan, deux coussins de velours bleu que le patient malaxait s'il le voulait et un oreiller plus plat, blanc, et encore un mini-polochon que les femmes calaient souvent sous leur chignon. La plupart des patients ne retiraient pas leur chapeau, certains hommes rabaissaient le devant de leur coiffe ou les femmes la voilette tirée sur leur visage comme pour mieux parler à l'abri, ou alors pour moins sentir ce nuage de cigare chaud ajouté aux cendres de cigare froid qui embuait tout !

— Mein kleine Lapin, bitte, faites ouvrir une fenêtre dans ce cabinet, on étouffe et vous vous intoxiquez à vivre des heures durant dans cette tabagie. Vous allez attraper une sale maladie des poumons ou d'ailleurs, se lamentait Martha.

En effet, le cabinet était coincé entre une cour intérieure, la salle d'attente et son bureau... Son bureau, il y travaillait la nuit mais à vrai dire le jour, Martha, à la demande de son mari, y passait ses après-midi et elle, elle ouvrait les fenêtres qui donnaient sur la cour intérieure et ses trois arbres : des marronniers. Là, elle était gardée par la déesse égyptienne Neith et une amphore attique à figures noires. Freud s'était ruiné à Rome pour acheter cette déesse. Cette année-là il avait, dans la boutique, brisé un vase antique avec sa canne, un faux mouvement. Confus, il lui avait fallu payer ce vase, ce vase qu'il s'était refusé parce que trop cher.

C'est Anna sa fille cadette qui, enfant encore, avait dit un jour où il en parlait : « Mais papa quelque part tu l'as fait exprès, parce que tu ne pouvais pas l'acheter. »

— Quelque part ? quelque part ? marmonnait son père.

Martha tricotait dans le bureau tandis qu'elle écoutait elle aussi les patients. Car, derrière le fauteuil de velours marron où s'asseyait le maître, le mur n'en était plus un ; Freud l'avait fait percer et recouvrir d'une tenture également marron et tandis que le patient ou la patiente parlait, parlait, il arrivait à Freud de se glisser derrière la tenture, anxieux : « Meine liebe Kartoffel — il avait abandonné les noms de gâteaux depuis qu'il n'avait plus de rapports sexuels avec elle —, Meine liebe Kartoffel, ich bin coincé. »

Il adorait parler un rien français depuis son séjour chez Charcot. « Qu'aurait été ma vie, se demandait-il, si j'avais épousé Mlle Charcot ? » Il lui arrivait de se le demander lorsqu'il prononçait un mot français ou quand il regardait Martha alourdie par les grossesses, le chignon terne, harassée de sa journée de mère au foyer, de conseillère l'après-midi et qui bien souvent maintenant travaillait encore la nuit à revoir, annoter, gommer les longueurs dans les travaux de son mari...

— Ich bin coincé... Tu as vu que Frau Backer se tord à nouveau les mains et qu'elle est tombée du divan. Affreux. Et que c'est juste quand je lui ai demandé : *Frau Backer, votre mari vous amène-t-il à un paroxysme avant de se retirer ?* Et tu ne l'as pas vue mais je te le dis, elle a porté alors un mouchoir contre ses lèvres, elle s'est dressée, a repris son sac, son renard et m'a, comme essoufflée, crié : « *Mais docteur votre question ? Est-ce bien convenable ?* » Dis-moi Martha mon amie, j'envisage de lui conseiller de reprendre ses relations sexuelles avec son mari et qu'alors ses angoisses cesseront. C'est juste comme théorie, non ?

— Eine moment, mein grösse Lapin, si je ne fais pas ma diminution de maille maintenant, je ne vais plus m'en souvenir et les deux manches ne seront pas à la même hauteur. Voilà, attend ! ach j'ai perdu une maille. Voilà, ça y est je l'ai, ça ne se verra pas quoique avec cette laine... S'il te plaît Sigmund, je compte sur toi ce soir pour parler à Martin. Il ne fait rien, rien et il a peur de tout, et Mathilde se croit si laide qu'elle ne veut plus sortir... Ne t'agace pas, j'y viens, je réfléchis tu sais pendant que je parle, ya mein Lapin... mein grösse Lapin. Ta théorie est juste, elle aime son mari, c'est sûr, et ne pas avoir de rapports sexuels avec lui l'angoisse mais tu sais ce qu'elle va te répondre Frau Backer quand tu vas lui proposer cette solution, tu le sais ? nein ? moi je le sais : elle va te dire : « *Certes Herr Doktor mes angoisses cesseront et les nausées reviendront !* » Car cette femme est terrorisée à l'idée d'avoir un autre enfant. Je vous écoute depuis des semaines maintenant et c'est cela sa terreur, uniquement cela. Tu devrais tout simplement lui conseiller ce doigtier en caoutchouc que mes amies donnent à leur fils aîné quand la bonne est jolie.

— Martha ! tu me fais honte, et comment connais-tu cet engin ?

— Ecoute. Elle avait posé son tricot et se grattait — elle avait en vieillissant un tic qui s'accentuait, elle se grattait sans cesse le cuir chevelu d'un long crochet qu'elle avait toujours près d'elle... —, elle reposa le crochet, posa ses mains qu'elle avait si belles bien à plat sur le bureau et fixant les dizaines de Bouddha de pierre et de marbre qui l'écoutaient yeux baissés, pétris par le temps et où copies et vrais se mêlaient.

— Ya Sigmund, il faut lui conseiller cette petite, comment dire ce petit doigtier, voilà...

— Mais enfin Martha, mon amie, je veux savoir d'où tu connais ce genre de chose.

Elle se pencha alors vers lui et lui caressa doucement, doucement la tempe puis descendit lentement le long de sa barbe où elle enfonça un instant ses doigts...

— Sigmund, toutes les choses de la vie me passionnent... Je sais ça et d'autres choses depuis toujours et toi-même une fois en parlais avec Otto Rank, vous disiez que l'on devrait en distribuer aux soldats qui quittent leur ville et leur pays... alors tu vois ! Elle rit Martha... Allez, allez, va t'asseoir, Frau Backer va finir par s'apercevoir qu'elle est toute seule ! »

Et le professeur sur la pointe des pieds regagna son fauteuil marron non sans avoir emporté la statue d'un fonctionnaire égyptien en granit noir, statue de la XIXe dynastie... Et, tandis qu'il la caressait blottie entre ses deux genoux, il se murmura « décidément je suis un psychologue inégalé mais un bien mauvais connaisseur de l'humain ».

Il conseilla à sa patiente de reprendre ses rapports avec son mari pour que ses angoisses cessent et, bien évidemment, elle répondit : « Alors ça sera les nausées et décidément non ! » Il crut entendre un petit rire derrière la tenture de velours mais non, Martha n'était pas femme à rire ainsi... Alors, tête baissée un rien, il conseilla à Frau Backer de faire acheter au préalable à son mari ces petites, ces petites... capotes, voilà, il l'avait dit.

Cette fois Martha n'est pas dans le bureau mais assise dans le fauteuil de velours marron, droite. Sigmund, lui, est allongé sur le divan, il a posé un journal là où sont ses souliers, ce qu'il n'a jamais osé faire faire à ses clients mais la marque qu'accuse le tapis à cet endroit-là l'agace prodigieusement et il est des analyses entières où il se hausse, se pose de biais sur son fauteuil les yeux fixés sur cette tache mate... Oui, c'est sûr, le tapis est pelé, râpé à cet endroit-là. Il a déboutonné sa veste et aussi quelques boutons du bas de son gilet. Il joue avec sa bague : une entaille grecque. Il en avait acheté six au début de sa carrière de médecin et les avaient alors offertes à ses meilleurs amis qui la portaient eux aussi en bague : un signe de ralliement. Il a posé aussi sa montre oignon à côté de lui (que de fois elle avait été au mont-de-piété au début de leur mariage, mais il gardait la chaîne, que personne ne voie !).

Vingt minutes, il s'autorise vingt minutes d'analyse avec Martha. Depuis des années déjà il ne se psychanalysait plus seul. Certes... sa propre psychanalyse est finie depuis des années mais dès qu'il recommence à avoir cet eczéma entre les doigts de pieds, qui n'apparaît que lorsqu'il est inquiet, mécontent et que non, décidément, il ne s'en sort pas seul, il laisse trois blancs de vingt minutes par semaine dans ses rendez-vous et s'allonge. Puis, la séance terminée, il paie ponctuellement Martha. A dire vrai il ne s'agit pas d'une séance d'analyse à proprement parler mais plutôt d'une conversation, car Sigi parle mais Martha aussi, parfois même tout en tricotant, comme aujourd'hui, une longue écharpe de laine blanc cassé que son mari se roulera autour du ventre. En effet, quand rien ne va, en plus de l'eczéma il souffre de terribles diarrhées imprévisibles. Un spasme et elle est là ! Le ventre au chaud, les crises sont moins fortes.

— Martha, meine Kartoffel, tu avais raison, depuis que j'ai annoncé à Sergeï Petrov que j'allais cesser l'analyse et que je lui ai fixé une date, il commence à parler... Mais je nage, il y a un écran car sans cesse il me parle de ce rêve, *de ces cinq ou six loups blancs assis dans un arbre et qui le regardaient par la fenêtre de sa chambre. Ils avaient tous une longue queue sauf un...*

— Mais voyons Sigi, ces loups blancs, ce sont ses parents en chemise de nuit blanche. Cherche de ce côté...

— Martha, meine Liebe, est-ce que tu ne te fixes pas trop sur l'acte sexuel vu par un enfant très tôt. C'est cela que tu veux me dire, n'est-ce pas ?

— Cela va de soi, Sigi-ami... eh oui, la scène primitive là encore a fait exploser la vie sexuelle de ton petit homme aux loups... Fais-le chercher par là Sigi. Je trouve qu'il marche déjà mieux quand il vient et il est plus propre, plus droit non ?

— Martha, je n'en peux plus de ce vide autour de moi. Tous mes confrères me rejettent et je voudrais tant être aimé...

Elle rit Martha : tu sais bien que c'est en nous... Cela viendra, tu es en train de découvrir une nouvelle science et tu le sais. Comment veux-tu que les autres ne s'y opposent pas. Tu déranges !

— Mais Martha, c'est toi, toi qui par instinct me mets sans cesse sur la voie !

— Mais non, Sigi, moi j'ai l'instinct, toi tu le mets

en loi. C'est ça qui est capital. L'instinct seul n'est que de la chiromancie !

— Tu crois, tu le crois vraiment, ma Martha ?

— Absolument, mon Sigi... puis elle posait les mains sur son front et le caressait...

— Mais tu ne dis pas cela pour me faire chaud ?

— Non Sigi-ami, je le dis parce que c'est vrai. Tu es un génie, mon grand homme !

— Ou alors, je souffre du délire de la persécution ?

— Un peu mon chéri ! mais tu vis très isolé aussi : travail, famille, travail, famille, il faut te détendre et te trouver un groupe qui t'écoute, t'admire, Sigi, tu as besoin d'être écouté. Tes collègues te boudent trop...

Comme il se sentait mieux là, et le poêle de faïence blanche qui donnait cette chaleur et juste ce feu rouge à travers la lucarne en mica... Ce feu rouge comme les yeux des loups qui fixaient son client.

Ce sont les noces d'argent de Martha et de Sigmund. Il y a eu banquet. Bal même et dans la journée pique-nique et baignade. Et maintenant, c'est presque l'aube, Freud assis dans un fauteuil d'osier, son plaid bleu et vert sur les genoux — Dieu qu'il l'aime ce vieux plaid que Martha fait secouer en cachette, plein de reprises (les trous, les trous faits par les cigares), elle a bien essayé de le changer au moins deux fois ce vieux plaid ; elle avait retrouvé le même, mais Sigmund n'en avait pas voulu, c'est celui-là son plaid ; depuis des heures Herr Doktor lit feuillet après feuillet.

Martha, debout, surveille tout le monde sauf Jung qui, chapeau rabattu sur le visage, ostensiblement, dort. Au moins, elle n'aura pas à lui faire rentrer ses ricanements en gorge. Anna écoute, elle l'a tapé si souvent ce texte qu'elle le sait par cœur et, tandis que son père bute un rien sur les mots et a comme un blanc avant de dire le suivant — il a toujours eu cette façon de parler mais cela s'accentue — alors, bouche mi-close, elle murmure le mot à venir, comme pour l'aider. Quant à Martha, visage tendu, elle guette ceux qui accuseraient comme une fatigue, comme une lassitude, alors ceux-là elle les prend dans ses yeux immenses et les ramène vers le Maître qui lit, lit… en se trompant dans les pages, il est si fatigué lui aussi. Mais il veut que ses amis et disciples entendent de sa voix ce « *Totem et tabou* »… Malheur, Otto Rank, l'ami fidèle, tombe de sa chaise… il savait pourtant fort bien dormir assis, yeux à peine clos, l'air si penseur… Mais là, ses muscles l'ont trahi…

Martha éclate de rire, il avait l'air trop malheureux Rank et le Maître soudain conscient de l'heure, reconnut que ça n'était plus le moment de leur lire comment il tentait de « *combler le fossé existant entre les étudiants de sujets tels que l'anthropologie sociale, la philologie et le folklore d'une part et la psychanalyse de l'autre* ». Il leur dit enfin « à tout à l'heure », donnant ainsi le droit à tous d'aller dormir !

— Demain nous irons nous baigner, et après, ajouta Martha, nous ferons un gigantesque concours de pêche à la ligne…

Elle avait déjà dans un seau (caché) des carpes qui feraient merveille au bout de certaines lignes. « Quelle fête Sigmund. »

Un moment si doux…

« Meine liebe Martha, aide-moi, peut-être faut-il que j'abandonne toutes mes séances d'analyse. Je ne peux pas me le cacher plus longtemps, je suis amoureux de Lou Andréa Salomé, elle m'affole, je t'en prie reste bien dans le bureau près de nous car mes pulsions sont si fortes que je me fais peur. Je comprends que Breuer mon ami perdu ait abandonné l'analyse après Bertha Pappenheim qui se disait enceinte de lui. Le transfert était double, Breuer aimait lui aussi sa patiente et moi aujourd'hui… J'aime Lou Andréa

Salomé. Aide-moi à me guérir Martha ou plutôt, non, je ne l'aime pas, mais la désire... violemment, plus, je rêve de la violer et tout à l'heure, il faut que tu saches, dans l'entrée... heureusement que le porte-parapluie est tombé car en l'aidant à se défaire de sa fourrure, du loup... l'homme aux loups, tu te souviens Martha ? je l'ai prise dans mes bras et là, debout, j'ai tenté de... Elle a ri... et plus grande que moi, elle m'a écarté et elle a bougonné mais si gentiment : « Qu'est-ce que vous avez tous : Nietzsche, Rilke et maintenant vous à vouloir me prendre debout alors que je ne veux pas que l'on me prenne, ni couchée ni debout ; est-ce assez clair, docteur ? »

— Martha aide-moi...

— Sigmund, Sigmund, tout ce que je vais te dire tu le sais mais tu te laisses impressionner par tes battements de cœur d'homme. Oh mein Liebe, il est normal que tu désires Lou : d'abord parce que tu sais que les plus grands l'ont désirée... et puis parce que Lou est belle et qu'elle fait tout pour qu'on la désire et dans le même temps vous l'interdit. Tu sais, Lou ne relève pas de la psychanalyse, elle vient chercher chez toi, dans ta conversation, la confirmation de ses pressentiments. Lou est comme ta mère, ce sont des gitanes : elles savent tout, elles ont des intuitions essentielles... N'aies pas honte, si elle ne t'excitait pas, tu ne serais pas normal ! Et toi, comme tous les hommes, tu perds soudain ton intelligence devant elle, et elle, elle vous hait alors ! Et vous la désirez tous parce que Lou n'a jamais laissé entamer par quiconque pas plus l'autonomie de sa vie que celle de sa pensée et ça, mein Liebe, vous les hommes ça vous affole. C'est bien, c'est bon Sigi que tu aies eu cette pulsion vers elle. Ça n'est qu'une « projection », projection mein Liebe, retiens ce mot. Tu as gagné ainsi beaucoup de temps et elle n'en est pas vraiment choquée, ça n'est rien pour elle cette mini-agression : elle restera ton amie.

« Couche-toi mein Liebe, et oublie, allez viens...

Et Freud comme toujours alors vint blottir sa bouche contre le sein de Martha, sa mère-femme.

Et la vie continuait... Pourtant Sophie, une de leurs filles, elle avait vingt-sept ans, mourut de la grippe. Freud était alors si occupé, et puis durant toute la Première Guerre mondiale il s'était tant attendu à ce qu'un de ses trois fils soit tué, qu'il n'eut pas de réaction, pas de chagrin. Et puis aussi il était en train de finir un texte capital : *Au-delà du principe du plaisir.* C'est Martha qui avait trouvé le titre ; il s'était imposé à elle tandis qu'elle recopiait le manuscrit de Sigi, elle avait une si belle écriture... Il terminait ce texte et avait aussi en chantier *Le moi et le ça.* Alors Martha, Martha, pour ne pas le déstabiliser, sut taire les hurlements qui partaient du bas de son ventre et qui remontaient, houles successives en cris inhumains. Ça n'est que huit ans plus tard, quand le fils de Sophie, un merveilleux petit-fils pour eux, qui amenait une nouvelle vague de rires et de vie dans la maison, mourut à son tour que Freud sombra dans le désespoir, mêlant les deux morts il s'abîma dans une dépression nerveuse qui le laissa comme un pantin désarticulé. Martha et lui partirent alors seuls en Bohême...

Et puis il y eut en 1926 le cancer de la bouche. Il fallut d'abord retirer et le palais et les maxillaires du côté gauche. Il fallait alors qu'en souriant Martha l'aide à mettre une monstrueuse prothèse que la moindre prise d'aliment souillait...

Martha pour qu'il ne reste pas seul favorisa ses rencontres avec des poètes, des écrivains, des philosophes : Zweig, Rolland, Schnitzler, Mann, qu'elle avait fini par lui faire lire et aimer, venaient lui rendre visite. Si les chercheurs demeuraient jaloux et ratiocineurs, les créateurs venaient, eux, vers lui, heureux, de voir leur prescience confirmée et lui si heureux d'être reconnu, honoré. Reconnu, honoré par certains tandis que les Allemands brûlaient ses œuvres en place publique... Freud, horrifié par cette sauvagerie, se terrait chez lui. Mais Martha et Anna maintenant, Anna qui avait une passion pour son père, le réconfortaient :

— Mais voyons Sigi... Quels progrès fait l'homme, lui disait Martha, en y ajoutant un rire clair, pour qu'il ne voie pas sa peur, quel progrès : au Moyen Age c'est toi qu'ils auraient brûlé ! Tes livres, eux, vivent ailleurs. Sigi, il faut quitter Vienne maintenant, la course à mort contre les Juifs est recommencée, il nous faut repartir, mein Liebe.

— Martha, Anna, je ne veux pas, je ne peux pas, j'ai ici toutes mes notes, toutes mes antiquités. C'est ici ma vie... Je suis venu à Vienne à quatre ans, mon père chassé par la misère... Non, Martha, je ne partirai pas.

Et pour la première fois, Martha lui désobéit, ou plutôt envoya quelques lettres sans le lui dire. On était en 1938. Vienne était totalement occupée par les Allemands. Les fils des Freud n'avaient plus le droit de travailler parce que juifs. Alors elle écrivit à Marie Bonaparte, princesse Georges de Grèce. Elle hésita car Marie Bonaparte était la seule épine dans leur entente. Sigmund ne lui avait jamais pardonné d'avoir trouvé, deviné, *la* solution qu'ils cherchaient, elle en se faisant analyser, lui en l'analysant ! L'analyse piétinait d'autant plus que Sigmund (émerveillé ? floué parce qu'elle était princesse ?) en avait fait une amie qui lorsqu'elle venait à Vienne mangeait à leur table — ce qui bien sûr retardait l'analyse —, mais Marie Bonaparte voulait devenir psychanalyste elle aussi. Elle voulait étudier la frigidité chez la femme, l'étant totalement. Aussi, il l'analysait tout en la formant, c'est sans doute pour cela qu'il s'était autorisé à en faire une amie de la famille, comme Lou avant qu'il ne se jette sur elle dans l'entrée.

Tandis que Marie Bonaparte « fouillait » en elle et qu'elle égrenait des lambeaux de souvenirs, Freud s'agaçait, il manquait une pièce au puzzle... Les jours, les séances passaient et rien n'avançait. Alors Sigmund, qui le demandait de moins en moins, pria pourtant Martha de reprendre sa place derrière la tenture marron et lui demanda d'écouter...

Cette fois il n'écarta pas le rideau mais attendit le soir et, lorsqu'ils furent couchés, Martha affirma : « Mon Sigi, aucun doute n'est possible, elle a assisté à un coït dans sa prime enfance. »

Il se dressa Sigmund.

— Ecoute Martha, tu fais une fixation ou quoi, tu me dis cela pour notre fils, pour l'homme aux loups...

— Et alors mein Lapin, ça n'était pas exact ?...

— Si, mais elle non. En fonction de l'enfance qu'elle a eue, c'est impossible.

— Eh bien, demande-le-lui...

Et puis parce qu'elle était fatiguée ou parce qu'elle était sûre d'elle, après lui avoir donné un baiser, elle s'endormit très vite, avant lui, avant qu'il ne ronfle parce que alors elle ne pouvait plus s'endormir et qu'il lui fallait revenir à ses phantasmes enfantins, bien qu'elle les ait à peu près ensevelis passé ses cinquante ans. « Ma libido est morte, tant pis ! »

Bien sûr, le lendemain, le docteur Freud posa la question à Marie Bonaparte : « Y aurait-il eu un coït entr'aperçu ?... »

— Oh désolée, professeur, répondit-elle en riant, j'aurais bien aimé mais hélas je ne vivais qu'entourée de ma grand-mère, de ma nurse et de leurs domestiques, toutes des femmes... !

Triomphant, Sigmund le soir dit à Martha :

— Ah ! cette fois meine liebe Kartoffel, tes intuitions sont fausses, ta théorie est impossible, elle n'a vécu qu'entourée de femmes...

— Dis-moi, Lieber Sigi... elle a bien dit qu'elle vivait à la campagne et qu'elle allait en calèche avec sa grand-mère... vieille, si vieille, et tu crois que c'est la grand-mère qui tenait les rênes? Écoute, demain cherchez donc du côté du cocher.

Et le lendemain, Martha se glissa, sans que Sigmund le lui ait demandé, se glissa dans le petit bureau derrière la tenture. Elle avait hâte de savoir si elle avait deviné juste. Marie Bonaparte, allongée, cherchait en elle, en vain... Un mois durant Sigmund — Marie Bonaparte était repartie pour la France —, un mois durant Sigmund jubila, Martha s'était trompée! Et puis arriva une lettre : Marie Bonaparte s'était souvenue d'un enfant naturel de son grand-père qui était devenu palefrenier au château. Elle l'avait questionné et il avait fini par reconnaître qu'il, c'était sa formule, qu'il « s'était fait » la nourrice de la petite Marie un après-midi dans une pièce où la petite princesse qui n'avait pas encore un an jouait dans son parc. « Sacré Freud ! finissait Marie Bonaparte, vous ne vous êtes trompé que sur un point, il n'était pas cocher mais palefrenier, ma grand-mère a mené ses chevaux elle-même toute sa vie... »

Martha rayonnait, heureuse que la solution fût trouvée, trop évidemment heureuse? Agacé, Freud avait murmuré : « Et si elle avait payé pour qu'il dise cela? » Ce jour-là, Martha avait compris qu'il fallait dorénavant qu'elle se taise... En tout cas, Freud avait espacé ses relations épistolaires avec Marie Bonaparte et plus jamais ne l'avait invitée à Vienne... Humilié?

Pourtant c'est à elle que Martha écrivit un « sauvez-nous » tout simple, tout nu et Marie Bonaparte arriva. Il n'était que temps. Les Allemands avaient déjà perquisitionné chez les Freud, volé une somme d'argent énorme et arrêté Anna pendant vingt-quatre heures. Aussi, quand le vieil homme vit arriver la princesse, il accepta de partir en exil, et il sourit à Martha sûr que c'était elle encore qui était intervenue. Les deux femmes, amies, souriaient aussi à Freud, à Freud vaincu par quelque trente opérations à la bouche et par la barbarie ressuscitée. Il acceptait l'exil. Il avait quatre-vingts ans.

Ils partirent le 4 juin 1938, destination première : Paris ; Sigmund, Martha, Anna et deux domestiques qui les servaient depuis des années : deux Marie, plus une doctoresse amie d'Anna et leurs deux chiens, deux chows-chows. Minna arriva en Angleterre plus tard par un autre moyen. Leur fils aîné et Marie Bonaparte les attendaient à Paris... Marie Bonaparte enfantine souriait, les mains derrière le dos...

— Docteur qu'est-ce que j'ai dans la main droite ? Vous devez répondre, obligé !

— Je ne sais pas, mais il souriait...

— Ça, et elle lui tendit une petite statuette d'Athéna qui avait assisté plus de trente ans durant à toutes les séances de Freud, droite sur son bureau.

— Je l'ai volée la dernière fois.

Il s'approcha à petits pas et la saisit, timide soudain.

— Tu vois Martha, c'est tout ce qui reste d'une vie...

— Mais pas du tout Sigmund chéri. Marie Bonaparte et moi avons triché, triché et je crois que la plupart de tes antiquités et de ta bibliothèque arriveront à Londres.

— Les femmes sont de merveilleuses tricheuses... vous êtes d'une race supérieure. Il pleurait Sigmund Freud.

— Docteur, docteur vous êtes ému, et vous parlez comme un Allemand et non plus comme un Autrichien. Non, nous ne sommes pas d'une race supérieure, nous sommes des femmes ! des mères, des louves, des tueuses...

Et les deux femmes se souriaient si, si doucement...

Quinze mois Sigmund vécut libre à Londres mais privé de son terreau : Vienne. Martha, le chignon blanc, le corps alourdi, portait toujours des robes de soie de couleur avec des fleurs des champs « comme dans nos montagnes, Sigi... », demeurait près de lui, assis dans leur jardin sous un amandier qui tout ce temps-là ne cessa pratiquement de fleurir... Parfois, sur ses genoux — il ne quittait plus sa chaise longue —, recouverts du plaid bleu et vert que sa femme avait emmené roulé, caché autour de sa taille, parfois elle posait une de ses statuettes favorites pour qu'il la caresse et alors les idées lui revenaient ou plutôt il dictait des bribes, des lambeaux de pensées à Martha qui reconstituait du Freud.

Il mourut le 23 septembre 1939, le lendemain ses cendres furent déposées dans une urne grecque. Martha dit à ses enfants :

— Regardez bien l'urne, elle sera très vite volée, pas forcément par un admirateur mais par un jaloux...

En effet, trois jours après l'urne avait disparu. Jung ? On ne le sut jamais.

Durant quelque temps encore, quand il ne pleuvait pas trop, les Anglais qui allaient dire bonjour à leurs morts pouvaient voir une vieille dame accotée à une urne. Elle tricotait et elle riait la vieille dame et parfois chuchotait, vite : « mais voyons mein kleine Lapin, c'est un cas type de... » et curieusement alors elle se grattait la tête de son aiguille à tricoter.

Cinq fois Martha Freud dut renouveler l'urne puis elle mourut elle aussi. On mêla alors ses cendres à celles de son époux qui n'étaient plus là.

— De temps à autre on remplace encore la copie de l'urne par une autre copie d'urne : le vol continue.

XANTHIPPE

Née au ve siècle et morte au IVe avant J.-C.

épouse : SOCRATE

XANTHIPPE

Née au ve siècle et morte au IVe avant J.-C.

épouse : SOCRATE

Lamprocles jouait aux osselets avec sa maman. Il riait le petit garçon car elle savait si bien, mieux que son père, disait-il, faire sauter les osselets et les recevoir sur le dessus de sa main tandis que de l'autre, en tapant sur la terre battue de la cour intérieure de leur maison, elle comptait les points. Il riait car une poule naine qu'il aimait beaucoup venait de son bec le pousser quand c'était son tour... L'air commençait à être plus frais, la journée avait été si chaude que les murs des pièces rayonnaient encore et que ni lui ni Xanthippe, sa maman, n'avaient le courage de rentrer dans la pièce du haut où ils vivaient. La soirée serait à eux, ils iraient à l'heure où le jour tombe marcher le long de la plage. Ils aimaient tous les deux cette odeur âcre que sent la mer le soir, odeur mêlée à celle de la poix et du goudron qui servent à colmater les barques. Ils étaient seuls, et dîneraient de pain, d'olives et de figues. L'enfant était calme. Socrate, son père, était parti pour Athènes dès la fin de sa sieste, il s'était même renversé une jarre d'eau sur le corps sans quitter sa chlamyde de lin dont on ne savait plus quand elle avait été blanche ou même si elle l'avait jamais été. Ce qui était assez rare pour que Lamprocles, qui tremblait devant lui, se hasarde pourtant à lui demander le pourquoi de ces ablutions-là et

Socrate, regardant un instant son fils sans que son visage s'adoucisse beaucoup, avait pourtant ri. Quand il riait, il riait très fort et très brièvement, « comme un chien qui aboie » maugréait Xanthippe les jours où elle était à bout. « *Oui, en effet, je me suis donné quelque embellissement afin d'être beau puisque c'est chez un* beau *garçon que je vais...* »

Xanthippe avait alors violemment tiré le petit, il pleurait, elle lui avait fait mal au bras. Quant à Socrate, tenant ses sandales par les lanières et les portant sur l'épaule, il avait pris, nu-pieds, la route d'Athènes et ce ne sont pas les pleurs de son fils qui auraient pu le faire se retourner.

Xanthippe maugréait bouche mi-fermée tandis qu'elle s'était réfugiée avec son fils dans leur chambre. « Il va encore chez ce richard d'Agathon et va nous revenir quand ? Mais jusqu'où le mèneront ces banquets ? Quelque chose me dit que cela finira mal... J'en suis sûre. Toi au moins tu es là. » Et puis elle se mit à jurer et à cracher, à taper du pied chassant chats et chiens de la maison. « Ou alors il va aller dormir après chez cette pute de Myrto. » En effet, Socrate, pour le bien de l'État, avait épousé une seconde femme et en avait eu deux enfants : Sophronisque et Menexène. C'était sûrement par discipline et pour le bien de l'État car, Socrate, le mari de Xanthippe, était pédéraste. Xanthippe ne se calma que lorsqu'elle se fut promis qu'elle lui jetterait par la fenêtre la jarre à urine en plein dans les jambes dès qu'elle l'entendrait chantonner dans la cour.

Xanthippe il l'avait aimée et même si, hâbleur et aussi beau parleur qu'on le sait, il aimait le nier lorsqu'il était allongé, chair étalée, gras, ventre mou, les chants en l'honneur du Dieu terminés, les libations rituelles épuisées, lorsque ses amis, indiscrets comme le sont souvent les amis, lui demandaient : « *Eh bien Socrate, pourrais-tu me dire pourquoi tu as épousé*

Xanthippe ? Je voudrais bien savoir comment tu peux arriver à t'accommoder de cette femme, la plus insociable qui soit, qui fut et qui sera ? » Oui, même si, pour plaire à Agathon ou Alcibiade qui l'écoutaient bouche bée, il répondait : « *Vous savez... j'ai épousé Xanthippe convaincu que si je la supportais, je m'accommoderais aisément de tous les caractères* », il ne disait pas tout et taisait l'essentiel. C'est vrai que Socrate, jeune, était si coléreux qu'en crise il pouvait aller jusqu'à s'arracher les cheveux et que son mariage était une forme de discipline suprême. C'est sûr aussi que les colères de Xanthippe lui avaient permis de mater celles qui poussaient en lui et, assez vite, il avait réussi à ne plus jamais se mettre en colère, ni même à s'indigner ! Par contre Xanthippe qui avait été une merveilleuse adolescente s'était, il faut le dire, aigrie et était devenue acariâtre à l'encontre de Socrate qui, dans le même temps, lui, s'élevait en lucidité, en discipline, en maîtrise de soi. Mais si à Athènes, devant ses amis ou ses disciples, il était arrivé à un total contrôle de lui-même qui le faisait pousser jusqu'à l'absurde, sans jamais se départir de son célèbre sourire ironique, pousser jusqu'à l'absurde donc ses amis dans leurs explications, pardonnant, comprenant tout et sachant à merveille dire son grand amour de l'humanité ; quand il parlait de Xanthippe il lui arrivait de demeurer petit et le sarcasme qu'il avait chassé de ses mots lui revenait alors à fleur de lèvres. Oui, quand on lui parlait de Xanthippe, le sage, le noble Socrate n'hésitait pas à rétorquer par exemple à Alcibiade (Socrate aimait d'amour fou le jeune homme), à ce cher Alcibiade qui n'hésitait pas à dire pis que pendre de Mme Socrate, élégant jeune homme, entre autres, cela l'obsédait ! « qu'elle était goulue et *ne cessait pas de piailler* ». Bref, Alcibiade s'étonnait tout haut et souvent de la patience et de la mansuétude de son maître et le maître n'hésitait pas — élégant en diable lui aussi — à affirmer et répéter : « *Je me suis accoutumé à tous ses vacarmes, comme on s'habitue à entendre sans incommodité le bruit grinçant d'une poulie. D'ailleurs, toi qui médis de ma femme, ne supportes-tu pas les cris de tes oies, et te fâches-tu quand elles t'assourdissent? — Mais ces oies,* avait rétorqué Alcibiade, *me donnent du profit car elles pondent des œufs et font éclore des oisons. — Et ma femme,* répondait alors Socrate, *ne me donne-t-elle point d'enfant?* »

Bref, Socrate était le roi des mufles mais grâce à Xanthippe il formulait ainsi une de ses théories majeures !

Et pourtant, et pourtant Socrate avait aimé Xanthippe ou plutôt elle l'avait attiré, intrigué et, oui, charmé aussi. Il l'avait rencontrée à Athènes, elle allait avoir quinze ans et, lorsqu'il l'avait vue, elle courait jambes nues derrière le char de son père, sa tunique courte laissait voir des cuisses fermes et fortes qu'elle massait chaque jour avec de l'huile d'olive et du miel. Elle riait alors Xanthippe, elle riait de tout et ce jour-là c'était fête à Athènes. On était en septembre 438 et *la Vierge* de Phidias entrait au Parthénon. Socrate avait trente et un ans. La fête allait commencer et des kilomètres de chars et de charrettes bloqués dans leur marche par des milliers et des milliers de piétons se dirigeaient sur la route fortifiée qui allait du Phalère à l'Acropole. L'air sentait la viande grillée marinée dans des herbes, des montreurs d'ours arrêtaient la circulation pour faire leur numéro, Socrate marchait gris de poussière, tête penchée et Xanthippe, que son père avait retirée du gynécée, qu'elle vive plus libre, avait remarqué ce vieux — il avait trente et un ans ! — et pourquoi? Soudain elle avait arrêté le char de son père et forcé, en souriant si gentiment, Socrate à y monter. Fourbu? Intrigué? Toujours est-il qu'il avait accepté ou peut-être avait-il été soudain intéressé par la liberté d'être de cette jeune fille.

Et bien sûr, Socrate avait parlé, parlé — il adorait cela ! et l'adolescente lui avait alors fort pertinemment répondu... Et ils avaient continué cette marche, cette montée vers l'Acropole, tandis qu'ils voyaient, plus haute que tout, la lance d'or de la statue d'Athéna étinceler et renvoyer au loin les rayons affolés du soleil. Xanthippe l'avait alors aidé à descendre du char, lui soudain lourd, las. Et puis elle avait posé sur sa tête une corbeille pleine de gâteaux sacrés et s'était élancée tandis que Socrate et son père, des rameaux d'olivier à la main, montaient plus posément, plus lentement. Le père de Xanthippe d'ailleurs avait connu la famille de Socrate. Il avait rencontré son père, Sophronisque, un sculpteur qui n'avait jamais été un maître ; Socrate avait été l'élève de son père un temps et avait même travaillé à une œuvre *les trois Grâces vêtues* exposée dans les jardins du bas de l'Acropole ; mais la mère de Socrate, sage-femme, était très connue, elle avait accouché bon nombre d'enfants du Phalère dont Xanthippe elle-même ! mais elle était alors déjà très vieille et était morte peu après... On l'appelait « la mère guette au trou » car en vieillissant elle s'était voûtée ou plutôt cassée, si habituée à guetter l'enfant près de sortir... Les gamins qui ne connaissaient pas son métier l'appelaient aussi « la mère traîne-cul » ou « trace-village » tant son corps à partir des hanches était une ligne brisée et tant sa tête arrivait au bout du chemin alors que son cul n'en était encore qu'à l'orée !

Tandis que les deux hommes devisaient, tout en montant, Xanthippe courait, elle ne savait pas marcher, mais la voix de Socrate, cette curieuse façon de dire, demeurait en elle... Et cette volonté de tout repenser autrement l'attirait. Si elle avait été un homme, elle serait devenue son élève, son disciple, elle en était sûre mais, née femme, c'est-à-dire rien, que pouvait-elle sinon l'épouser ? Et c'est ce qu'elle décida tandis qu'assise elle se massait la cheville qu'elle s'était tordue sur les dalles irrégulières, son pied avait tourné dans l'ornière creusée par les roues des chariots de ceux qui avaient le droit de monter jusqu'en haut.

Socrate parlait maintenant de l'âme avec le père de l'adolescente, mais l'image de deux jambes légères courait encore devant ses yeux et cette façon immédiate et si franche de répondre lui avait rappelé Aspasie, la compagne de Périclès, la seule femme jusqu'à aujourd'hui qu'il ait admirée. Bref, il y eut mariage !

Bien sûr, d'abord, le père de Xanthippe n'avait pas voulu. Quant à Socrate, avait-il, en se mariant, besoin d'apaiser les commérages ou se voulait-il vraiment un citoyen irréprochable prêt à donner des enfants à la patrie ? Ou encore Xanthippe l'avait-elle tellement impressionné ? En tout cas, lorsqu'il la demanda en mariage il précisa qu'il refusait toute idée de dot. La passion du père de Xanthippe pour l'argent était proverbiale et qui d'autre que Socrate aurait demandé la main d'une jeune fille en exigeant qu'elle n'ait pas de dot ? Qui ? Hein ? Une jeune fille tellement indépendante déjà... alors soulagé peut-être, il dit oui le père. Ou poussé par Xanthippe ?

D'emblée tout fut difficile. Comme la ville avait besoin d'hommes et que Socrate ne désirait couvrir Xanthippe « qu'utile », aussi, l'avait-il fait examiner par une sage-femme et avait-il choisi le jour de son mariage en fonction de ses dates de procréation possibles. Les sages-femmes d'Athènes savaient parfaitement ces choses... Il la prit donc quatorze jours avant ses règles. Vite et mal.

Xanthippe, les femmes de sa famille l'avait, au soir, enfermée dans une pièce noire, vêtue d'une tunique à mi-jambe, mais son père avait interdit qu'on lui coupe les cheveux comme l'avait demandé Socrate ; il était entré, son mari, et Xanthippe se souvenait à jamais de cette odeur de vin, de viande, de sur et d'ail qui avait alors envahi la petite pièce. Il s'était accroupi sur elle, lui avait écarté les cuisses tout en se caressant sous sa chlamyde, puis, lorsqu'il s'était senti le sexe assez dur, s'était enfoncé en elle. Elle ne se souvenait que d'une brûlure puis d'une masse qui l'avait écrasée et d'une autre douleur, bien plus aiguë, quand il était sorti d'elle. Prêt à partir, il lui avait dit : « Ne te lève pas que mon germe ne sorte pas de toi » ; plus, accroupi de nouveau près d'elle, de sa main il avait comme essuyé sa toison et remit en elle ce qui était peut-être sur ses doigts...

Trois soirs de suite il était revenu dans cette pièce noire où l'on avait laissé l'adolescente. Trois soirs de suite il s'était caressé afin d'être en état de la pénétrer. Le quatrième jour, Xanthippe avait quitté la maison de son père et rejoint la maison de Socrate à la périphérie du Phalère. Là, quatre soirs encore, dans un petit cellier à côté de la pièce centrale, il la couvrit. Puis cessa... Il fallait attendre maintenant vingt-huit jours, savoir si il avait été efficace. Xanthippe put alors rejoindre la pièce qui lui était allouée à l'étage. Il ne viendrait plus, elle pouvait à son aise pleurer, personne, personne ne viendrait la consoler, personne ne l'entendrait même, tant Socrate et ses amis parlaient fort en bas.

Horrifiée, la petite Xanthippe, oui, elle était horrifiée non pas tant de la maladresse physique de son mari, elle s'y était habituée assez vite, et aussi elle voulait tant lui plaire, mais à qui oser dire ce qu'elle avait vu au soir du quatrième jour ? En effet, cette nuit-là, elle n'était pas restée dans le noir que le germe monte en elle. Elle était sortie dans la cour... voulait un peu découvrir la maison de Socrate, sa maison dorénavant... Et puis ce rire jeune qui montait comme un chant. Alors, pieds nus, elle s'était approchée d'une fenêtre et, mains agrippées, s'était hissée... Socrate, à genoux, enlaçait les hanches d'Alcibiade nu, la tête contre le sexe dressé du jeune homme, de sa langue il suivait les boucles rousses du pubis de l'éphèbe. Alcibiade rejeta la tête en arrière et poussa un gémissement qui atteignit Xanthippe si intensément qu'il la fit autant plier de douleur que de volupté. Quant à Socrate, il jouissait d'un seul jet long, épais.

Maintenant ses mains à la naissance du membre, il le faisait aller et venir dans sa bouche, yeux clos... Alcibiade gémissait et ses genoux doucement, doucement pliaient. Il s'était allongé et Socrate s'était recroquevillé autour du sexe de son amant mais il faisait froid, très froid dans la pièce, aussi Socrate avait-il été chercher son manteau pour en recouvrir le jeune homme, puis, lorsqu'il fut assez réchauffé, lentement il l'entrouvrit de nouveau et recommença de caresser et de sa langue et de ses mains le corps d'Alcibiade qui se tendait, arqué. Et puis Socrate s'allongea le dos contre le jeune homme.

Xanthippe s'était laissée glisser au sol. Transie. Ainsi c'était vrai. Les servantes chez son père le lui avaient bien dit, affirmé, juré. Et ce soir, son premier soir chez son mari, cette scène. Bien sûr elle l'avait souvent vue sur des vases mais là, avec le bruit... et son mari, son mari depuis cinq jours. Alors, elle alla à la mer et s'y baigna, s'y baigna, « que je noie sa semence », mais vite elle courut hors de l'eau et assise, genoux serrés, elle regrettait déjà... Être la mère d'un enfant de Socrate, même si elle avait vu ce qu'elle avait vu, il était l'homme le plus intelligent : le Maître, son Maître. Elle était femme et femme de Socrate et elle serait la mère de ses enfants et oui, même s'il la chassait, elle écouterait, elle apprendrait, humble, ramasserait des miettes de son savoir. Oui, elle apprendrait — elle aussi —, c'est ce qu'elle se disait, transie, la petite Xanthippe et ses quinze ans et ses cinq jours de mariage avec Socrate le Grand.

La maison avait une cour si petite que le soleil même au mois d'août avait grand-peine à la trouver.

Pauvre, certes, mais surtout plein de principes, Socrate se refusait à employer des serviteurs et Xanthippe avait charge de tout, elle qui aimait tant courir. Ces jeux dans la campagne... La cueillette des olives, c'était toujours elle qui montait dans l'arbre et l'agitait, l'agitait, que les olives tombent dans le drap que tendaient ses amis en chantant et après, les olives rangées, triées dans les calebasses d'osier, les jeux avec les petits chiens... les faire sauter, sauter dans le drap de lin jusqu'à ce qu'ils fassent pipi de terreur.

Et maintenant, elle était là. Ventre exorbité, courge prête d'éclater. Non, il n'avait plus eu à venir la rejoindre passé le premier mois.

Et il ne venait plus à la maison que pour y dormir ou pour y recevoir des disciples, et il la priait alors de quitter la pièce mais il s'était aperçu qu'elle écoutait de la cour, accroupie sous la fenêtre. Peut-être même savait-il qu'elle les avait vus Alcibiade et lui ? En tout cas, péremptoire, le premier soir où elle avait tenté de se faire toute petite et de rester accroupie dans l'ombre, il avait affirmé : « Ça n'est pas pour les femmes mon enseignement. » Il était devenu dur, froid avec elle surtout depuis le soir où il lui avait demandé de préparer un repas pour le jeune et bel Euthydème.

Elle avait refusé de le faire lorsqu'elle avait compris que lui, Socrate, pourtant on ne peut plus frugal, pour honorer son invité voulait qu'en un soir elle donne ses galettes de farine d'orge qu'elle avait cuites le matin pour la semaine, ses oignons frais et le poulpe qu'elle avait été pêcher à l'aube en promenant un tissu blanc devant les trous de rocher, de l'eau jusqu'à mi-ventre. Elle avait explosé car elle savait qu'il n'y avait plus une drachme dans la maison et que certes la mission de son mari était de sculpter les esprits mais aussi que cela lui prenait toute sa sève et lui interdisait tout travail. Ils ne vivaient presque que d'aumônes, enfin de cadeaux en nature des élèves et des fidèles, et les aumônes ce mois-ci tardaient... et puis aussi après le repas les deux hommes s'enlaceraient sans doute, s'amuseraient, riraient — ô rire avec Socrate, comme elle l'aurait voulu —, alors oui, elle fit, ce que vingt siècles après on lui reproche encore ! (on le sait c'est l'exemple type de la mégère), elle prit la table bancale faite de bois et de fer et la renversa elle et les galettes et les oignons et le poulpe dont les chats s'emparèrent à l'instant. Et alors ? Et vous, qu'est-ce que vous auriez fait, hein ? Qu'est-ce que vous dites ? « Rien ! » Eh bien vous êtes un rien molle ! Si elle était jalouse du bel Euthydème ? Oui. Et que ses grâces et ses mines l'aient agacée elle qui lorsqu'elle souriait à Socrate ne recevait pas même un regard en échange ? C'est possible, c'est même sûr. Mais, que fit Socrate alors ? Il lui balança une paire de claques ? Non, pas M. Socrate. Il quitta simplement la pièce à manger avec son jeune ami. Bref, il fut sublime M. Socrate, et c'est inacceptable pour une femme en colère ! Tandis que le bel Euthydème, craignant que le couple ne se crêpe le chignon (bien que Socrate fût chauve, joufflu et mafflu), n'écoutant que son courage qui ne lui disait rien, à moins que ça ne soit sa bonne éducation, abandonnait Socrate, courait vers la rue, son Maître, lui, serein et souriant, déclama cette fameuse phrase que les jeunes gens cultivés ont tant plaisir à réciter haut, très haut encore aujourd'hui ! « *Reste donc, Euthydème ! Ne te souviens-tu pas que dernièrement, comme nous soupions chez toi, une poule sauta par hasard sur la table et fit choir le couvert que tu venais de dresser ? Me suis-je alors ému et ai-je parlé de te quitter ?* » Suprême élégance d'hôte !

C'est vrai qu'après ces scènes elle changea de caractère et laissa voir qu'il l'irritait. Elle ne pouvait plus le supporter lui et sa manie, pourtant tout le monde le faisait puisque les serviettes n'existaient pas, de s'essuyer la bouche avec des boulettes de mie de pain qu'il roulait, roulait sans cesse de sa main gauche tandis qu'il mangeait de l'autre. C'est vrai qu'un être qui mange est rarement beau, lui était né laid et il ne l'aimait pas et elle le savait.

Étourdi au point d'oublier parfois qu'il était encore vivant, trop occupé à traquer la vraie sagesse depuis le jour où — était-ce à Delphes ? — il avait eu une illumination, il lui fallait acquérir lui-même cette sagesse suprême et pouvoir ensuite l'enseigner aux autres. Tel était son but, dût-il y laisser la vie. Alors, sous prétexte d'atteindre (et il y parvint) cette fameuse sagesse et de consacrer sa vie à montrer aux autres comment se dominer, il oublia de voir que près de lui vivait Xanthippe la jeune, la vive, la brûlante, l'agressive, l'absolue.

Pourtant, elle n'était pas que cris et Socrate le Sage, celui qui nous guide encore, avait beau la traiter de gallinacée, elle était une gallinacée au cœur tendre. Un soir, la nuit était douce, les étoiles pures, la mer calme, elle avait un peu plus de quinze ans, on jouait *Antigone* à Delphes ; elle était là, saisie, envoûtée dans ce cercle magique qu'est le théâtre. Ils étaient arrivés la veille, Socrate avait longuement questionné la Pythie, tandis qu'elle jouait à ramasser ses petites pommes de pin menues, serrées qui, lorsqu'on les presse, vous laissent en bouche un goût âcre, nulle part en Grèce elle n'en connaissait de si belles, de si bonnes. Et, en mastiquant la résine, elle écoutait Antigone. Bouleversée. Pétrifiée. Socrate, lui, dormait pendant qu'Antigone, à mains nues, ensevelissait son frère mort, que son âme n'erre pas, prête à payer par son emmurement... Recroquevillée, Xanthippe eut un geste, comme pour s'appuyer un instant sur Socrate enfin réveillé, mais alors il lui lança un tel regard qu'elle s'écarta de lui. A jamais. Ils étaient mariés depuis deux mois.

Jambes écartées, tunique relevée, c'est Aspasie qui la lui a donnée cette tunique, gênée que Xanthippe marche presque nue? ou lasse de ce tissu brun?... l'aube est là, la cour de la maison est enfin fraîche, Xanthippe qui a passé la nuit dans la cour se détend, elle s'épile avec ce mélange de cire et d'huile que toutes les femmes emploient ici. Elle est velue, Xanthippe. Elle a traîné dehors la cuvette ovale, portée par un trépied à pattes de lion : le bain de pied de Socrate. Sa mère y lavait les nouveau-nés qu'elle accouchait. Socrate l'a apportée dans la maison mais ne l'a jamais utilisée. Elle, elle aime, quand elle est seule et que l'enfant dort, s'en servir ainsi. Seule, est l'est, bien que Socrate ne soit pas loin ; en effet, il est rentré il y a peu d'Athènes d'un de ces banquets où il a parlé, parlé.

Ce soir, son fils dort. Elle marche sur la plage de galets plats, la frange de mer qui vient les battre est fluorescente. Un troupeau d'ânes sauvages apeurés court en tous sens et brait si fort que les oiseaux noirs engourdis s'affolent eux aussi et que, d'un nid à l'autre, ils s'élancent, rasent l'eau, la plage et son visage, poussant leurs cris de nouveau-nés que l'on sacrifie. Cris qui font si peur aux navigateurs que certains, pris dans un nuage de puffins — c'est le nom de ces oiseaux-là — physiquement paralysés d'horreur, laissent la coque de leur bateau se briser sur les rochers. Elle aussi a peur, Xanthippe, et en plus l'air a cette chaleur lourde que la nuit et le vent n'ont pas encore refroidie ; en sueur elle court vers la petite maison, pousse la porte de bois qui ne ferme pas. L'enfant est là, dans son lit à elle, roulé dans sa deuxième robe, celle de lin blanc. Elle le prend dans ses bras, le porte jusqu'à la plage et là, au creux d'un rocher, attend l'aube avec lui, plus calme, câline oui, câline. Tout à l'heure, elle le réveillera et, à mi-cuisses dans l'eau, tous les deux traînant un linge blanc, ils attraperont les poulpes qui viendront par dizaines s'y accrocher. Elle les fera sécher, sur ce fil de crin noir et de laine blanche qu'elle a tressé et posé entre deux bâtons... Dans les rues du Phalère, elle ira — elle laisse alors l'enfant à la maison — vendre ses poulpes et ses calamars séchés.

Elle et le petit vivent de cette vente depuis quelques mois car Socrate est si soucieux ces temps-ci qu'il a oublié, oublié, sa famille.

Xanthippe n'ose plus s'approcher de lui. Elle a bien essayé, une fois, de venir vers lui mains tendues, plus, offertes : « Socrate puis-je faire quelque chose qui vous aiderait ? » Il avait ri et répondu : « On ne m'aide pas, femme. »

Mais ses soucis s'accumulent car, lorsqu'il rentre, souvent seul maintenant, et qu'elle l'aperçoit, son visage habituellement calme, serein, est alors agité comme une mer démontée. Xanthippe sait qu'elle devrait tenter encore un geste mais n'ose, paralysée de peur et aussi, bien qu'elle s'en défende toujours, d'admiration éperdue pour sa forme de pensée même si l'homme lui répugne.

Athènes de luttes en luttes, de compromissions en compromissions, Athènes la belle, la ville habillée des plus beaux temples, laisse sa jeunesse mourir. Factions de mouches noires contre frelons, ils se battent entre eux depuis des années et les survivants s'entre-condamnent à l'exil. Athènes va à vau-l'eau. Alors, Sparte la dure, Sparte la noire, Sparte la rigide veut, profitant de cette faiblesse, en finir avec cette ville trop orgueilleuse et intensifie ses attaques ; et c'est à ce moment-là que la rumeur qui accompagnait toujours Socrate, comme un nuage de mouches un bœuf, s'est amplifiée, parfaitement orchestrée par Aristophane, ce pied-bot jaloux mais homme de talent... « *Socrate n'honore pas les*

Dieux de la Cité et en invente d'autres. » Aristophane, aidé, il les payait, par trois rats dont l'histoire a retenu les noms grâce à leur perfidie, Anytos, Meletos et Lycon, alla jusqu'à porter plainte contre le philosophe et ce fut le scandale.

Les amis de Socrate s'inquiétaient bien depuis quelque temps mais lui souriait et de la main chassait ces vilains petits nuages de mots, même si, seul, il se faisait quelques soucis. Il ne pouvait, il ne voulait croire ou, plutôt, lui, Socrate, devait ignorer une telle infamie. Mais, très vite, ça ne leur suffit plus de dire que Socrate n'honore pas Athènes et ses lois, on l'accuse maintenant de former des rebelles et dans le même temps de les pervertir... Alcibiade l'impie, ce briseur de colonnes d'Hermès et ce Critias qui ose dans ses pièces de théâtre rire des dieux... et tant d'autres encore. Quand une ville se meurt et que les tyrans sont au pouvoir, il leur faut un exemple, un bouc émissaire. Et surtout, surtout quand rien ne va plus, les tyrans, cela rassure le bon peuple obéissant et terrorisé, exigent l'ordre et la propreté morale. Et Socrate, lui, vit libre et apprend aux autres à vivre aussi libres et à ne respecter que ce qu'ils pensent respectable et non pas ce qui l'est par les décrets des maîtres du moment... Quant à ce goût des conversations-palabres qui pouvaient durer une nuit et un jour, où tout était remis en cause et qui plaisaient tant aux jeunes, cette provocation à toujours s'opposer seul au vote populaire s'il le jugeait nécessaire — et avec des tyrans cela l'était sans cesse —, Socrate savait qu'il ne cesserait jamais de le pratiquer. Il devait continuer, là était son devoir.

Enfin, en 406, n'avait-il pas osé l'inosable ?

L'inosable ? Seul contre toute l'Assemblée surexcitée, poussée par un immense élan populaire, bien orchestré par les tyrans ; Athènes avait fait un procès à ses héros, ses généraux vainqueurs enfin des hommes de Sparte. La seule victoire d'Athènes depuis si longtemps ! Mais pour gagner, les généraux avaient subi de lourdes pertes et quelques grosses trières avaient sombré corps et biens et deux mille soldats athéniens gisaient de par le fond. La bataille avait été si sauvage et l'issue si hypothétique jusqu'à la fin que, délibérément, les généraux avaient donné l'ordre aux équipages survivants de continuer l'attaque et de ne pas s'arrêter pour tenter de retrouver les corps de leurs amis morts. Athènes fut, cette fois-là, encore sauvée mais les âmes de deux mille Athéniens sans sépultures erraient dorénavant, pleurant l'outrage irréparable. Prémonition de femme ? Pourquoi Xanthippe s'était-elle sentie si mal lorsque, à Delphes, la nuit était si douce pourtant, elle avait assisté à cette tragédie où Antigone justement, elle, osait tout braver jusqu'à la mort pour enterrer le corps de son frère ; que son âme, à lui, n'erre pas ?

La ville était exsangue. Un grand scandale serait le bienvenu. Alors on fit un procès aux généraux. Un grand procès très annoncé, que chacun vienne bien y assister. Et, hasard ou vouloir des maîtres du moment ? le procès s'ouvrit en même temps que commençait la gigantesque fête où tous les nouveau-nés de l'année étaient présentés à cette même Assemblée et inscrits sur les registres des vivants. Le parallèle était impossible à ne pas faire pour le peuple... Ces jeunes enfants avaient leurs noms inscrits et ainsi devenaient citoyens d'Athènes, tandis que leurs pères, leurs frères ou leurs oncles, eux, morts à la bataille des Arginuses, la page consacrée aux morts demeurerait blanche de leurs noms, vide, nue, puisque leur âme échappée de leur corps sans sépultures errait perdue.

La condamnation à mort des généraux était évidente, elle le fut. Mais, à cet instant, dans cette assemblée du peuple où plus de dix-huit mille hommes pouvaient se tenir, mais où on voyait d'ordinaire rarement plus d'un millier d'Athéniens, cette fois ils étaient bien plus de dix-huit mille ! Ils étaient venus de tout l'Attique réclamer vengeance et réparation — à cet instant, dans cette assemblée située sur les hauteurs du Pnyx appuyé à la colline des Muses, (ce jour-là, le soleil était presque à son déclin) un homme osa l'inosable. Osa s'élever contre la sentence, osa dire que les généraux étaient de grands héros, plus, que ces généraux étaient les vrais sauveurs d'Athènes et qu'il fallait leur couvrir le front d'une couronne de feuilles d'or... Son nom ? Socrate. Xanthippe, ses pieuvres sèches cachées sous sa tunique, était accroupie non loin de l'assemblée — elle connaissait un endroit dans la colline des Muses d'où on voyait et entendait tout. « Pas étonnant, grondait la foule, qu'il ne respecte ni la famille, ni la tradition de l'ensevelissement, il n'est pas même capable d'être un père convenable, encore moins un époux », et tous soudain de plaindre Xanthippe qui vendait des poulpes séchés dans les chemins du Phalère pour survivre. Parfois même il lui fallait, pour ne pas rentrer avec ses poulpes enroulés autour de son bras, dizaine de serpents morts, monter jusqu'à Athènes... Plaindre Xanthippe dont ils s'écartaient pourtant tous !

Xanthippe, quand elle entendit Socrate oser dire ce qu'elle pensait tout bas, exulta. Elle se dressa enfantine de nouveau, les bras tendus vers le ciel remerciant elle ne savait qui, Xanthippe ne croyait à aucun Dieu... Heureuse. Fière que le seul qui ait osé s'opposer à ce jugement fût le père de son fils, son mari, Socrate. Son mari : mais soudain tout son visage se décomposa, cet homme qu'elle admirait plus que tout mais qui la méprisait, cet homme qu'elle aimait parce qu'elle l'admirait, pour elle l'amour n'existait pas sans admiration, cet homme venait de se perdre... ; et pourtant, chaque citoyen avait dans cette enceinte le droit de dire ce qu'il pensait mais là, Xanthippe en était sûre sûre, Socrate s'était mis à l'écart de la Cité et cette fois à jamais.

Socrate décidément était par trop un destructeur. Alors la Cité, Xanthippe avait bien deviné, inventa une loi destinée à le rendre muet et, en 404, très vite après la condamnation des généraux, on vota une loi qui interdisait « *d'enseigner l'art des discours aux jeunes gens, même gratuitement !* »

« *Mais jusqu'à quel âge est-on un jeune homme demanda Socrate ? — Jusqu'à 30 ans !* » et Socrate d'éclater de rire et de se moquer comme il savait si bien le faire ! C'est vrai que Socrate attirait l'élite des jeunes hommes, futurs chefs, et que, pour les rendre meilleurs, il s'acharnait à développer leur esprit critique mais d'abord et avant tout sur eux-mêmes. Mais après ? Ah bien sûr... qui pourrait les empêcher de critiquer la Cité ? Or la Cité, groupe où chacun se rassure en parlant comme l'autre, avait flairé le danger : c'était Socrate, depuis longtemps, et là elle avait trouvé la parade.

Oui, depuis quelques mois Socrate était de plus en plus sombre, il ne parlait plus à la maison, il n'y rentrait, parfois, que pour dormir quelques heures et la nuit était encore là quand dans la cour il se mouillait un peu le visage d'eau gardée dans une jarre et, muni de sa lampe à huile et de son bâton, repartait. Xanthippe avait tempêté, crié, pleuré aussi, exigé, supplié, elle voulait savoir mais Socrate disait toujours : « Tais-toi femme... » Pourtant, maintenant, lorsqu'il regardait son fils, ses yeux s'embuaient et Xanthippe l'avait vu un soir où il se croyait seul prendre le visage de l'enfant entre ses mains et le contempler, muet. Tendre, si tendre soudain, et son « tais-toi femme » était si las... Il la renvoyait, l'apostrophait mais Xanthippe percevait qu'il n'y avait plus de vrai agacement, et cela la rendait encore plus folle d'inquiétude.

Un soir, Phédon, Simmias, Cebes et Criton étaient venus. Le temps était encore froid, était-on en mars ou déjà en avril ? en tout cas Socrate avait exigé que Xanthippe et Lamprocles dorment sur la plage. Pressé il avait même eu un mouvement de main pour les faire sortir plus vite, comme un « allez ouste... ». Mais elle était revenue, Xanthippe, pieds nus, et accroupie dans la cour comme au 4e soir de ses noces, elle avait écouté et regardé par le trou de lumière. Était-ce Phédon ? était-ce Criton ? Elle n'avait vu que les mains, un des deux, en tout cas, avait posé des pièces d'or sur la table et supplié Socrate de partir, de s'exiler... Mais Socrate, tête baissée, disait « non, non » et de la tête et de la voix.

— *Mais on va dire que tes amis t'ont abandonné, Socrate, et que, par avarice, on te laisse aller à un procès...*

— *Mais, pourquoi nous soucier à ce point, bienheureux Criton, de l'opinion du plus grand nombre ? Je suis athénien et demeure athénien...*

Alors, lasse, plus, épuisée, elle était repartie vers la plage et son fils. Elle ne comprenait décidément pas ce qui se passait. Que d'or sur cette table ! des pièces d'or, elle ne se souvenait pas d'en avoir jamais vu autant même à Delphes les jours de grande offrande.

Et puis, en mai, c'était un mois de mai froid, Socrate fut jugé par cinq cent un Athéniens...

Xanthippe, au fond de la salle, écoutait son mari se défendre — il avait bien sûr refusé un avocat —, subjuguée, car elle l'admirait toujours, contrairement à ce que prétendaient les amis de Socrate. Elle écoutait, haletante, consciente qu'il agaçait, trop sûr, trop caustique, ses juges si ignorants, donc très forts. Ses mains, serrées, étaient en sang. « Il les provoque. C'est son heure de gloire, il les écrase, ils ne lui pardonneront jamais, jamais... Je le vois à leurs yeux. »

Une majorité de trente voix se dessina et il fut condamné. Condamné à choisir, c'était la coutume, sa propre peine. Alors Socrate, hilare, choisit pour peine d'être nourri, logé au Prytanée, notre hôtel de ville actuel, comme un invité de marque! Excédés et se considérant bafoués — de plus il était tard et beaucoup de juges étaient des commerçants et il leur fallait retourner ouvrir leurs boutiques, les Athéniens faisaient leurs courses au coucher du soleil —, les juges décidèrent la mort, qu'on en finisse : il boirait donc la ciguë.

Xanthippe alors hurla, se griffa le visage, injuria les juges mais surtout Socrate. Car il avait gagné, c'est ce qu'il voulait, tout en elle le percevait. Martyr, Socrate s'inscrivait dans la légende, dans l'Histoire du monde : « Et moi, et moi... » « Et lui, et lui... sanglotait-elle. Egoïste, un égoïste qui veut mourir! »

L'enfant, gêné — les enfants détestent les cris —, la tirait hors du cercle : « Viens maman, je t'en prie, s'il te plaît, viens, allons-nous-en chez nous, on nous regarde... »

On le sait, il resta trois mois dans sa prison-rocher, à mi-chemin de la montagne qui mène à l'Acropole — on la montre toujours à Athènes et longtemps les jeunes, quand il fallait encore se cacher, y sont venus faire l'amour...

C'était l'aube, les coqs l'avaient annoncé, Xanthippe et l'enfant étaient là. L'heure vint d'apporter la ciguë, Socrate exigea alors qu'ils sortent, ne voulant près de lui que ses élèves et amis. Oui, il chassa Xanthippe et son fils. Il voulait que sa mort devienne un acte inoubliable et avait peur d'être dérangé par les cris des siens, n'aspirant qu'au silence et à l'admiration de ses amis : Silence. Admiration.

On ne sut plus rien de Xanthippe, ni de Lamprocles. Personne ne s'en préoccupa d'ailleurs.

Mais, longtemps, longtemps, une femme hagarde, des cheveux gris hirsutes sur le visage, a erré dans les rues. Sur ses bras, enroulés, des dizaines de pieuvres ou de poulpes. Elle allait dans les rues et s'approchant de quelques jeunes gens, soudain, elle brandissait une pieuvre et l'écrasait sur leur visage ou leur corps et elle riait. Méchante. Perdue... On disait — enfin certains disaient — que son nom était Xanthippe... D'autres racontaient aussi, le soir en chuchotant, que peu de jours après la mort de Socrate une femme avait creusé, creusé une nuit durant près du rocher-prison et qu'elle s'y était ensevelie au matin... Et ceux-là disaient aussi que le nom de la femme était Xanthippe.

A Athènes, aujourd'hui, dans le même quartier près du mont Lycabette, il y a une rue Socrate, grise, bruyante, et une petite rue Xanthippe, pleine de fleurs.

ADÈLE FOUCHER

1803-1868

épouse : VICTOR HUGO

1828 — 11, rue Notre-Dame-des-Champs, Paris.

— Bon Dieu de merde, de bon Dieu de merde! Alors, on ne peut pas aller pisser au bout du couloir sans que quelqu'un ne vienne vous prendre votre plume dans cette maison?

Il hurle, Victor Hugo. Chemise blanche grande ouverte, il marche, arpente la chambre où depuis quinze jours il trace les grands moments de *Notre-Dame de Paris,* tandis que dans le même temps il achève *Dernier jour d'un condamné.*

Un lit défait, gris, sale. Des papiers, des brouillons jonchent le sol. Seuls meubles en plus du lit, deux écritoires. Il passe de l'une à l'autre. Soudain, il marche sur les papiers, court vers la cuisine : « Adèle ! Adèle ! Didii, rends-moi ma plume... » Elle est là, Adèle, ses longs cheveux noirs défaits. Elle porte encore son sarrau du matin posé sur un caraco blanc douteux. Pieds nus — ses pieds sont courts et roses, elle a gardé ses pieds d'enfant, le matin, elle aime les écraser contre les carreaux rouges et blancs de la cuisine —, assise à la table de bois, elle a repoussé les légumes et la poule qui vont bouillir bientôt, elle fait les comptes de la maison. Chaque vendredi Hugo les exige, il va être 11 heures, on est vendredi et elle n'a rien noté de la semaine ! Alors, elle invente, Adèle... et pour faire plus sérieux écrit « *ai retiré 20 sous à la couturière, prend trop sur la passementerie...* ».

Il croque un oignon blanc, Victor, il a oublié sa colère. Elle a les cheveux de Doña Sol son Adèle. Il lui passe la main dans les cheveux, descend dans le cou. Il est derrière elle maintenant, alors vite elle appelle les enfants, très fort. Furieux, Hugo se réajuste, elle lui a encore fait le coup d'appeler les petits. Jamais seuls. Son pantalon était pourtant déjà baissé. Prêt. A vrai dire il est toujours prêt.

Mais de nouveau il court vers sa chambre à écrire... Les pieds nus d'Adèle, sa nuque, ses cheveux, l'odeur des légumes l'ont affolé. Il se rêve avec elle près d'une rivière alors, alors (il avait repris sa plume dans la cuisine) il écrit d'un seul élan, sans une correction, il écrit... « *Elle était déchaussée, elle était décoiffée. Assise, les pieds nus, parmi les joncs penchants ; moi qui passais par là, je crus voir une fée. Et je lui dis : veux-tu t'en venir dans les champs ? Elle me regarda de ce regard suprême qui reste à la beauté quand nous en triomphons...* »

1830 — Église Saint-Paul, Paris.

Assis derrière un pilier — il va être 6 heures — l'heure du Salut, l'église Saint-Paul va se remplir —, lui, Sainte-Beuve a posé son huit-reflets en haut du mitan de ses genoux afin qu'Adèle Hugo ne perçoive pas trop son excitation, excitation si forte qu'elle fait bomber son pantalon. Tourné vers elle... il ose, parce que le bruit des pas du bedeau est ténu, lointain, et que l'église est encore vide ; il ose l'embrasser sur les lèvres tandis qu'il lui malaxe les seins. Ses seins, lourds du lait qui nourrit sa fille Adèle, filleule de Sainte-Beuve.

Sainte-Beuve s'irrite tandis que sous la redingote à glands ses mains se perdent, serrent, s'agrippent, veulent dire son amour, mais « aïe ! », il s'est piqué au sang à une de ces épingles de nourrice, pas fermée, qu'Adèle porte toujours sur elle ; épingle qu'elle laisse ouverte en bonne mère nourricière pour la détacher plus vite et sauver un de ses marmots qui perdrait une fois de plus sa culotte aux boutons jamais assez cousus.

Ils se sont repris, ou plutôt Adèle s'est écartée, rouge sous sa capote pleine de rubans violets et ornée au-dessous de chaque oreille de deux petits bouquets de violettes au cœur jaune vif. Elle est rouge, en sueur, elle se réajuste, visage pincé. Décidément, Sainte-Beuve est aussi violent que son Victor dans les étreintes... Ces hommes ! Lui, boude de tout son visage menu, se tient droit sur sa chaise, s'évente avec son haut-de-forme, ses cheveux roux pâle à la limite du jaune, collés sur son front. « *Mon désir t'importune, je le vois bien.* »

— Je penserai à vous ce soir, mon ami, murmure-t-elle, votre amour m'aide à vivre car, au milieu de mon bonheur, je m'ennuie tant...

Elle le dit, agenouillée, mains jointes devant sa bouche, elle chuchote comme si elle priait tandis que Sainte-Beuve continue, à voix basse, de se plaindre, de geindre et de geindre encore et toujours sur lui-même... Mais Adèle ne l'écoute plus, elle se souvient de son Victor, fiancé alors, et qui, jeune chiot fou, se pressait aussi debout contre elle, lui aussi lui labourait les seins encore si menus, les labourait, les écrasait, et elle qui pliait déjà de douleur... elle avait toujours eu les seins fragiles, il arrivait même qu'ils se rétractent encore aujourd'hui sous la bouche avide d'un de ses bébés. « *Le plus souvent tu parais souffrir mes baisers* », lui écrivait le soir Victor, durant leurs fiançailles. Et voilà que Sainte-Beuve se plaint de la même façon ! Sainte-Beuve, que par lassitude, vague à l'âme chronique, peur de Victor si brillant, elle a cru aimer, excédée aussi des exigences de son Victor, de ses délires, de ses désirs, elle a cru que Sainte-Beuve lui parlerait d'amour, certes, mais aussi qu'elle « soufflerait », c'était son mot. Et elle, à qui il prenait des accès de soupirs et de larmes, sans imagination, avait cru que l'amour doux, respectueux d'un homme l'aiderait, mais voilà, Sainte-Beuve pleure, crie, exige la même chose. Plus, menace, il va tout dire à Hugo...

— Je lui écrirai que je t'aime, il te rend trop malheureuse, il ne pense qu'à lui mais moi, Adèle, je te rendrai heureuse. Lui, ton mari, il t'oublie...

— C'est moi qui parlerai à Victor et pas plus tard que ce soir...

Elle est irritée, ça n'est pas pour gagner du temps mais c'est à elle d'expliquer ce qui lui arrive et non à cet homme : de quel droit ? Et il est là de nouveau serré contre elle, il pleurniche mais elle, à vrai dire, ne pense plus maintenant qu'à la première d'*Hernani :* il faut que son Victor triomphe. Cette cabale qui se fomente, car c'est une cabale, est inacceptable. Oui, il faut qu'il triomphe... D'ailleurs elle va rentrer tout de suite écrire des lettres, inviter des gens à eux, faire la salle, et faire répéter aux amis ce qu'ils doivent dire... Allez... Elle se dresse.

— Adieu... mon ami... Je rentre chez Hugo, il a besoin de moi.

Et sans attendre qu'il la suive elle est déjà partie, elle a hâte d'être chez elle, chez eux. Porte fermée. D'ailleurs elle a près de 400 billets à distribuer à de jeunes étudiants et Victor l'a chargée de les choisir, de les voir un à un...

1821 — Rue du Cherche-Midi, Paris.

Elle est dans la lingerie, assise, fait des jours échelle sur ses futurs draps de femme et brode, enlacés, un H et un F ; les pieds posés sur un petit escabeau. Adèle Foucher a brodé tout le jour, la lettre de son Victor pliée dans son corsage, mais ce matin, la lettre quotidienne lui a fait peur ; plus, elle l'a horrifiée. Mais que voulait-il dire en parlant de « souillure » ? Et qu'avait-il donc fait, Eugène, ce frère si violent ? Sur la mèche de cheveux qu'elle lui avait envoyée ? Peut-être devrait-elle montrer cette missive à sa mère ? En tout cas, elle lui a répondu tout de suite du haut de ses seize ans, parfaite, « *la passion est de trop, ce n'est pas durable, du moins je l'ai toujours entendu dire* », sûre de son catéchisme, puisqu'on le lui a appris, c'est que c'est vrai. Elle ne doute pas.

Les violences épistolaires de son Victor lui font toujours peur et seule sa signature et le « *ton mari qui t'aime* » la comblent ; pourtant, depuis ce matin, elle garde cette lettre dans son corsage, et plus les heures passent, plus cette lettre la brûle et elle sent maintenant comme une moiteur dans le bas de son corps. Assise, elle ne bouge plus, attend que cette chaleur la traverse... Elle se secoue et murmure « il me rend mal élevée, c'est péché ça ».

1830 — Paris.

Aujourd'hui mariée, mère de cinq enfants, elle se murmure encore : « Il me rend mal élevée », mais cette fois il s'agit de Sainte-Beuve. Assise dans sa chambre, elle ne brode plus, les jardins du Palais-Royal sont sombres et elle n'a pas allumé la lampe. Éternelle gentille enfant, Mme Adèle Hugo ne sait plus où elle en est. Parler à Victor de cette attirance qu'elle a pour Sainte-Beuve ? Elle aime tant parler de Dieu avec lui et il lui répond si gentiment ! Bien sûr, en échange, il veut des baisers et plus comme l'autre soir dans l'église.

Oui, il saura la comprendre lui Hugo qui —

prescience ? — à la veille de leur mariage, alors qu'ils étaient encore deux enfants, il avait vingt ans et elle seize, lui avait écrit : « *J'ai observé à fond ce soir tout ce qu'il y a pour moi dans ton âme, j'y ai vu je ne sais quel sentiment qui ressemble à de la compassion, de l'habitude, de l'amitié peut-être, mais point d'amour.* »

C'est vrai, Victor et sa violence, Victor et sa démesure l'ont choquée, ses gestes d'homme l'ont dérangée, apeurée, dégoûtée...

Un jour, tout au début où ils avaient enfin le droit de se promener ensemble, ils avaient vu deux chiots qui se mordillaient, roulaient, jappaient, essoufflés, s'arrêtaient un instant puis reprenaient leur lutte pour se chevaucher enfin le poil collé de sueur. La nuit de leurs noces, tandis que Victor l'avait possédée neuf fois de suite, elle n'avait cessé de revoir les deux chiots et la chambre avait senti alors la même odeur que ce jour d'été-là. Oui, elle trouvait l'amour de Victor trop fort, ce qui ne l'empêchait pas dans le même temps de lui dire qu'il ne l'aimait pas assez ! Et maintenant Sainte-Beuve exigeait les mêmes privautés ! « Mais qu'est-ce qu'ils ont les hommes ? Ne peut-on s'aimer autrement ? »

Décidément Adèle Hugo n'avait jamais apprécié les excès ni en gestes ni en mots, et même les écrits de son mari l'avaient choquée au début. Les premiers poèmes qu'il lui envoyait adolescent épris... elle lui en avait retourné quelques-uns notant dans la marge : « Comment peux-tu écrire des choses pareilles ? » Parfaite petite matrone déjà, elle le sermonnait tandis qu'il rêvait une Adèle qui n'existait pas. Consciente de son rôle de future gardienne du feu, elle lui écrivait de pauvres petites lettres plates : « *Comme tes lettres sont courtes ma petite femme* », se plaignait-il. Peu habituée à se dire, peu habituée à écrire, elle avait le courage pourtant de se montrer telle qu'elle était : une jeune fille sincère, courageuse, convenue. Elle lui avait même écrit : « *Ton esprit et le talent que tu peux avoir : que je ne sais malheureusement pas apprécier...* » Et lui amoureux, fou de l'amour qu'il lui portait, répondait bien sûr autre chose. A côté : « *Qu'y a-t-il de réel au monde si ce n'est la poésie ?* » Elle tremblait alors sur ses jambes solides, la petite Adèle, et prenait pour écrit comptant les fulgurances de son Victor, mais, elle ne pouvait pas lui laisser écrire de telles horreurs ! Bien sûr que non que la poésie n'est pas le réel ! alors elle le suppliait : « Revenons sur terre ! »

La terre... Elle s'y cramponne, elle ne suivra qu'un sillon, celui du quotidien, celui qu'elle s'est fixé ou plutôt que sa famille lui a inoculé avant de se fiancer à cet enfant si insupportable et si génial...

Elle sera celle qui forcera Victor à avoir les pieds sur terre, lui le fou, à jamais elle demeurera celle qu'elle était à seize ans et qu'il n'a jamais voulu voir, tant occupé à l'inventer. Une femme calme, sans imagination, qui à seize ans lui écrivait encore : « *Je vois avec peine que tu m'écris que tu me trouves charmante. Sûrement je n'ambitionne que ton suffrage, mais Victor, je suis la femme la plus ordinaire qui existe, je dis ce que je pense, tu t'en apercevras un jour et alors tu m'aimeras moins et cela fera mon malheur.* »

1829 — Rue Notre-Dame-des-Champs chez Sainte-Beuve.

« Bas les pattes ! Sainte-Beuve. Mais enfin c'est insensé, croyez-vous vraiment que j'aie accepté votre amour si beau quand vous le dites pour que vous vous conduisiez comme un soudard, comme Totor en clair ? Pourquoi croyez-vous que je le trompe avec vous, lui que j'aime plus que tout ? Mais pour justement avoir des plages d'amour, pures, platoniques. Soyons clair, Sainte-Beuve, je ne vous ai jamais menti là-dessus. J'aime Victor, mais ses exigences de chiot qui se secoue m'épuisent. Je ne peux pas comprendre ce que vous les hommes pouvez bien trouver à ces jeux-là. Non, vraiment non. Regardez dans quel état vous m'avez mise : toutes les baleines de mon corsage cassées ! le ruban de mon jupon avalé... et où je vais le retrouver moi, maintenant ? Il va falloir qu'avec une épingle de nourrice je le tire pendant des heures tant l'ourlet est étroit. Mme Foucher mère voulait le trousseau le plus fin pour moi, et maintenant pour rattraper mes lacets, je ne vous dis que ça ! et cette façon d'écraser mon soulier ! Regardez le nœud en est tout poussiéreux. »

« Allez, sois calme. Sois gentil, Charles Augustin. Assieds-toi, tiens ma main et explique-moi quelles sensations ça te donne d'écraser ainsi mon pauvre soulier ? Je ne nie pas qu'il y ait un lien direct avec je ne sais quelle partie de vous, les hommes, ou plutôt si je la sais et que trop, puisque encore une fois Victor n'a ou plutôt n'avait de cesse de coincer lui aussi un de mes pauvres petits 34 entre ses deux 42 lorsque nous dînions chez mes parents... Remarque, je retirais mon pied... et lui laissais seulement la bottine ! Tout à l'heure, pour que je vienne, tu avais dit : « Nous parlerons seulement. » Je t'avais cru !

» Et si je me suis donnée à vous, à toi, vous le savez c'est parce que vous menaciez de vous tuer et j'étais si lasse... et puis aussi vous étiez plus calme que Victor dont l'excitation me fait si peur... Alors j'ai voulu vous faire plaisir, vous montrer que je vous aimais bien. Mais après nous avions décidé que vous seriez seulement mon amant mystique... Vous m'aviez dit oui... Mais vous aussi vous mentiez ? Vous aussi vous êtes un gros dégoûtant ? »

Elle se tut soudain. Dégoûtant ? D'où lui remontait ce mot oublié. Enfant, elle l'avait entendu dans la bouche de sa mère. Elle parlait d'un jardinier avec la mère de Victor justement tandis qu'eux, les enfants, marchaient à l'avant. Sa mère avait dit : « Oh ! mon mari l'a chassé, c'était un gros dégoûtant... » Et les deux femmes s'étaient alors comme murées, bouches serrées.

Hernani est le cadeau d'amour de Victor à Adèle. Doña Sol, c'est elle. Hernani c'est lui. Chant d'amour, chant de fin d'amour. Victor Hugo ne le sait pas encore, mais il change d'écriture et il va aussi changer de vie. Le temps est venu à bout de l'amour d'un adolescent qui magnifiait, coloriait tout. Fini les rêves de pureté brûlante dédiés à une seule femme. La sensualité d'Hugo explose. Tout ce qui porte un jupon l'attire, ainsi que le goût du succès, du triomphe, et cela ne le quittera plus... Adèle a provoqué le déclic, le changement ? ou bien tout couvait ?... Peut-être qu'Hugo se serait encore acharné dans sa volonté à ne vivre malgré tout qu'un amour unique et conjugal, si Sainte-Beuve ne lui avait pas avoué son amour pour sa femme ? Car elle ne s'était jamais décidée à en parler la première.

Hugo, sublime, a souffert, a compris. Et aussi il avait besoin des critiques de Sainte-Beuve. Il a pardonné à Adèle.

Quant à Sainte-Beuve, il aurait voulu, c'est évident, être Hugo. Et c'est délibérément qu'il a séduit Adèle, qu'au moins il lui vole sa femme à ce monstre de talent et que lui, Sainte-Beuve, fasse ainsi mal, très mal à ce Hugo si, admiré, si détesté, si envié.

C'est ainsi qu'Adèle, la naïve — il était si laid, si peu attirant —, c'est ainsi qu'elle entra en adultère, croyant entrer en amitié, voire en pitié chrétienne. Elle avait vingt-neuf ans.

Bien sûr, au début Victor pleure, tempête, supplie, il est là dans la chambre d'Adèle, sa redingote lui bat les flancs, il hurle, souffre, tandis qu'inconscient il marche sans cesse sur la latte de parquet qui grince et donne depuis toujours des élancements dans le crâne de sa femme. Chaque fois qu'il vient dans la chambre, il appuie justement sur cette latte-là plus que sur toute autre.

Adèle est exténuée aujourd'hui : les enfants ont été si bruyants, la bonne si obtuse, les amis si insistants, ils voulaient tous voir Hugo et lui qui travaillait se voulait seul et elle chargée de les recevoir et de les évincer... La tête prise dans un étau... S'allonger un instant, seule. Depuis qu'elle est mariée, elle n'est jamais seule. « Non je n'irai plus dans ta chambre et tu ne viendras plus dans la mienne... Tu me fais mal et cinq enfants me suffisent. Non, non Victor. » Elle secoue ses longs cheveux noirs dénoués. Lui pleure, elle pas. Déterminée. Lui la désire toujours tandis qu'elle se réfugie, croit-elle, dans un amour pur, mystique pour Sainte-Beuve, il lui répugne tant et son haleine est si intolérable que cela lui est on ne peut plus facile de ne pas se laisser étreindre, et ainsi elle n'a pas conscience de tromper son mari.

Adèle arrête, casse dix ans de passion avec Victor. Trop lasse. Ils sont deux enfants qui se sont aimés, mais elle n'en peut plus, alors elle crie : « Pouce. »

« *Malheur à qui aime sans être aimé,* écrit alors Victor. *Ah! l'effrayante chose! Le rocher qui est au milieu de l'océan n'est pas plus indifférent, ni plus impassible, ni plus immuable que l'insensibilité qu'elle a dans le cœur...* »

Victor maintenant dort rarement chez lui. Juliette Drouet, sa première maîtresse, l'accueille chez elle, c'est l'élégant Sainte-Beuve qui a prévenu Adèle! Sa vie durant il fut l'ami qui vous veut du bien.

Juliette Drouet, petite hétaïre de l'époque, sait, elle, participer aux jeux de l'amour, plus, elle éduque Hugo qui ignorait que la volupté pouvait emprunter tant de chemins.

Adèle a mal mais ne changera rien à son mode de vie. Elle quitte souvent Paris, va à la campagne avec ses enfants pâlichons tandis que Victor, balourd comme le sont parfois les hommes, laisse Juliette venir voir sa maison. Des jours durant, mutine, elle lui a demandé, mais, lorsqu'il cède, le choc est trop fort pour elle. Cette maison qui sent « l'autre », les jouets des enfants épars, le châle d'Adèle, éternelle désordonnée, une de ses babouches brodées d'un V et d'un A entrelacés, Juliette ne peut en détacher son regard... Victor, lui, la bascule sur son lit bas, celui où il dort et écrit la nuit. Glacée, elle se laisse posséder, inerte cette fois. Victor ne s'aperçoit de rien. Sublime, avide aussi de s'humilier pour se laver de quelques péchés qu'elle pense avoir commis autrefois, elle lui écrit le soir même « *si vous avez quelque pitié pour moi, mon cher amour, vous m'aiderez à sortir de cette posture accroupie et humiliante dans laquelle je suis...* » car Juliette, à l'encontre de la petite quasi analphabète d'Adèle, connaît et pratique les mots. Femme de théâtre, avant de l'aimer elle était une femme aux aventures multiples et rétribuées. En aimant cet être unique Juliette accomplit son rêve de rédemption, et, exaltée, sait indiscutablement mieux dire ce qu'elle veut dire. Bien mieux qu'Adèle le fit jamais. Pudeur et inhibition mêlées, elle n'a jamais pu vraiment s'expliquer. Aussi, consciente d'avoir provoqué ce désastre conjugal, elle se taira le plus souvent, s'efforçant dorénavant d'être une mère et au moins une amie pour son mari... Et pourtant, tandis qu'il écrit les chants du crépuscule auprès d'une Juliette couchée et alanguie, ses vers sont encore pour son premier amour qui lui a fermé sa porte : « *d'un cygne il ne peut jamais/tomber que des plumes blanches* ». Mais ils ne se retrouvèrent plus.

Que pouvait une petite Adèle d'une totale honnêteté, si plate à dire, alors que l'amour enjolivé par tout ce qu'elle a lu fait se gonfler les mots de Juliette Drouet. Il n'est plus d'instant, de situation où Juliette n'écrive à Hugo : « *Tu es grand, tu es beau, tu es un soleil qui brûle...* » Quel est l'homme qui ne se laisserait flatter ainsi ?

Et puis Adèle a été la gamine qui a vu les ailes pousser au gamin savant. Maintenant il faut au maître d'autres miroirs où se contempler. Mais dans le même temps Adèle et son sens de la mesure qui la forçait déjà à décolorier, à dire nu lorsqu'elle était enfant, ne veut pas se taire sûre qu'une personne doit remettre les pieds de son Victor dans la boue où tous les humains piétinent ; fiancée elle avait pris ce rôle, elle l'assumera jusqu'à sa mort et elle l'assumera en parfait accord avec Hugo qui ne pouvait vivre sans son bon sens journalier. Il avait besoin, porte fermée, de son jugement à elle, aussi dur, aussi plat soit-il.

1829 — Extraits de petites notes ou lettres qu'écrivait Adèle Hugo sur les pages de son livre de comptes, livre de comptes qu'elle ne tenait plus.

« ... Tu as été si vite — tu vas si vite mon vendangeur ivre que les nuages de la jalousie s'amoncellent bien sûr sur toi. Vigny ne te pardonnera pas que le Théâtre-Français veuille donner ta *Marion Delorme* et ton *Hernani* avant son *Maure de Venise*. Fais-lui une fleur, Victor. Fais savoir que tu ne veux pas ! (de toute façon tu n'es pas prêt !) et il te sera redevable d'un merci. »

1831 — Château des Roches.

« ... Sainte-Beuve : un coucou qui aime faire sa place dans le nid des autres ? C'est probable. Mais avec toi je me sentais une pondeuse, rien d'autre sans même avoir le temps de dire si je voulais pondre, tu ne me demandais rien et tu travaillais tant, forçat à sa table nuit et jour, jour et nuit, et ne t'arrêtais que pour être alors le portefaix de ton sexe goulu.

... On dit que parfois, après une naissance, la femme devient triste, c'est bien mon cas et je n'arrête pas de l'être après une naissance ! et bien sûr tu n'as pas le temps de t'en apercevoir. Sainte-Beuve, lui, m'écoute... et puis, ne ris pas, lui, il se laisse ramener par moi au Seigneur. Toi tu te veux impie ou pire : Dieu unique. Sacrilège ! Victor, sacrilège !

Et toi, si sûr de toi, lui si laid, tu n'as pas voulu comprendre que sa tendresse attentive pouvait me rassurer, et puis aussi la gloire d'*Hernani* t'a profondément changé. Dorénavant tu n'aimes plus que les adjectifs outrés lorsqu'on te parle de ton œuvre... et ma simplicité te dérange, te fait peut-être même un rien honte, bien que tu me pries de toujours te dire ce que je pense... Et moi que vous dites, avec vos amies, un peu bête — ne dis pas non ! —, je me sens mieux avec Sainte-Beuve qui comme moi aime l'ombre... (Je me trompe sur lui ?) Victor je te sens si loin, irrité, oh tu le caches bien, par ta vie familiale. Tu as dorénavant dépassé le seuil du quotidien : nous te gênons. Oui, c'est cela. Bien sûr tu le nieras mais nous te gênons. Tu t'es voulu sublime en disant que tu me laissais choisir entre Sainte-Beuve et toi... Tu savais bien que je ne choisirais jamais Sainte-Beuve ! D'abord parce que je t'aime depuis toujours et pour toujours, que je suis la mère de tes enfants et que, en vérité, nous sommes deux ignobles enfants qui nous servons de Sainte-Beuve, moi pour me sentir « adorée », et toi aussi. Bientôt il nous haïra car, pardon de ce que je vais écrire, il est plus petit que toi... et moi je suis ta femme oui, bientôt il ne lui restera que la haine pour nous survivre, nous oublier... Victor laisse-moi te dire, enfin, que dans ton offre, il y avait aussi un prompt souci de te débarrasser de moi !

Comment ? C'est moi qui t'ai trompé la première, et c'est moi qui t'attaque ? Oui, parce que tu me trompes depuis toujours avec ton œuvre et tout est maintenant saccagé entre nous. Si j'en suis coupable ? En apparence oui... Ni toi ni lui ne voulez comprendre que je ne veux plus qu'être une mère et une compagne amicale pour toi. Mais, grand Dieu, plus jamais ton épouse... tu me fais trop peur... Je vous voudrais tous deux comme des amis chastes mais il paraît que ça n'est pas possible entre adultes. Dommage... Sainte-Beuve raconte ma « conquête » partout ? C'est pour t'atteindre, toi, je le reconnais misérablement : mais tout cela se transformera en poèmes sublimes pour toi... Donc, ça n'est pas toi le perdant, Hugo ! »

1832.

« ... La gloire qui te fait un manteau d'or, fait pulluler tes ennemis et disparaître tes amis. Il faut que tu saches, bien qu'il y ait là une apparente contradiction, que je suis à jamais, moi Adèle Foucher épouse infidèle Hugo, ton amie. »

Sans date.

« ... Ainsi toi le phœnix, tu étais désemparé. Tu avais besoin d'être adoré inconditionnellement : qu'une femme entre en amour avec toi comme on entre au couvent, oubliant famille et extérieur. Mlle Juliette Drouet désire, à ce qu'on dit, avoir pour métier unique sa passion pour M. Hugo. Être courtisane l'a épuisée ! Il faut de la santé, c'est vrai ! Comédienne ? le talent lui en a été refusé... Nul doute qu'en mêlant ses deux précédents métiers elle n'arrive à te faire vivre, à toi, Victor Hugo, véritable soudard quand arrive l'heure du lit partagé, nul doute qu'elle n'arrive à te faire vivre ce que tu attends de la sexualité : tu es bien le fils de ton père. Il ne faut plus jamais en douter Victor !

Ainsi toi qui ne m'étais fidèle que pour être fidèle à l'image que tu voulais donner de toi, tu as, me dit Paris, sauté le pas une nuit de Mardi gras 1833 et depuis tu te vautres dans les dentelles de cette courtisane ? Je peux tout à fait comprendre ça, même si je ne sais pas le « pratiquer ».

— Quoi ? ça n'est pas le terme exact, ne me corrige pas, veux-tu, tu comprends très bien ce que je veux dire, alors pourquoi ratiociner !

Cette demoiselle Juliette a embrasé tes sens tandis que moi, naïve, toi naïf, tu as saccagé les miens lors de notre première nuit. Les caresses sont sûrement un art et, celui-là, je ne doute pas qu'elle le connaisse... Amère, moi ?... Oui, un rien peut-être, car si tu me les avais apprises... mais bien sûr, tu ne les savais pas plus que moi... Comment peut-on marier deux enfants innocents ? Essayons de nous pardonner l'un l'autre Victor. »

1834.

« Merci de ta lettre du 7 août. « *Adieu mon Adèle, je t'aime, à bientôt. Écris-moi long et souvent. Tu es ma joie et l'honneur de ma vie. Je baise ton beau front et tes beaux yeux...* » Moi aussi je t'aime. Je sais que tu es parti en Bretagne retrouver cette Juliette de tes nuits, cette désormais célèbre repentie qui dit-on mange dans une écuelle pour mieux te plaire ! Ne prends pas froid, il y a, à ce qu'on dit, car je n'ai jamais été en Bretagne, des vents terribles là-bas.

Il faut que tu sois fort pour écrire tout ce que tu as en toi. Je sais, je sais, je suis incapable de t'en parler... et ne te l'écris que rarement, pourtant... Laisse ton

Adèle te dire encore quelque chose que peu oseront te dire, attendant pour la plupart que tu le fasses, pour mieux en rire après : ne te laisse pas influencer par ton amour ou plutôt ton désir : Mlle Drouet est mauvaise comédienne. N'abîme pas ta prochaine œuvre en lui donnant un rôle dedans : ça Hugo tu n'en as pas le droit. »

1835.

« ... C'est vrai, c'est moi la première qui ai accepté les hommages de Sainte-Beuve. Il me rassurait. Son amour était léger, léger comme un oisillon qui apprend à tremper son bec dans un trou d'eau. Je l'ai fait pour que ta violence sexuelle ne m'atteigne plus. Tu le sais. Mais est-ce que cela t'autorise à te vanter et à me montrer ce que Mlle Juliette Drouet t'écrit ; ainsi « *ce que Jésus-Christ a fait de mieux pour le monde entier, tu l'as fait pour moi seule. Comme lui, tu as racheté mon âme aux dépens de ton repos et de ta vie...* ».

Décidément n'est pas Marie-Madeleine qui veut ! Et moi qui t'aime depuis que nous sommes enfants, j'en sais le jour ; nos mères se promenaient ensemble, Lahoue était là aussi. C'était en 1809, toi et moi courions à l'avant et puis Eugène, ton frère bien sûr, c'était plus fort que lui, m'a poussée. J'ai perdu mon soulier, il a roulé en contrebas alors, tu as couru le chercher. Et, t'en souviens-tu, tu l'as essuyé contre ton costume (en velours s'il vous plaît) avant de t'agenouiller et de me rechausser ? Non, bien sûr, je n'étais pas Marie-Madeleine... et racheter mon âme, mon Dieu, je m'en charge seule ! Tu sais, Victor, ce qui me dérange le plus dans cette lettre ? c'est qu'elle ressemble à du mauvais théâtre, à du très mauvais théâtre. Parfois ton goût du mauvais goût, du ronflant me fait peur. Tu trouves vraiment cette lettre belle ? Mon Victor, elle te flatte, te stimule, te fouaille, mais elle est ridicule, c'est moi l'ignorante qui dois te le dire ? Oh, dis-moi, s'il te plaît, que tu le sais, que tu es lucide... Si cela n'était pas, tout deviendrait très grave. Rassure-moi. Dis-moi que tu acceptes sa littérature par condescendance mais que tu en sais tout le truqué !... »

1835 — Paris.

Adèle se laisse aller. Elle grossit et ressemble de plus en plus à une femme du Sud, brune et luisante comme une olive noire et qui doit marcher jambes écartées tant elle est alourdie du bas... elle regarde Victor ce soir, il boit des yeux Juliette Drouet, oui, elle a accepté qu'elle vienne à sa table. Elle a accepté parce qu'elle se veut logique. Puisqu'elle refuse son lit à Victor, il lui faut bien un lit à saccager et Juliette donne, use sa vie pour avoir ce privilège-là.

Mais elle ne croyait pas que cela lui serait si dur... Il boit Juliette des yeux, mais sourit tendrement à son Adèle, son odalisque et ses yeux disent : « O Adèle, pourquoi m'as-tu forcé à m'enfoncer dans ce qui est le moins noble en moi. O ma petite bourgeoise frigide. » Sainte-Beuve comme toujours fait la tête, essaie d'attirer l'attention de Musset qui, une fois de plus, ostensiblement, le coupe dans ses effets. Musset, la veille, a été ovationné, par une salle debout, vingt minutes durant, lors de la représentation de *On ne badine pas avec l'amour*. Victor, dans sa loge, frappait si fort dans ses mains qu'il provoquait les rappels alors qu'en vérité il trouvait la pièce bien légère. Sainte-Beuve, encore plus jaune qu'à l'accoutumée, à quatre pattes sous les fauteuils, cherchait un bouton de son gilet qu'il avait perdu, disait-il. Le succès des autres lui est physiquement intolérable.

George Sand, elle, fume tout en mangeant et

hausse les épaules à tout ce que lui marmonne Lamartine.

Le bœuf mode est succulent, les fromages coulants à souhait comme les veut Victor. Bon, il ne ronchonnera pas ce soir. C'est toujours ça. La compote de fruits flambés arrive... Qu'est-ce qui manque ? Ah, le plateau pour la tisane. Adèle déteste donner du café le soir aux invités : une ruine ! Aussi ne dit-elle jamais « café ou tisane ? » mais péremptoire, et elle le peut très bien quand elle le veut, elle assène un « bon, alors, de la tisane pour tout le monde ! » (formule qu'elle tenait de sa mère), et la servante qui a l'habitude apporte le plateau déjà prêt et un verre empli de cognac pour Hugo. Adèle n'en offre jamais aux invités. George Sand a repéré le manège ; d'abord attendrie par ce geste d'amour enfantin, elle s'en est soudain un peu agacée, aussi ce soir elle dit, écartant un instant son cigare de sa bouche.

— Je prendrais bien un cognac moi aussi...

— Je vous en verserai tout à l'heure dans votre tasse. C'est bien ainsi que l'on sert le marc dans vos contrées perdues derrière les étangs, non ?

Mais Adèle s'arrange pour oublier dans l'instant, car cette bouteille de cognac n'est que pour Victor. Delacroix s'en amuse. Il adore ces petites luttes, tandis que de l'œil il mesure le visage d'Adèle, le rapport de son front et de son nez... S'il osait, il lui demanderait de poser pour le tableau qu'il est en train de composer : *Les Femmes d'Alger*. En partant, il se penchera et lui, le distant, dira : « Je vous embrasse Adèle... » Il veut connaître le grain de sa peau, la couleur il la sait, mais pour la reproduire il lui faut aussi en connaître la densité... Alfred de Musset, pâle, essaie de prendre la main de George Sand, mais elle s'écarte. Musset l'agace de plus en plus. « Il devient bêlant d'amour décidément. »

Après le souper Victor est entré chez Adèle. Elle a

eu comme un geste de peur et s'est couverte de son drap...

— N'aie pas peur, Adèle... Je viens seulement te dire que j'avais l'intention d'aller en voyage cette année. Je voudrais visiter les châteaux de la Loire... Je sais combien tu détestes voyager et que tu ne supportes pas de t'éloigner des enfants. Aussi, je vais emmener Juliette. Elle a eu un mauvais hiver. Mais bien sûr, ma Didine, je t'écrirai chaque jour. C'est une des joies de mes voyages : te faire lire ce que je vois. Mais si tu ne veux pas... Elle ne viendra pas...

Adèle ressent comme une morsure, mais que peut-elle ? Il y avait déjà eu ce voyage en Bretagne et il ne lui avait pas dit que Juliette en était. C'est elle qui a provoqué cette situation... Désespérée, elle lui sourit et lui fait signe que c'est oui... Il l'embrasse alors, Victor, sur les deux joues :

— Oh Didine, s'il te plaît, pendant mon absence si tu voulais bien faire quelques visites aux femmes d'académiciens... Je veux me présenter à l'Académie et ne veux pas me payer une veste...

— Tu t'en paieras deux, trois ou quatre. Tu les terrorises, mon grand. Mais dis-moi : explique-moi pourquoi tu veux siéger parmi eux puisque ce que tu écris est tellement différent d'eux, si moderne ?

— Mais justement ! pour faire connaître ce moderne par l'Académie française, et puis *ces gens-là ont besoin d'être dépucelés !*

— Allez, bonne nuit monsieur Victor-Hugo-pas de l'Académie française. A demain au petit déjeuner... Ah Victor, je t'ai posé un mot sur ton écritoire... nous nous disons tout, n'est-ce pas ? Alors voilà, j'accepte les services que te rend Mlle Drouet mais je ne veux plus la voir sous notre toit, est-ce clair ?... Sainte-Beuve était bien là, me diras-tu, mais il était là en tant que critique littéraire, ses jugements t'impressionnent tant ! Tu as d'ailleurs peut-être tort, je me dois de te dire que je doute de plus en plus, moi, de son honnêteté intellectuelle à ton égard. Il n'a ni ta grandeur ni ta franchise.

« Ah, s'il te plaît, n'oublie pas qu'à ton retour il nous faudra préparer une fête pour la première communion de Léopoldine.

Il sort, heureux comme un gamin, Hugo. Il va voyager avec sa Juliette tandis que son Adèle s'occupera de son élection. Sans en avoir l'air, elle sait faire cela à merveille. Il joue à la marelle dans le couloir fait de mosaïque noir et blanc... Adèle s'est relevée pour prendre son bonnet de nuit, pleure et se mouche dedans tandis qu'elle hoquette : « Oh mon mufle, mon grand mufle. »

Août 1836 — Fourqueux.

« ... Merci de tes vers
Toi sois bénie à jamais
Ève qu'aucun fruit ne tente
Qui, de la vertu contente
Habite les purs sommets...

Enfin tu me comprends ! « Ève qu'aucun fruit ne tente. » Enfin nous pouvons vivre une vie affectueuse et familiale. Pourvu que tu sois heureux, je le serai. Dis à ta Juliette qu'elle se rassure et qu'elle a bien tort d'être jalouse des vers qui sont pour moi !... Victor, tu as maintenant l'amour physique qui te manquait, tu as la gloire... que vas-tu vouloir encore, ô mon petit garçon de général, gourmand, que dis-je, goulu ! Ton flirt poussé avec l'Académie me laisse rêveuse... Il est vrai que tu en rêvais à quinze ans et moi j'en riais déjà. Mais, Dieu que le dîner que nous avons pris tous ensemble, l'autre soir lorsque tu es venu de Paris, sous le vieux tilleul était doux. Toi dans ma robe de chambre, moi en chemise, les enfants presque nus... Quelle joie à rire, à boire, à manger tous ensemble. Mon vieux père en était tout ragaillardi... Vous voulez que je vous dise, cela s'appelle pour moi le bonheur, un soir comme celui-là, monsieur Hugo... »

Octobre 1837.

« Je suis contente que toi et moi ayons convoqué Sainte-Beuve. Sa conduite est inqualifiable : se servir de moi pour continuer de te ridiculiser dans ce *Madame de Pontigny...* Je l'avais bien perçu, c'est un envieux, un nain, et seules ma naïveté et ma lassitude m'ont fait croire qu'il était un honnête homme malheureux. C'est un roué, depuis le début, qui a cherché à te détruire en passant au travers de moi...

A. H. »

P.-S. « Tu as été olympien. »

183 ? la date est effacée.

« ... Ton devoir de poète envers les humiliés et les offensés, je le comprends, je l'approuve. Tu as délivré les mots. Maintenant tes mots vont libérer la pensée. J'ai d'abord été étonnée que tu fréquentes ce duc d'Orléans puis ce Louis-Philippe (moi ça m'ennuie à mourir et avec ces gens-là je n'oserais pas quitter mes souliers), mais je pressens ce que tu veux, donc c'est capital pour toi. Allez, on le fera ce dîner ! et chez nous ! Invite-les ton duc et sa duchesse (dis-moi Totor, tu ne t'enflammes pas un peu pour elle ?... Comme si, à moi, tu pouvais me cacher ces choses-là !). J'essaierai d'être une vicomtesse dont le vicomte sera fier. Je te le promets et puis ne l'oublions pas, grâce à eux *Ruy Blas* va être monté dans un nouveau théâtre pour toi : la Renaissance. Je suis si fière.

Non, je ne te laisserai pas gâcher cette œuvre par sensiblerie. Mlle Drouet est tout simplement incapable de jouer dedans. Ne mélange pas ses seins, certes de granit, et sa voix de crécelle à ton œuvre. Sois plus grand (ton œuvre l'exige), je te prie, Hugo, ose lui dire que *là* elle n'est pas assez bonne.

Ton Adèle. »

1839.

« ... On me dit que Mlle Drouet se plaint que son lit demeure maintenant souvent vide de vous rue Saint-Anastase... Puisque le mien est bien mort de vous depuis des années (et vous en remercie), j'en conclus que vous avez trouvé d'autres couches. Vieux faune ! Est-ce pour cacher l'angoisse qui te taraude? Ton sublime *Ruy Blas* a été mal accueilli : « *défi au bon sens et au bon goût...* » « *Cynisme révoltant...* » « *Orgueil démesuré jusqu'à la folie...* » Jalousie, Victor ! jalousie ! Tes ailes sont maintenant si grandes que les autres soudain ont mal à leurs moignons racornis. Ah, j'ai bien ri de ce qu'ose écrire notre ancien ami Sainte-Beuve : « *ces grosses majuscules rouges, galonnées d'or comme les laquais de sa pièce...* » Sacré petit homme gris, va ! »

1839.

« ... Victor, hier, pour ton élection — ça y est, tu en es de l'Académie ! —, il y avait le dauphin, le duc croupe et lui sourit à pleines dents. Il l'adore quand petit ludion lucide elle vient remettre « les pendules à l'heure ». C'est ainsi qu'elle dit.

Mais, après le dîner, c'est elle qui gronde : « Victor, tu étais comme un valet avec eux. Qu'est-ce qu'ils sont ? C'est eux qui doivent te baiser l'épaule car enfin, ôte-moi d'un doute, c'est la duchesse d'Orléans qui a écrit *Cromwell ?* non. *Hernani* alors ? non. C'est le duc alors ? non plus ! Alors, n'est-ce pas Victor Hugo ? Oui ? Mais Hugo, c'est vous, monsieur ! Alors cesse de trembler d'admiration devant des titres trouvés dans les couches (pisseuses, mon ami, les couches sont toujours pisseuses ! crois-en une mère de famille nombreuse). Bon Dieu cesse de t'affoler devant des couronnes. Tu sais que ton *Bon appétit, messieurs* en aidera beaucoup plus d'un à vivre digne et il y aura longtemps, longtemps que le duc et la duchesse d'Orléans seront partis et leurs cendres dispersées Dieu sait où... quand tes mots... ton *Ruy Blas*, lui, sera encore vivant ! Tu es un enfant pour ces choses-là. Les breloques, les grelots, t'attirent. Quel mélange tu fais. Crois-moi, ces gens-là ne sont pas tes vrais amis et tu t'amuses à te tromper. Que peut t'apporter, à toi, un dîner mondain ? Rien si ce n'est des ballonnements ou alors tu te délasses ? Ou à les écouter pérorer tu emmagasines du matériau ? Si c'est cela, d'accord, on n'a pas mangé ces immondes chauds-froids pour rien ! »

Carnet de comptes. 4 septembre 1843.

« Le vent a retourné la barque, l'eau s'est engouffrée dans les jupons de Léopoldine qui avait ses petits doigts serrés sur la coque retournée. La peur lui donnait toutes les forces. Charles a essayé de lui détacher les doigts, de lui arracher ses jupes, en vain. Alors, dit-on, il s'est laissé couler avec elle...

Et toi tu es au loin avec Mlle Juliette Drouet et tu

d'Orléans et la duchesse. Tu as fait une entrée impériale. Allez, avoue que tu t'es pris pour Napoléon pendant deux heures, et je crois bien même que ton discours s'en est ressenti. Je suis injuste ? Non, lucide, ton discours était plein d'aérophagie. Injuste ? Moi ? C'est possible car je suis agacée ; plus, peinée. Fallait-il vraiment que Mlle Juliette Drouet soit là... Oui, il le fallait. Bien. Mais fallait-il que ton premier regard aille à elle et non à tes enfants ? Je n'aurai pas le front de parler de moi. O mon aigle à qui il arrive de n'être qu'un paon.

Garde-toi Hugo d'un certain Victor ! C'est gros ? Pas plus que ton discours.

Et pardon d'avoir à te le dire le lendemain d'une grande fête pour toi, — les femmes légitimes sont là pour cela ? non ? — mais ce genre de réception, plus les charges que tu imposes à notre famille en faisant vivre tes maîtresses nous mettent en péril. Je ne suis que l'intendante de ta maison, mais laisse-moi te dire qu'en tant que gouvernante de tes enfants — qui sont aussi les miens — je te conjure de réfléchir à leur avenir et aussi, mais oui à ton futur.

Votre Adèle Hugo chargée de vos relations sociales. »

« ... Merci de t'être auto-volé quelques heures et d'avoir aidé tes fils pour leurs versions latines... Il y a longtemps, bien longtemps, que tu ne joues plus avec les poules de Léopoldine et les lapins de François Victor. François Victor, tu es fier de lui aujourd'hui parce qu'il a eu un prix en thème latin au concours général. Et s'il n'avait pas été couronné ?... En est-il ainsi dans toutes les familles où le manteau de la gloire recouvre les épaules du père ? Dieu que ce manteau est lourd ! Il y a décidément du plomb plein ses ourlets...

Ainsi être à l'Académie n'était qu'un tabouret ? Tu te voulais pair de France ? Eh bien, c'est fait. Il paraît que cela évite la prison ! Notre Léopoldine est éprise de Charles Vacquerie. Ne sursaute pas ! N'a-t-elle pas quinze ans ? Dis-moi, Victor, quel âge avions-nous toi et moi ?... »

« ... Tu es insensé. On te siffle au théâtre ? Il faut l'accepter, c'est le jeu. Mais non, tu te mens : « *On trouble ma pièce.* » Mais non, mon vieux, on te siffle ! Et alors ? Et toi, tu n'as jamais sifflé ? Tu sais, moi, lorsque je suis là et que j'entends ces sifflets, je me dis que tu déranges encore et, si j'étais Victor Hugo, je ne me paierais pas une claque mais des siffleurs ! »

La salle à manger des Hugo étincelle, écrasée par tous les chandeliers loués. Ce soir il y a un grand dîner en l'honneur du duc et de la duchesse d'Orléans. Lamartine est là ; Berlioz dont la veille on a tant sifflé *Roméo et Juliette,* que personne n'en a entendu le final ; Stendhal bedonnant, court sur pattes, ostensiblement mal vêtu, ne parle à personne mais écoute tout. Il vient de finir, dit-on, en cinquante-deux jours un manuscrit, mais, venu à ce dîner pour recharger ses batteries, il sent comme un geyser de mots sourdre de lui. Il faut qu'il dicte. Foin du duc et de la duchesse ; il fait un clin d'œil à Adèle, il sait qu'elle comprend ses besoins de fuite et, à reculons, quitte la pièce...

Adèle déteste les grands dîners. Autant elle a de la joie à manger un pot-au-feu ou une poule au pot avec les amis de toujours, autant ces dîners « de château » lui pèsent. Tout à l'heure, sous prétexte que les serveurs loués ne servaient pas assez vite, elle s'est levée et a couru vers la cuisine. Là, elle a dégagé le haut de sa robe, quitté ses chaussures et s'est mise à aider à dépoter les chauds-froids de veau et de poulet que Victor avait voulu qu'elle commande.

— C'est infect cette gélatine qui s'agite. Immonde. Je n'en mangerai pas !

Mais très vite Victor, d'un signe, a envoyé Léopoldine, qui dîne maintenant à la table de ses parents, chercher sa mère. Elle rit, Léopoldine ! Sait le peu de goût de sa mère pour ces dîners. Elle pensait même qu'elle était partie se coucher ! Cela lui était déjà arrivé !

— Allez maman, viens... Tu vas contrarier papa, ou plutôt tu vas lui compliquer la vie...

— Tu sais, les relations de ton père me trouvent bête et ne me reconnaissent qu'une beauté lourde d'odalisque décorative, mais déjà un rien rance ! Pourquoi veux-tu que je les détrompe ? Ils m'ennuient tous tant ! Je suis mieux ici. Je ris au moins... Tandis que là-bas... D'ailleurs je suis sûre que ce soir ton père, passé le premier instant où il se croira obligé de me gronder — il adore cela —, éclatera de rire et s'affalera en s'écriant : « Peux-tu me dire dans quel guêpier mondain j'ai été me fourrer ? Empêche-moi la prochaine fois, Adèle. Promets-le-moi, dis... » Si je me moque de ce que pensent mes invités ? oui ma chérie, totalement. Et écoute bien ce que je vais te dire : ne fais que ce qui te plaît, et toujours. Retiens-le bien et ne fais jamais, jamais ce que l'on te dit de faire, même moi ou ton père, si toi, au fond de toi, tu ne le veux pas vraiment. Bon, j'ai fini, je me rechausse et j'y retourne. Dieu que ces chaussures que l'on fait maintenant n'ont rien à voir avec la forme du pied ! Quelle douleur ! Allons-y... »

Avant de reprendre sa place, un petit air confus et pressé charmant au bord des lèvres, elle se penche un bref instant sur Victor, et, tandis qu'elle lui remet droit le nœud de son habit, lui murmure : « Dis donc Totor, tu n'en fais pas un rien de trop, comme souvent d'ailleurs ? » et lui, il lui passe un instant la main sur la n'en sais rien et tu dois rire, faire le beau, ronronner sous ses flatteries. Victor, Victor, je te connais, je te sais par cœur : le remords va être intolérable pour toi ; le père que tu es va haïr l'amant, et tu vas venir nous rejoindre... Faune à l'âme inquiète, dévasté, ravagé tu seras.

O Victor, que n'étais-tu avec nous aujourd'hui ? « L'humain est toujours seul », m'as-tu dit un jour. Non Victor, notre Léopoldine était avec son mari, toi avec ta maîtresse. Moi je suis avec les enfants qui nous restent et alors il arrive, tu disais vrai, qu'une femme soit seule même entourée d'enfants grandis, à vrai dire aussi lorsqu'ils sont petits, seule avec mon chagrin que je dois leur cacher. Ils ont assez du leur. Mais un père et une mère ensemble pour affronter la mort accidentelle de leur fille partie en voyage de noces ? C'est peut-être moins terrible ? moins affreux ? Je ne sais pas, je ne sais plus... j'écris ces pensées confuses au bas de mon livre de comptes puisque lorsque tu voyages tu ne donnes jamais d'adresse. Tu te veux alors libre, totalement libre, sans chaîne conjugale. Puisses-tu avoir quelques jours de répit, toi, ignorant de la mort de notre Léopoldine. Comment oser te dire que tu me manques effroyablement ?

Est-ce que tu te souviens ? elle était un bébé encore et dormait près de notre lit. Nous l'avons gardée dans notre chambre jusqu'après ses trois ans... Et le matin, elle grimpait, se glissait entre nous et de ses petits doigts nous ouvrait de force les yeux. Que l'on joue. Et nous qui faisions semblant de dormir. Oh Victor... »

30 septembre 1844.

« J'ai lu, Victor, sur ton écritoire un curieux madrigal fort bien troussé je dois dire. Mais arrête-moi si je me trompe. Il chante un air nouveau ?

Vous avez, madame, une grâce exquise
Une douceur noble, un bel engouement
Un regard céleste, un bonnet charmant,
L'air d'une déesse et d'une marquise...

D'évidence, ce n'est pas moi ! Mais ça n'est pas non plus cette pauvre Mlle Drouet ratatinée comme une pomme sans jus que vous avez littéralement séquestrée. Elle accepte tout de vous, n'ayant pas encore compris que finalement vous ne respectez que ceux ou celles qui osent s'opposer à vous... Je ne donne pas trois jours avant que cette dame, nouvelle venue dans votre couche, ne reçoive un madrigal sur ses pieds qui seront « charmants et nus ». Chaque femme aimée appelle cette image chez vous ! mais oui mon cher Victor ! Je ne donne pas trois jours non plus à ces concierges que sont nos amis pour savoir le nom de cette nouvelle marquise... Je n'ai pas attendu trois jours. Rarement j'ai eu autant de visites en un après-midi... Quelle jubilation à « tout me dire » (ô mes charmants amis !)... il y a celui qui, par inadvertance, laisse échapper le nom et soi-disant confus se tait, yeux exorbités : « Oh mon Dieu, qu'ai-je dit encore ? » celle qui, à voix basse, rapide, murmure : « Ainsi tout ce saccage ne lui suffit pas, il lui faut... » et devant tout le sursaut de votre corps, l'amie s'étonne : « Mais comment, tu ne le savais pas... Oh mon Dieu, si j'avais su... » Bref, je t'épargne les autres manières, l'éventail est assez grand. Ainsi elle s'appelle Mme Biard. Attention Victor, cette fois, il y a un mari. Je vous accorde qu'elle est plus affolante que votre maîtresse-servante (remercie-la pour moi de corriger tes épreuves : cela aussi m'est épargné dorénavant) qu'est devenue Juliette... Espérons qu'elle gagnera ainsi sa rédemption et son paradis. »

13 avril 1845.

« Donc me voilà pairesse de France !... Lorsque nous courions rue des Feuillantines, tu n'étais pas pair de France mais tu me plaisais bien, Victor...

Ta vicomtesse, pairesse de France, doit te dire qu'il lui manque quelques sous pour le marché, bien qu'elle dîne souvent, parce que épouse légitime du pair de France : le vicomte Hugo, chez des ambassadeurs ou des ministres ; mais la Didine Hugo aime bien acheter les légumes de sa soupe...

Comme toute notre bande a vieilli, et de la même manière. Car, enfin, qui rencontre-t-on chez tes ministres ? Alfred de Vigny qui ne nous trouve plus mal élevés et te sourit de nouveau : l'Académie doit le tenter aussi celui-là... Sainte-Beuve, c'est fait ! Il en est aussi. De quoi ? Mais de l'Académie. L'aigreur lui a fait perdre ses derniers cheveux. Ingres... ce fabuleux nain ! à qui... c'est de toi : « *A qui la table vient au menton si bien que sa cravate de commandeur semble sortir de la nappe.* »

Oh Victor, mon bandit de grand chemin, quel talent tu as et *Les Misérables* que tu es en train d'écrire, je crois bien que tu te surpasses, te hisses à des hauteurs insoupçonnées de tous avant toi. J'ai, c'est plus fort que moi, lu tes feuillets, jamais je n'avais été, je crois bien, aussi pétrifiée. J'en avais la chair de poule... C'est un peu physique et élémentaire comme admiration ? Pas sûr Victor, pas sûr. »

... 1845 — Paris.

« ... tu me demandes « si je ne suis pas mécontente que ça emmerde Juliette » ? Eh bien, Victor, à la question posée ainsi, et avec ton élégance coutumière, je ne peux que te répondre, amie complice : Oui, je ne suis pas mécontente que ça emmerde Juliette ! Plus, ça m'enchante, mon cher pair de France ! Mais il est une chose qui me choque, qui me fait littéralement sortir de mes gonds, qui me fait horreur, et c'est le vrai pourquoi de ma visite à Léonie Biard à la prison de Saint-Lazare (c'est bien dommage, mon cher génie, que vous ne connaissiez pas le gluant, l'odeur de moisissure et de pisse de cette prison pour femmes, cela n'aurait pas manqué d'ajouter à votre talent). Le mari vous a fait surprendre par la police en flagrant délit d'adultère, vous en chemise, elle en jupon ! Non je ne ris pas, par contre je souris à vous imaginer pieds nus, coupé en plein élan et obligé de signer la reconnaissance d'adultère tout en vous demandant où étaient passées vos bon dieu de bretelles. Mais, je ne tolère pas que, vous, le lendemain, habillé beau, vous ayez été siéger sous la Coupole tandis qu'elle était traînée en prison. Victor Hugo, je vous somme de mettre votre talent au service de la défense des femmes. Ce qui arrive à votre maîtresse Mme Biard est ignoble, innommable. Au début de cette lettre, je riais, complice de toi depuis l'enfance. En effet, la plus « conjugalement » choquée de cette affaire a semblé être ta maîtresse en titre, Mlle Juliette Drouet ! Elle garde le lit depuis, dit-on. Il n'est pire moraliste que les pécheresses repenties, c'est bien connu. Le peuple, lui, a ri, comme fier que son Hugo ait encore fait des siennes. « Un chaud lapin cré Dieu », m'a dit un cocher qui ne savait pas que je faisais partie du clapier ! Tes amis ont fait les horrifiés devant leurs femmes mais t'ont encore jalousé, sûrement ravis que tu te sois fait « *pincer comme un jeune lieutenant* ». Et moi ? Oh moi, bien sûr, j'avais vu tes manœuvres, tes amabilités avec M. Biard, tes « oh » et tes « ah » à ses fadaises tandis que tu écrasais le soulier de sa femme sous notre table (tu as toujours aimé ce jeu. Il semble que ça soit un plaisir spécifiquement masculin). Je sais, il y a eu ces cinq jours maudits entre le 4 septembre et le 9 septembre de cette année 1843 où notre fille, notre Léopoldine, gisait morte, noyée, et toi qui faisais le beau en Espagne avec Mlle Juliette Drouet, ignorant. Je sais ton remords, ta peine et ton horreur soudaine de Juliette (car te haïr, toi, jamais !) je l'avais prévu...

Alors, il te fallait une nouvelle aventure, de nouveaux yeux pour mieux te regarder. Et moi, c'est vrai, je n'ai rien fait pour empêcher cela, d'abord parce que je n'en ai pas le droit, puisque c'est moi qui ai trahi notre mariage, tu sais assez me le rappeler ; mais comme tu te rattrapes Victor ! Qu'importe, ça sera moi la coupable aux yeux de l'Histoire. Mme Biard, mariée, me paraissait moins dangereuse que ladite Juliette ? Ça doit être vrai.

Maintenant elle vit seule, séparée de son mari et s'ajoute à nos charges. Tu gagnes l'argent, certes, par brouettes, mais tu le dépenses par charretées, et moi, Mme Victor Hugo, moi dont le rêve tu le sais, et nous le savons tous deux, « *est de mourir dans tes bras* », je me dois de te dire que nous allons de nouveau vers de gros soucis d'argent. Ça n'est pas grave, je le sais bien, mais c'est assez dérangeant !

Cet appartement où nous vivons place Royale est une ruine. Mais tu aimes ces pièces damassées de rouge, ces hautes cheminées alourdies de miroirs dorés (théâtre ! théâtre ! Victor... La preuve, ta chambre, ta vraie chambre à dormir est bien plus simple). Cet appartement auquel il faut ajouter le rez-de-chaussée de Mlle Drouet de la rue Saint-Anastase, plus sa pension et maintenant celle de Mme Biard. Je vous le dis tout net Victor, encore une maîtresse à entretenir et nous coulons. Vous restent les bonnes... J'ai cru percevoir que votre goût pour les amours ancillaires croissait aussi ces temps-ci. Je me trompe ? Non.

Tu te souviens ? Nous étions fiancés « *et une épin-*

gle de moins à ma guimpe te choquait », j'ai retrouvé une lettre de toi où tu m'intimes l'ordre, tu avais quinze ans à peine, de ne pas hésiter à crotter le bas de ma robe, tu dis que tu m'avais vue monter en voiture et que ce bout de jupon perçu était proprement scandaleux ! que mon mouvement de relève était trop ample !...

Quittons cette place Royale. Allons vers la colline de Montmartre. Vous y serez plus près des dieux ! Et c'est tant moins cher ! »

1848.

« ... Ça sera donc encore moi qui vais devoir crier au loup ? Entends-moi bien, j'aime tes élans, j'aime que tu veuilles plus de liberté pour le peuple... mais tu ne te méfies jamais de toi... et lorsque tu te crois homme politique, homme social, tu parles, tu vas, et déjà ta mécanique à inventer des histoires se met en marche et tu t'engoues pour ce prince Louis-Napoléon Bonaparte qui n'a pas une goutte du sang de ton Dieu : Napoléon. Je le sens, le perçois double, hypocrite, qui sait seulement ne jamais se mettre en avant, mais attendre son heure, attendre que les autres meurent pour lui. Cet homme (regarde son nez !) est plein d'appétits... Lui aussi se croit un nouveau Napoléon. Vous êtes tous victimes d'un mirage.

Tu te souviens à Blois, au-dessus des sables mouvants sur la Loire... tu me racontais des cathédrales... Victor, Victor, tu as trop d'amis(es) différents(es). Je m'agace quand je vois une Léonie Daudet, pasionaria de service, ou une Mme Biard parce qu'elle a connu la prison (à cause de toi ! et qu'elle a jeune fille visité le pôle Nord) se croire les nouvelles Jeanne d'Arc de ce demeuré de prince soutenu sous les aisselles par sa mère, la reine Hortense. Tu as vu ses dents ? On ne juge pas les gens à leur nez ou à leurs dents ? si, moi si, et me suis-je déjà trompée ? Quoi, je suis une petite bourgeoise et n'ai jamais voulu devenir une grande bourgeoise ? C'est sans doute vrai, mais si être une grande bourgeoise c'est vouloir faire régenter la France par ce politicard qui fréquente votre salon, je trouve cela désolant...

Ne te fâche pas, mais l'arrestation, la mort de ton parrain Lahorie... n'est-ce pas des petites opérations féminines hâtives et mal pensées qui l'ont mené à la mort ?

De plus, parce qu'il est d'évidence pour vous un imbécile, ce faux Napoléon, toi, Thiers et d'autres encore vous êtes sûrs d'être assez forts pour vous en débarrasser quand vous voudrez ! qu'il occupe seulement un instant le siège, que tout se calme et que vous ayez le temps de vous préparer. Ne le nie pas, en tout cas pas devant moi. C'est une erreur commune aux hommes de croire que les imbéciles sont les plus faciles à chasser. En vérité, c'est le contraire. Parce que véritable arapède sans vraie croyance, sans vraie pensée, ils, les imbéciles, s'agrippent au fauteuil du pouvoir et aucun vent ne les abat vraiment, car ils ne croient à rien si ce n'est à eux-mêmes (et encore, pensent-ils même jusque-là ?). Simplement ils sont là.

On dit — on murmure — que tu veux devenir ministre ? Que Léonie Daudet t'y pousse beaucoup. Que Juliette bêle : « *Baise-moi seulement... que vas-tu faire là-bas ?* » Si Léonie a l'amour arriviste, la pauvre vieille Mlle Juliette a l'amour sécateur ! Elle rêve de te couper les ailes et le reste et de t'enfermer dans sa soupente ; que tu écrives des poèmes — mais attention, rien que pour elle !...

Victor, je te connais et t'aime depuis si longtemps, c'est sans doute ce qui parfois te dérange le plus (et parfois aussi te sert). Toi ministre ? Allons donc, c'est bien trop peu pour toi... Non, tu as parfaitement vu l'imbécillité pathologique de ce balourd de pieds plats de prince Louis-Napoléon Bonaparte... Tu lances tout ton journal *L'Événement* dans la bataille, car lui élu, tu en es persuadé, tu seras son omniconseiller sur tout... Et ainsi Victor Hugo sera le maître à penser de ce prince-président de Napoléon Bonaparte ! oublieux que tu es qu'il ne s'agit pas même d'un buvard de l'autre. O mon poète, roué et dans le même temps si naïf, floué par un nom... et lui élu qui n'aura de cesse après s'être appuyé sur le peuple de se reconstituer une cour... »

17 février 1849.

« ... Déchausse-toi... Attends, je vais chercher de l'eau fraîche. Personne n'a changé ta carafe de nuit... Tu es triste, amer... Ce bal, chez le nouveau président-prince, une parodie ? Oui, totale ! On se serait cru chez Louis-Philippe : des ducs, des princes... mais pas un penseur, pas un artiste, pas un écrivain. Sauf toi, l'alibi, celui qui sait faire gonfler ses mots à lui le nouvel élu... Tu es l'otage de cet imbécile...

Victor, est-ce qu'un créateur doit vraiment participer au pouvoir ? De toutes les forces de ses mots, de sa musique ou de sa peinture, il doit dénoncer, aider ceux qui perçoivent mais ne savent pas formuler, mais une fois le tyran chassé ?

Autant par ses mots un créateur peut provoquer, allumer une révolution, autant même il peut suivre ses mots sur les barricades et mourir (mon Dieu) avec, mais jamais non jamais les batailles apaisées il ne doit participer au pouvoir établi, que ce soit celui d'un roi ou d'un président. Je crois que diriger un pays est contraire à ce que sait faire un créateur et toi tu es un créateur, un inventeur... Je crois bien que quelles que soient les joies immédiates du pouvoir et, bien sûr, qu'il y en a... oui, je crois bien voir qu'elles sont nocives pour celui que Dieu a créé afin qu'il provoque, invente et témoigne. Bonne nuit ami, je voudrais que tu penses un peu à ce que j'essaie de te dire ; n'oublie jamais que tu es de ceux qui croient vraiment que la misère peut être détruite, alors que fais-tu mon génial idiot avec et chez ces faux princes ? Tu n'es pas un homme politique toi, mais un homme libre ! Au nom de notre amour que les autres disent saccagé et pourtant si fort, ne l'oublie jamais : libre, tu es un homme libre. Ne leur obéis pas. N'oublie jamais Hugo que toi tu n'as à obéir à personne. Tu en as acquis le droit et tu es le seul à qui je reconnaisse ce statut ! Seules ta conscience et ses tempêtes doivent te guider. Veux-tu que je reste près de ton lit le temps que tu t'endormes ? Oui. Merci Victor, c'est si doux à toi de me dire oui, que je tienne ta main. Voilà... Allez, dors maintenant, dors... je suis là. Avec toi. Près de toi. »

Février 1848.

« ... Ce matin j'ai laissé, comme j'ai eu tort, ma tête compter les noms qui me reviennent de partout...

Donc il y a moi, Mme Hugo, moi qui t'ai proposé souvent, au début de notre malheur, de me retirer à la campagne, de divorcer même, et toi qui m'as intimé l'ordre de ne plus jamais te suggérer cette solution. Bien, je suis Mme Hugo, la mère de tes enfants, ton amie... Il y a Mlle Juliette Drouet sur laquelle tu assouvis tous tes instincts de tyran et qui reçoit chaque humiliation comme une hostie : elle a raison : ça te flatte à la longue ! Léonie Biard, tu l'as déshonorée et te dois donc de la faire vivre, d'ailleurs elle a un brin de plume et sait assez bien t'imiter, alors, bien sûr, tu trouves bon ce qu'elle écrit... Cela te rappelle quelque chose ! Et, pressé, tu ne t'aperçois pas que tu t'autoapplaudis, ô homme ! Et cette autre égérie, Mme Daudet, redoutablement intelligente, belle mécanique à dire. Et puis arrive le quotidien. Le fretin. O mon petit fiancé vierge, vrai fils de ton père ! Tu n'aimes pas, tu ne manges pas, tu bouffes. Tout... Mais quelle angoisse pour qu'en un mois (si j'ai des espions ? Non, seulement des amis qui me veulent du bien) pour qu'en un mois de février, et il n'a que vingt-huit jours, il y ait eu aussi Joséphine Faville, une petite comédienne qui n'a pas encore eu l'occasion de prouver son talent ou son non-talent, mais qui a cru qu'en mêlant sa culotte à la tienne elle gagnerait du temps... Mlle Robert des Benettes : parfum, valet, sonnette, boudoir, lustres, luxes et cristaux, petit mouchoir de dentelle présenté sur plateau d'argent, tout ce que tu aimes ! Toi à l'enfance si ballottée par une mère qui voulait vivre sa vie... Hélène Gaussin : là c'est ton côté poète, écrivain ; une voleuse, et condamnée ! Entrer en elle, jouir en elle, un : c'est lui faire l'honneur de ton talent, ce qui ne peut que la rédempter ! (je t'en prie, Victor, ne tique pas : « Ce mot n'est pas français ? Et alors, je ne suis pas de l'Académie, moi »), deux : c'est aussi aller à la source, si je puis dire, y boire, apprendre, apprendre, lui voler un rien de sa misère pour en faire des phrases sublimes. Bref, tu dépouilles, tu voles une voleuse. Remarque, c'est peut-être cette petite affaire-là que je comprends la mieux !... Ah, la poétesse de service, j'allais l'oublier : Louise Colet, pauvre Louise ! Et puis une dame qui est venue sonner à notre porte : « Maître, je suis à vous, prenez-moi... » Tu l'as prise, debout, à la hussarde... et a repris très vite un mot arrêté en son milieu... dans la marge de ta feuille tu as marqué son nom : Nathalie Renoux... Je t'espionne ? Non, pas un instant (enfin moins que tu ne le crois), mais j'aime voir naître tes mots, tes images... Alors, quand j'entends que tu n'es pas dans ton bureau, je m'y glisse un instant. Attends, attends, ça n'est pas fini ; ajoutons à la liste du mois, il le faut, une authentique comédienne de la Comédie-Française : Sylvanie Plessis... une pseudo-vicomtesse du Vallon (il n'y a que toi pour croire à un nom pareil, du vallon de Vénus ?), en vrai une maquerelle qui fait un prix pour l'ensemble de sa famille (trois filles et elle pour mener le jeu). J'arrête, et pourtant ça n'est pas tout : homme d'excès, tu n'en finiras jamais de vomir la chasteté que tu t'imposais jeune homme : le mariage a été pour toi synonyme de curée. Un flot est sorti de toi comme lorsqu'on débonde un étang d'un coup ! L'image te plaît dans son outrance paysanne ? Je te la donne.

Je sens que Léonie et Juliette vont se déchirer, et Léonie est tant plus fine que ta pauvre Juliette qu'elle peut faire mal. Très mal. Mais Léonie, c'est évident, ne supporte plus ce rôle de 3e légitime. Elle veut au moins le titre de 2e. En attendant de s'attaquer au premier. Je le sais parfaitement, mais décidément son intelligence me plaît et j'ai un faible à vie pour les femmes intelligentes ! Je méprise les malignes, les qui se poussent d'une façon trop évidente, ou les pleureuses avec le côté plaie saignante et béante, plus large bien sûr que celle du Christ comme ta Mlle Drouet. Que de temps perdu, Hugo. Certes, le matin tu travailles chez nous — sauf quand des visites arrivent par ta porte personnelle. Tu déjeunes vite avec nous puis tu rejoins Juliette à qui tu apportes ton travail du matin pour qu'elle le recopie (sais-tu, que tu la paies bien moins qu'un vrai copiste et qu'elle le fait avec bien plus de soin ?). C'est sans doute pour cela qu'elle a le droit de t'accompagner dans tes visites à condition de rester recroquevillée au fond du fiacre et de ne pas sortir son nez devant les laquais des quelques princesses chez qui tu vas déposer ta carte. Faire le beau, ah, faire le beau ! debout, un bras appuyé sur la cheminée, un rien de profil que tu puisses te voir dans la glace et déclamer... J'ai honte, Victor. Tes vers ne sont pas pour ces gens-là. Tu leur redores leur salon mais, eux, ne t'apportent rien... Qu'un gamin, lorsqu'il te reconnaît dans la rue, se mette à te réciter tes vers, alors là tu sauras que tu n'as pas vécu pour rien. Tu n'as pas vécu pour rien ami, les gamins savent du Hugo et je suis mesquine quand je fais celle qui ne le sait pas...

Et puis, à 6 heures, tu dînes ici, avec des amis, les enfants et moi. Et le soir, maintenant, depuis qu'elle a été en prison à cause de toi, tu vas dormir chez Léonie. Tu aimes, à ce qu'on me dit, ces veillées où elle sait reprendre en boucle tes fins de phrases. Sa conversation alors te comble : normal, ô mon abeille, puisqu'elle te ressert du Hugo un rien affadi que tu peux alors corriger ! (Remarque, cette rouerie m'amuse. Elle me fait le coup aussi. C'est d'évidence son truc !) Tout cela alimente ton œuvre ? Est-ce aussi sûr que tu le crois et que je veux le croire ? C'est la seule raison de toutes mes acceptations, humiliations... Et si ça n'était pas vrai ? Je suis très frappée, je viens de lire de toi ce lambeau de vers et il me poursuit : « *Étourdir la vie, ce n'est pas jouir.* » Je ne te le fais pas dire ! Tu es en train de changer, Victor. Je sens, je perçois une tempête se lever en toi. Puisse-t-elle te laver de tout ce qui fait qu'un homme de ta stature a quand même le dessous des bottes qui traînent dans le sordide (c'est mon côté catholique qui me fait dire cela ? c'est vraisemblable, mon Père !) Je suis une légitime rigide ? Mais n'est-ce pas justement ce qui te ravissait ?

L'homme, dis-tu maintenant, n'a pas à ressembler à ses œuvres. Moi je crois que si : l'homme et l'œuvre en deviennent alors encore plus forts.

Mais attends, attends, je n'en ai pas fini quant aux femmes. Dieu, mon ami, que les principes avalés dans le sein de la mère sont dérangeants, insistants, incrustés en vous comme le taenia dans le cochon. Ainsi je crois obstinément qu'il est des tromperies qui honorent une épouse si l'égérie peut lui inspirer quelque admiration ; mais il en est qui la déshonorent. Ainsi ce sont maintenant des femmes avariées que tu possèdes, sûr que ton talent va les rédempter ! Génie naïf qui croit leurs sanglots, leurs outrances, leurs brames de jouissance : incapable de savoir qu'il s'agit là de leur éternel et unique répertoire, qu'elles pratiquent opiniâtrement, inlassablement (c'est tout simplement un problème de survie), jusqu'à ce qu'un chaland de ton genre, aussi crédule que vaniteux, se croie, non pas tant le premier aimé, mais surtout le premier à avoir réussi à l'émouvoir. « Ah, je meurs, arrêtez, vous me tuez... » Sais-tu que grand-mère Foucher avait recommandé à ma mère de dire cela le soir de ses noces ? Mais elle disait, après, en riant « qu'elle n'avait pas su à quel moment le placer » ! Ma grand-mère affirmait que pas un homme ne résiste à ces mots-là s'ils sont dits comme il faut... (on les répétait dans son couvent de jeunes filles). Si tu savais comme il m'est arrivé de regretter de n'avoir pas appris ces leçons-là, moi.

Je veux diminuer tes talents d'amant ? Et je parle des catins, des prostituées, des femmes qui vivent dans ces maisons à lanternes ? Non, non, pas du tout, Victor ! Il est des dames de notre monde qui pratiquent aussi ce métier... A qui je pense ? Cherche...

Mais je suis là, obsédée, en train d'essayer encore de te dire que tu te gaspilles alors qu'on me dit que tu te bats (enfin) à l'Assemblée. »

Novembre 1851.

« ... On me dit qu'à l'Assemblée tu as opté définitivement pour la République. Ce que j'aime en toi, c'est que tu oses te tromper et le dire. Tu l'as enfin traité de « *Napoléon le petit* » ce faux Prince ! (remarque, tu lui fais payer cher d'avoir voulu croire en lui !)... Nos deux fils sont déjà en prison, poursuivis pour leur journal *L'Événement*, alors que tout le monde sait bien que le vrai rédacteur c'est toi !... La tempête n'est plus loin... Si tu savais comme je l'attends, portes et fenêtres ouvertes... Qu'elle balaie tout. Tout.

Englué dans ta vie, dans tes vies que tu ne domines plus, je sais que le mot « *exil* » te fait l'effet d'un ballon dirigeable qui viendrait te prendre et t'emmener dans des airs jamais respirés ! Et puis l'exil, tes deux maîtres à penser ne l'ont-ils pas connu, Napoléon et Lahoue ? Et en exil, qui sait, les heures du jour et de la nuit t'appartiendraient peut-être de nouveau ? »

Petite lettre d'Adèle posée sur l'écritoire de son mari.

4 décembre 1851.

« C'est le massacre. Tu es dans la foule. Ils vont te fusiller et moi, ce soir, alourdie, vieille, j'ai peur et pense que c'est ce que tu cherches. Ça serait ton couronnement. »

Lettre d'Adèle restée à Paris à son mari en exil à Bruxelles.

15 décembre 1851.

« ... Non, je me suis trompée. Il y a loin entre ce que l'on croit vouloir et l'instinct de survie. Que les dieux en soient loués, quand tu es entré dans ma chambre, en ce 4 décembre, je t'ai dit : « Que vas-tu faire ? — Mon devoir. » Je t'ai embrassé et t'ai dit : « Fais-le. » C'est la tempête que je pressentais qui arrivait. Dieu merci, tu es vivant et un certain Jacques-Firmin Lanvin a pu partir pour l'exil... — rien ne m'empêchera de penser que les militaires avaient reçu l'ordre de ne pas te tuer.

Je leur prête trop de discipline? C'est possible. Je minimise ton action? Ça n'était pas mon intention.

La fusillade est encore autour de la maison, mais je ne crains rien : ils n'oseront jamais. Charles et François-Victor sont parvenus à me faire porter une lettre. Ils vont bien. (Finalement la prison est un endroit sûr... au début des révolutions du moins !) Tu m'écris : « *Je mène une vie de religieux, j'ai un lit grand comme la main, deux chaises de paille, une chambre sans feu...* », pardonne-moi, mais c'est dans ces cas-là que tu es sublime, au risque de prêcher contre ma paroisse, je ne suis pas sûre que l'argent, à gogo j'entends, facilite la création. Tu m'écris encore : « *Je suis maintenant assis à la place la plus basse; je ne peux plus être déposé.* » Mais un créateur comme toi, Victor, ne peut jamais être déposé. Laisse cela aux politicards ! Tes mots, et tu le sais parfaitement, ne seront pas les catalyseurs d'un seul coup d'État.

Ils seront longtemps (moi je dis toujours) les mots qui serviront aux révolutionnaires pour oser, quitte à en mourir. Et aussi Victor, ne l'oublie jamais, les enfants, saouls des phrases qui chantent l'avenir meurent heureux : terreau, croient-ils, où poussera enfin le bonheur... Quelle responsabilité tu portes déjà et vas porter Hugo au fil des temps... Mais cette solitude hautaine te conviendra bien mieux que de porter l'habit et les bas de soie à cette cour qui n'était jamais qu'une courette. Ta révolution est ailleurs.

« *Nous sommes pauvres et il faut passer dignement un défilé qui peut finir vite* (tous les exilés croient cela !). *J'use mes vieux souliers, j'use mes vieux habits, c'est tout simple. Toi, tu supportes les privations, les souffrances même, souvent l'extrême gêne ; c'est moins simple puisque tu es femme et mère, tu le fais avec bonheur et grandeur...* »

Merci, merci, v' êtes ben aimable, monsieur Hugo... C'est vrai que la vie n'est pas facile, mais laissez-moi, au nom de notre enfance, de nos fiançailles, de notre mariage… et de nos malheurs, laissez-moi vous dire, vicomte Hugo, pair de France en exil, que je ne crois pas à votre pauvreté et depuis longtemps déjà ! Vous aimez soudain vivre dans la gêne. L'image du proscrit pauvre est sublime, je vous l'accorde. Quant à votre famille, vous ne lui avez jamais donné les moyens de vivre dans l'opulence. J'ai toujours dû, pour pouvoir gâter les enfants, rajouter un peu de « fous-y » aux notes. « Mettez-y du fous-y », disait la femme du métayer de la ferme près de laquelle nous jouions enfant. Je trouvais le mot très drôle… C'est mariée avec vous que j'en ai vraiment compris le sens ! Nos maisons sont toujours lourdes de tentures rouge et or, les miroirs dorés se reflètent l'un dans l'autre, les chinoiseries se disputent sur les cheminées avec les veniseries ! Sans compter ces horreurs que vous appelez antiquités et qui ne sont que des vieilleries. Mais la chère, chez les Hugo, c'est connu, a toujours été maigre et la vêture des femmes, comme dans les basses-cours, bien grise ! Oublions. Pourtant il m'arrive encore de sursauter quand vous faites semblant de croire vos propres mensonges ! Sois sans crainte, j'ai caché et bien caché toutes tes lettres intimes, mon Totor. Comment pouvais-tu laisser tout cela en vrac dans ce tiroir ouvert si mal rangé.

Adèle ? Adèle la « deux », comme tu dis ? A vingt-deux ans, cette nouvelle vie de fille de proscrit ne lui convient guère, je le crains. Les peureux s'écartent, les amis sont loin. Je lui dis bien, comme toi, que l'avenir « *est aux bons* », elle n'en doute pas mais te fait dire qu'elle s'en fout ! Désolée, Victor, mais elle tient à ce mot. Maintenant il est trop tard, mais si, une fois par semaine, une fois, tu l'avais emmenée, elle, en promenade, vous auriez ainsi mieux appris à vous connaître. Impossible, ton temps n'était pas organisé ainsi… Les après-midi étaient dus à Mlle Juliette… Quand on est, en amour, aussi goulu que vous, il est normal que les mailles du filet de la vie soient lâches..., et c'est votre fille Adèle qui est tombée.

Tu es caché, me dit-on. Est-ce grâce à Juliette? Alors, merci, Juliette. Moi aussi, comme elle, je te préfère vivant et caché que héros et mort. Un Hugo vivant, c'est déjà lourd... mais mort! Dès que cette congestion qui me cloue au lit sera calmée, je m'occupe de tout. J'ai parfaitement compris les ordres : et moi présente personne ne touchera à ta maison, crois-moi. Léonie Biard te rêvait martyr... C'est un peu facile, bien au chaud, de se projeter dans un autre, non? L'héroïsme par personne interposée, très peu pour moi! Ta charmante Léonie ne se guérira jamais de son exaltation! Enfin tout est bien, tu es à l'abri, vivant, et tu travailles.

Ton Adèle Hugo. »

20 janvier 1852, Paris.

Lettre d'Adèle à Victor.

« *Elle a,* m'écris-tu, *l'intention de partir le 24? Va la voir tout de suite et parle-lui raison. Une démarche, inconsidérée en ce moment, peut avoir les plus graves inconvénients. Tous les yeux, aujourd'hui, sont fixés sur moi. Je vis publiquement et austèrement dans le travail et les privations. De là un respect général qui se manifeste dans les rues... Il ne faut rien déranger à cette situation... Dis-lui tout cela. Traite-la avec tendresse et ménage ce qui souffre en elle...* » Oui, Victor, j'empêcherai Mme d'Aunet, ex-épouse Biard, de te rejoindre à Bruxelles. Oui, Victor, tu dois ce séjour à Juliette puisque c'est elle, dis-tu, qui t'a sauvé la vie... et qu'elle accepte — elle aime cela — de vivre à genoux dans l'ombre tandis que l'autre, je te l'accorde, n'est pas une femme d'ombre. Non, Victor, je ne te trahirai pas et ne dirai pas à Léonie que c'est toi qui ne veux pas qu'elle vienne. Je dirai que c'est moi, ta femme, que cela dérangerait. Soit. A cela près que rien ne me dérange plus, sauf cette lettre où une fois encore tu ne parles que de toi et de l'image que tu désires donner... Pas un mot sur les enfants. Quant à Léonie Biard, elle a connu la honte, la prison pour vous, mais, aujourd'hui, bien sûr, son côté mondain qui vous a enchanté à Paris ne correspond plus à la nouvelle image de vous : « *De là un respect général qui se manifeste dans les rues...* » J'ai failli prendre le train et venir vous frapper violemment au visage de mes poings. Et puis, comme toujours, ma furie passée, j'ai compris que, dans votre égoïsme forcené, demeurait pour moi l'Amitié puisque vous osez me demander ce genre d'intervention.

Te souviens-tu lorsque enfants nous jouions dans le jardin de ta mère, près du pavillon où elle cachait son amant Lahorie, ton parrain ; arrête de sursauter Victor, tu le sais parfaitement bien qu'il était son amant ; nous jouions à cache-cache et tu trichais, regardais à travers tes doigts pour me découvrir le premier et venir te blottir près de moi. Eugène alors frappait de ses mains un arbre près de lui et hurlait : « Là, tu pousses, Victor. » Aujourd'hui je te le dis aussi, « tu pousses, Victor », ou, au contraire, suis-je flattée d'être celle à qui tu demandes ce service ?

Aussi amorale que toi, alors... ? Adèle. »

Jersey, 1854.

« ... Puisque l'exil et l'âge te font te contenter des « oh ah » des servantes payées par toi pour hululer tandis que tu les honores — c'est curieux ce terme, non ? — du moins mal que tu peux, ton goût des amours ancillaires triomphe et Juliette en souffre beaucoup. C'est un empiétement sur son territoire, s'étant déclarée ta servante maîtresse, et à perpétuité ! Pauvre Juliette qui s'est voulue ton unique Marie-Madeleine. Quand je pense qu'elle t'écrivait au début de « votre affaire », comme on dit, que « *dorénavant on ne daterait plus les siècles d'avant ou d'après J.-C., mais d'avant ou d'après V. H.* » et que, toi, tu me montrais cette lettre, mufle, comme toujours. Fier, si fier, plus, aveuglé de vanité... Si les hommes éclataient comme les grenouilles, il y aurait eu ce jour-là grand bruit dans la maison ! Je me reprends. Allez, oublions, revenons à Jersey où nous vivons tous maintenant et où ta Juliette se ronge. Voilà me dit-on que tu couches avec sa souillon ? Totor !

Juliette est malade. Tu es bien évidemment le seul à ne pas voir combien elle a changé. Elle a un teint de cendre qui ne me dit rien de bon et pourtant, elle s'est sentie si humiliée que tu culbutes sa servante dans la soupente, près de sa chambre (que, soudard épris de chair fraîche, tu ne fréquentes plus), qu'elle s'est enfuie. Hagarde...

Tu me dis que c'est moi, l'ancienne petite Adèle, terrorisée, qui t'ai fermé la porte de sa chambre et de son ventre, qui suis responsable de ce priapisme constant... N'est-ce pas un peu facile comme explication ? Mais, puisqu'il est admis que c'est moi la coupable — ô Victor, si quelqu'un t'avait appris à ne pas cacher tes vingt ans sous des gestes de violeur — et que maintenant nous sommes tous vieux, sauf toi qui le nies, bien sûr, s'il te plaît, laisse-moi te dire solennellement que tu n'as pas le droit de saccager la tendresse aveugle que te porte Mlle Drouet. Il faut tous les trois, dorénavant, se protéger. Cette mansuétude chez moi est nouvelle ? Oui, c'est vrai, mais cette femme errante qui s'est coupée du monde pour toi et qui ne sait où aller, mendiante démunie, c'est intolérable. »

Jersey, octobre 1855, Marine Terrace.

« Chère Juliette Drouet,

Victor a souffert toute la nuit de brûlures d'estomac... ce qui fait que ce matin il a été incapable de se poster devant son écritoire. Mais que vous obstinez-vous donc à mettre dans votre bouillon ? A mon avis, trop de tomates — ici, elles sont acides, manque de soleil — ou le verre de xérès ? Victor me dit que vous en versez toujours un dans la soupe au moment de la servir. Aussi, chère Juliette Drouet, laissez-moi vous faire porter, vers les 17 heures, avant qu'il n'arrive chez vous, le potage qu'il aime et le laisse travailler le matin venu. Il désire plus que tout, comme vous le savez, terminer son volume de vers qu'il a décidé tout à l'heure d'appeler *les Châtiments*.

Merci de votre compréhension.

Adèle Foucher, épouse Hugo. »

Novembre 1855, Marine Terrace.

« Chère Juliette Drouet,

Les fenêtres de votre maison ferment mal et votre poêle est trop petit, aussi le vent s'engouffre dans le tuyau et rabat votre feu, je le sais. Si je dis à Victor de se couvrir plus quand il va chez vous le soir, il s'irritera. Aussi acceptez cette cape de laine douce qu'il ne connaît pas et forcez-le à la porter.

Quant à vous, laissez-moi vous offrir ce châle mauve que j'ai reçu de Paris.

Avec la sympathie de Mme Victor Hugo. »

1859. Notes écrites par Adèle sur des envers d'enveloppes usagées.

« Décidé à ne faire désormais que dans le génie. Il t'arrive, Victor, de manquer de talent, tout simplement, et si moi, ta Didine, ne te le dis pas, ce ne sont pas les flatteurs que tu fais vivre qui te le diront. Mais, moi, c'est mon tribut redoutable. Tu m'as faite la gardienne de ce que tu voulais être à quatorze ans et je m'y tiens...

Tu te souviens, Hugo, est-ce Eugène ou un de mes frères à moi qui, très fier de son nouveau savoir, chantait en dansant autour de toi « *La gloire est le deuil éclatant du bonheur* ». Il savait même qui avait écrit cela. Il disait que c'était Mme de Staël. Et toi, Totor, tu t'es dressé alors, tu me tenais la main serrée, si fort... et tu as hurlé : « Eh bien, ce deuil-là, je m'en charge, à moi la gloire... » Entre nous, tu savais qu'il serait aussi lourd, ce deuil ? Moi pas. »

... Notes... 1861, Guernesey, Hauteville House.

« Victor, notre Léopoldine, notre soleil est morte il y a longtemps déjà. Loin de nous, mais heureuse. Le temps n'avait pas encore eu le temps de lui gâcher son bonheur. Adèle « deux » notre tourmentée, notre tourmente, notre dernière, la née juste avant que nos lits se séparent, vit, mais elle va mal, très mal. Elle rêve sa vie, s'invente un amour réciproque avec ce lieutenant Pinson. Quelque chose dans son regard me terrorise...

Et Charles, notre fils. Tu lui as déjà volé, il y a peu, enfin c'était à Paris, la belle Alice Ory, et ici vous étiez tous les deux sur le même cuisseau et si j'ai bien entendu les ragots que je ne voulais pourtant pas entendre, c'est bien sûr Charles qui a perdu. Il parle de retourner à Paris et à jamais. François Victor, lui, ne veut pas vivre ici. Tu les étouffes.

Je suis terrorisée. Qu'avons-nous fait ? Les avons-nous oubliés ? N'avons-nous été que des adultes égoïstes ? J'ai tout supporté de toi parce que tu étais un génie. Crois bien, Hugo, que, si tu n'avais pas écrit ces merveilles qui me bouleversent, il y a longtemps que je ne vivrais plus près de toi. Mais là, ce soir, et c'est la première fois que je me le demande, et j'en suis pétrifiée d'effroi : Est-ce que le talent, plus, le génie autorise tout ? Je l'ai cru, j'ai voulu le croire. Mais nos enfants, élevés par un génie et une femme faible ? Qu'en avons-nous fait ? Notre famille ressemble aux États d'Amérique. Tout le monde fait sécession !

Sommes-nous coupables de ce naufrage que je pressens ? Est-ce le prix à payer devant l'impérissable de ton œuvre ?

Je suis fière d'avoir apporté mon petit caillou à ta statue, du moins mal que j'ai su (et pu !). Non, je ne mettrai pas mon nom, tu es gentil. Je préfère que l'on appelle cette biographie que j'ai faite de toi (grâce à ton aide) « *Victor Hugo raconté par un témoin de sa vie* ». C'est plus simple et n'est-ce pas ce que je suis, ami ?

Je sens ton angoisse et cette passion soudaine à faire tourner les tables et à leur faire dire ce que tu veux — tu as toujours fait dire à tout le monde ce que tu voulais, enfant déjà ! — alors pourquoi pas les tables ! Sommes-nous en train de sombrer tous deux dans la folie ? Avons-nous trop oublié, toi, moi, les lois élémentaires familiales ? Fondamentales ?

Sommes-nous coupables ? Horriblement coupables ? Ou seulement moi puisque je n'ai pas l'excuse d'être un génie, rien que la gardienne de la flamme soucieuse, uniquement, que ce génie se réalise, acceptant ainsi peu à peu — veule sûrement — l'inacceptable ? »

Guernesey, 1862.

« ... Ta fille Adèle devient folle. Littéralement folle. Autant les cris de ton frère, durant la nuit de nos noces ne m'ont pas affrayée, autant son silence, son mutisme à elle me font peur. Eugène, lui, se laissait toucher. Adèle, elle, se recule, refuse ma main et vit dans un monde qu'elle s'invente. Tes fils sont devenus obèses... et n'en peuvent plus d'arpenter cette île grosse comme un tonneau éventré, bien plus dure à vivre que Jersey, mais, ici, tu te sens le maître d'un royaume, Propriétaire. Tu es propriétaire ! Il te faut tout ton monde, femme, enfants, maîtresse, plus des servantes régulièrement renouvelées. Encore une fois, dois-je être la seule à oser dire ? A oser te dire ? Il semble que oui. Tes enfants, des adultes pourtant, ont peur de toi. Juliette ? Elle bêle, et j'ai hier croisé ta pauvre vieille maîtresse si voûtée, si menue, si, oui, miséreuse, que j'ai machinalement porté la main à ma bourse. Mais c'est ainsi que tu l'aimes, n'est-ce pas ? Quel instinct assouvis-tu ? Sublime pour la planète, sordide pour les tiens sur lesquels tu t'acharnes, jaloux qu'ils ne soient que de pauvres humains ? Ce n'est pas si facile d'être un simple humain, Victor. Et toi, l'as-tu jamais su ? Les lois qui gèrent l'humain ne te concernent plus ? Je sens le malheur nous engluer et ces tables à qui tu fais dire n'importe quoi... C'est malsain... Arrêtons.

Je t'en prie, cesse d'être avare ou sois moins généreux avec les exilés, vrais ou faux, qui t'exploitent, ou même avec Léonie qui vit seule à Paris (enfin, à ma connaissance) et à qui tu fais une pension trois fois supérieure à ce que tu donnes à tes deux fils, à ta fille et à moi réunis. Tu es riche, Hugo, je t'ai longtemps cru pauvre tant tu exigeais de comptes de moi et tant la perte d'un sou te gâchait une journée... Avare pour ta famille, Mlle Drouet en fait d'évidence partie, vu la maigre pitance que tu lui octroies.

Lorsque tu m'as demandé de vendre tous nos meubles à Paris, les amis ont eu beau faire monter les prix, ce bric-à-brac que tu avais aimé engranger n'était plus à la vente que guenilles et écuelles ébréchées. Envolées les antiquités !

Ça suffit, Hugo, donne-moi assez d'argent pour aller vivre quelques mois à Paris avec Adèle. Je crains bien que ces fiançailles ne soient que mirage... Elle s'étiole, se meurt. Personne avec qui jouer du piano, personne à qui parler, personne avec qui se promener. Est-ce normal à vingt-six ans ? Non, monsieur. Même si tu te sens magnifique exilé, assis sur ton rocher... Tu fais honte au monde tandis que les pigeons laissent tomber leur fiente sur tes beaux longs cheveux et que ta fille s'enfonce dans la folie. Souviens-toi de ton frère, un c'est déjà trop ! Chaque lundi tu invites 40 enfants pauvres à dîner. C'est beau. L'Histoire s'en souviendra. Mais Adèle, de notre Adèle, que dira-t-elle ? Quand on est en train d'écrire *Les Misérables*, on aide aussi sa fille. »

Paris, 1863.

« ... Tu me dis, le soir venu de nos vies, toi à Guernesey, moi à Paris, que probablement, moi l'ignorante, j'ai mieux réussi ma vie que toi, que les enfants qui nous restent me sont très attachés, que j'ai plus d'amis que toi. Mais, Victor, c'est que je sais les écouter... Moi, que tes amies femmes ont hautement et à l'unanimité déclarée sosotte (ces braves cocottes), je sais écouter, et écouter c'est aussi donner. Toi, houligan, tu prends, colossal aigle prédateur... C'est aussi simple que cela.

Mieux réussie ma vie ? Oui, puisque je suis toujours ton amie. Mais je crains bien que, pour toi, le poids de ta vie ne se pose plus en terme de bonheur ou de malheur. Ton œuvre est telle que désormais tu ne relèves plus des lois qui gèrent l'humain habituel, et la vie que mène un génie rend impossible toute vie familiale réussie, même si le génie croit s'user — et s'use peut-être ! — à vouloir réussir à sa manière une vie familiale. Une vie familiale, c'est bien plus simple que tu ne le penses ! Il suffit d'aimer, d'écouter, d'y donner sa vie vingt-huit heures sur vingt-quatre ! Ce qui ne laisse pas grand-place à la création, je te l'accorde bien volontiers. »

8 mars 1867

A Mlle Juliette Drouet, « La Fallue », Guernesey.

« Chère Juliette Drouet,

Je vous prie d'accepter ce camée en souvenir de moi et en remerciement de ce que vous avez fait non pas tant pour mon mari (il serait, reconnaissez-le, bien tard, pour vous en remercier ou vous en demander raison), mais pour mes fils. Je sais le soin que vous avez pris d'eux et même de notre maison d'Hauteville-House durant mon absence. Merci de ce doux intérim. Moi revenue, il va de soi que je reprends mes fonctions. Mais voulez-vous avoir la gentillesse d'accepter de venir après-demain à la maison prendre le thé avec nous. Nous serons tous là sauf, bien sûr, notre Adèle qui, ainsi que vous l'a dit Hugo, nous a annoncé son mariage, qui serait imminent, avec le lieutenant Pinson. Puisse-t-elle être enfin heureuse. Mais je m'égare. Votre nom est depuis si longtemps associé à notre vie que, vous voyez, je commence à vous tenir au courant de tout...

A après-demain donc, nous le souhaitons vivement.

Vous n'avez qu'un pas à faire, ne sommes-nous pas voisines ?

Adèle Hugo. »

11 mars 1867, Guernesey.

« Chère mademoiselle,

Je vous en prie, pas de bouleversement, pas d'émotion, pas de grandiloquence telle que « déférence » parce que je vous ai conviée dans notre maison ! Entre nous trois (Léonie), entre nous deux ici qui n'avons été finalement que les humbles gardiennes de ce feu qu'est Hugo, à nous d'essayer de vivre en harmonie, ce qui nous reste à vivre de cette vie, qui pour vous et pour moi a été si souvent un enfer. Enfer que nous n'avons jamais désiré quitter, bien trop inquiètes c'est vrai qu'un paradis sans Hugo soit trop ennuyeux à vivre !

Avez-vous vu que les colporteurs vendent sur le port une photographie de « notre » Hugo entouré de ses petits enfants ? Madeleine, notre servante, m'a dit que le boulanger avait cette photo bien en évidence dans son magasin. J'y ai été, c'est ma foi vrai ! Allez, je vous le dis, Juliette, si Hugo a la gloire locale, c'est qu'il a déjà la gloire universelle. Car être célèbre dans son village c'est ce qu'il y a de plus dur à obtenir !

Vous et moi pouvons mourir, sûres que le nom de notre Victor demeurera, et à jamais.

Vous et moi n'aurons pas pleuré, eu faim de vie en vain ; c'est un réconfort suprême ?

Vous me demandiez avant-hier où est notre Adèle ? A la Barbade, seule je le crains bien. Je voudrais, comme son père, croire qu'elle est l'épouse du lieutenant, mais... Mon ventre de mère me dit que non. »

1867, Paris, lettre d'Adèle à Victor.

« C'est l'Exposition universelle. Le monde arrive de partout pour admirer Paris. Paris qui s'est maquillée, alourdie pour le recevoir. Mais peut-on recevoir le Monde à Paris et ne pas lui donner un spectacle de Victor Hugo ? Même exilé. Il est des moments où tout Pouvoir sait plier ! Ça y est, oh, Victor, on va remonter ton *Hernani...* Le sang m'en cogne plus fort aux oreilles. Il faut que je m'assoie. Il va m'être donné de réentendre encore une fois la pièce de toi que je préfère. Alors, nous étions encore mari et femme. Quoi ? Tu veux m'interdire d'assister à ce spectacle sous prétexte de ma santé ? Il y a dans l'œuvre d'un mari trop du sang de sa femme et de ses enfants, trop de journées — non vécues, offertes en holocauste par la famille à l'œuvre —, pour qu'on ne puisse leur interdire d'y assister ! Même au nom de ton bon sentiment... Dussé-je y mourir, j'assisterai à cette reprise. Moi fragile ? Moi inconsciente ? Si volontairement j'ai joué ma vie durant à être Didine la légère, la gaie, la je m'enfoutiste, et en même temps celle qui dit tout à cru selon le rôle que tu m'avais attribué au départ... Si aujourd'hui, vieille, malade, tu veux me faire garder le lit... Attention, Victor, là, je peux tuer. Mes rires, mes naïvetés, mes silences, mes acceptations cachaient une sauvagerie intacte ce soir.

Victor... Victor... Ça a été « *inénarable* » ! Tu te rappelles que tu avais « adouci » un ou deux vers à cause de ta peur de te faire emboîter ou de te faire encore plus mal voir ! Eh bien, le public, debout, corrigeait les acteurs ! Il voulait le vrai texte. Il le savait par cœur. Les gens s'embrassaient sans se connaître, ils t'aimaient, cela leur suffisait. Un monde fou de jeunes était là, beaucoup plus correctement vêtus que de notre temps, je dois dire... et mes yeux usés ont reconnu pour toi, mon proscrit orgueilleux (je dis vaniteux quand je suis lasse, mais pas ce soir !), ont reconnu des membres de ton ancienne garde d'honneur : Dumas, Gautier et quelques autres, mais quelle horreur provoque le temps sur les visages.

Je peux mourir. Il faudrait que je meure. Tout serait plus simple. Je suis si heureuse, ce soir, et « *quant à moi, dès que je te tiendrai, je me cramponnerai à toi sans te demander ta permission. Je serai si douce et si gentille que tu n'auras pas le courage de me déserter. C'est la fin de mon rêve que de mourir dans tes bras* ».

Oh, Victor, si quelqu'un, le soir où on nous a mis dans un même lit, si quelqu'un t'avait dit avant... O mon jeune roi Barbare, transformé soudain en cyclope saoul d'hydromel trop fort.

Qu'importe... Tu es devenu ce que tu voulais, plus que ce que tu voulais. Tu te souviens de tes premières lettres que je recevais en cachette au fond du jardin ? Tu te rêvais tous les orages... Nous avons été servis, mon Victor. Non ? Oui, je voudrais maintenant mourir. Le temps en est venu. Et si je n'ai pas su être ta femme maîtresse, sache que j'ai eu à cœur d'être ton amie toujours.

Adèle Hugo. »

25 août 1868.

Chère Juliette Drouet,

Je crains (ou plutôt je sais) que le temps va bientôt me manquer. En effet, tout se recouvre d'ombre et d'un étrange détachement. Même les souffrances les plus intolérables s'estompent, se gomment.

Je vous confie Victor Hugo et ce qui reste de nos

enfants (Adèle, notre Adèle a sombré dans son monde), car je sais que mes fils ont de l'affection pour vous. Je vous confie Victor. Vous ne l'avez pas volé ! En effet, même si j'ai souffert de votre intimité avec lui (vos voyages, où vous regardiez ensemble les mêmes choses, m'ont été longtemps — à vrai dire toujours — physiquement intolérables...), même si j'ai souffert, et j'ai souffert, je dois dire que je n'ai, depuis le début, cessé d'être frappée par votre élégance : en effet, jamais, jamais vous n'avez essayé de médire de sa famille auprès de votre amour pour vous le mieux gagner ! C'est pourtant le b.a. ba du manuel des maîtresses depuis la nuit des temps. Je vous en remercie et aussi vous prie de prendre le relais et de le garder. Relais qui ira ainsi d'une miséreuse heureuse à une autre miséreuse heureuse, ce que nous sommes, vous et moi.

Je ne vous dis rien des soins à avoir pour lui, vous les savez comme moi... Peut-être même mieux. Devenez, si vous le pouvez, seulement lucide et ne l'encensez pas trop, c'est son talon d'Achille à notre géant et alors, grisé, vous savez bien même si vous le taisez, jusqu'où peut aller son débordement, dans « l'énaurme ». Ayez le courage d'oser lui dire comme moi, inconsciente au début, mais il m'en a finalement, sur le tard, remercié : « Tu ne crois pas que, là, tu pousses un peu, Totor... »

Curieux testament. Mais vrai testament.

Croyez-le de votre Adèle Hugo. »

Mme Adèle Hugo est morte à Bruxelles le 27 août 1868.

BARONNE JENNY VON WESTPHALEN

1813-1881

épouse : KARL MARX

« O mon sauvage noir…

N'es-tu que ce que j'ose me murmurer parfois, n'es-tu qu'un velléitaire, un pleutre, un esclavagiste à qui tout est dû ?

Des années, Engels a écrit tes articles, tu les signais seulement ou plutôt il les signait de ton nom pour que toi tu puisses te consacrer à tes grands projets. Cela ne t'a jamais dérangé. Mieux, tu as fait une crise de jalousie et n'as eu de cesse, lorsqu'il s'est pris d'amitié pour Heise et qu'ils ont commencé d'écrire ensemble, qu'ils se disputent. Tu les as fait rompre, inquiet que la poule aux œufs d'or cesse de pondre pour toi seul ! Tu as menti même à Engels pour éloigner cet Heise. Je suis petite ? Oui, je suis petite. Mais je n'en peux plus de cette image de toi, Karl, le révolutionnaire parfait. Parfait parce que trois de nos enfants sont morts de faim ?

Toi le révolutionnaire parfait parce que ton fils bâtard vit caché.

Toi le révolutionnaire parfait qui as eu peur de l'écriture comme de la mort des années durant et qui t'es donc servi d'un autre.

Toi le révolutionnaire parfait qui n'as jamais participé dans ta chair à une révolution, puisqu'il fallait que tu témoignes. Donc te tenir à l'abri.

Toi le révolutionnaire parfait, l'emblème qui servira siècle après siècle, soit. Mais moi Jenny von Westphalen, ton épouse, déviationniste, certes ! je sais que ça n'est pas vrai. »

Cette lettre-là, Jenny Marx la garda dans la poche de sa jupe tout un jour, elle la touchait souvent puis, au soir, elle fit un grand trait sur les mots et écrivit en biais « pardon » et « bien sûr que rien de tout cela n'est vrai » avant de la brûler et de répandre les cendres par la fenêtre...

« *1850.* Ça y est, la péritonite est venue à bout du petit Guido. Les convulsions ont cessé. Et la sueur ? l'air l'a comme bue instantanément. Il est mort les yeux déjà clos. Sa mère appuie sa tête contre le petit visage de nouveau lisse. « Il se repose enfin », et elle sourit, Jenny. Les deux sœurs aînées de Guido, recroquevillées au fond de la chambre, sont muettes. Terrorisées. Karl le père, lui, hurle, trépigne, se tape la tête contre les murs « *mais pourquoi ? pourquoi ? c'est intolérable, quelle injustice ! pourquoi lui ?* » Et puis, tout en marchant, il découvre une maie dans laquelle Jenny ou la servante, Hélène, rangent parfois quelques aliments. Karl Marx a toujours faim. C'est un bouffeur, et là ses narines se dilatent, il y a quelque chose là qui... et machinalement il ouvre le rabat et voit un plat de salade de pommes de terre et de harengs marinés. Il le prend, s'assied et, tandis qu'il pleure, pleure, renifle et s'essuie et les larmes et la morve d'un revers de main, il commence à trier les petits morceaux de harengs. Un à un. Inconscient, il les prend et les pose dans une soucoupe là près de ses papiers sur la table unique — on pousse les manuscrits à l'heure des repas et, dérision, il fait tomber de l'huile qui s'étale sur la conclusion de son article lequel entérinera la scission de la ligue communiste et décidera d'un isolement par rapport aux autres émigrés. Isolement qui durera plus de vingt ans. Les mots brillent... « *Étant donné la prospérité générale qui prévaut maintenant et qui permet aux forces productives de la société bourgeoise de se développer autant que cela est possible dans le cadre de la société bourgeoise...* » Jenny met à part la feuille souillée, elle la recopiera... Machinalement elle lit : « *étant donné la prospérité générale...* » Étant donné la prospérité générale... étant donné... ses larmes font danser les lignes, elle ne peut plus lire.

Ils vivent tous, lui, sa femme, leurs deux filles, la servante et son fils, dans deux pièces minuscules séparées par un rideau.

Il a presque fini de retirer un à un les petits morceaux de harengs de la salade. Alors, Jenny accroche le regard de ses filles, essaie de leur parler, essaie de leur parler de demain, de leur dire que peut-être les choses iront mieux et que « on va s'en sortir et que c'est mieux pour le petit Guido ; il avait si mal et c'était si dur pour lui. Et puis il avait tellement peur des rats alors qu'elles, elles savent bien que les rats finalement c'est comme des petits chats ! ». Elle essaie de capter leur attention que surtout, surtout ses filles ne regardent pas ce qu'est en train de faire leur père. En effet, maintenant qu'il a retiré tous les petits morceaux de harengs fumés qui, mêlés aux pommes de terre, devaient faire le dîner de la famille, Karl Marx les avale. Ce soir, il n'y aura que des pommes de terre. Jenny a deviné ce qui allait se passer et a eu si peur que ses deux filles, soudain lucides, comprennent elles aussi ce qu'il est en train de faire une fois de plus, et justement ce soir...

Mais il est si grand, Karl Marx. Comment ne pas lui pardonner sa bâfrerie, son égoïsme ? Aussi, passé le premier agacement, non, la première honte, Jenny se refuse à attacher quelque importance à ce qu'elle veut depuis le début de son mariage prendre pour des détails subalternes — même si, en vrai, elle en meurt lentement.

Et il est là, hoquetant, larmes et huile mêlées dans sa barbe, essayant d'écraser ses larmes avec ses gros poings.

Alors la baronne Jenny von Westphalen, épouse de Karl Marx le révolutionnaire exilé à Londres, se lève et, doucement, doucement, écarte le saladier qu'il reste quelque chose pour les enfants même si ce ne sont que des pommes de terre, car il peut les engloutir aussi sans même s'en apercevoir. De la manche de sa robe elle essuie le visage de son époux et, tirant un peigne de son chignon, tente de redonner une forme à sa chevelure hirsute...

« Allez, viens, Karl » et, s'accroupissant au sol, attire les petites Jenny et Clara et Karl ; et fait ce qu'elle faisait si souvent, le visage pur comme lavé de tout — que les fillettes réapprennent à sourire dans l'instant, mon Dieu ! —, elle murmure « allez, on va jouer à se faire chaud » et, mutine (les tromper, ne pas montrer l'horreur qui la saisit, « je sens la folie qui arrive »), les recouvre tous trois de sa jupe large ; et, les enserrant de ses bras, tête appuyée dessus, elle les entend vivre, rire et s'agiter pour se dégager. Jeu, rituel familial, elle jouait à cela enfant. Aujourd'hui elle tarde à desserrer l'étau de ses bras ; et parce qu'enfin seule elle fixe au fond de la pièce une caisse posée sur un tabouret dans laquelle dort un beau bébé : Freddy, le fils naturel de la bonne — la fidèle Hélène — « il va vivre lui... c'est sûr ». Et cette fois Jenny ne peut plus arrêter les sanglots qui la cassent tant ils sont violents. Freddy... Engels, l'ami, le disciple, le nègre, le pourvoyeur de fonds pour les Marx sa vie durant, Engels... Il riait et haussait les épaules quand on disait qu'il était le père de ce petit bâtard : « Mais oui, et alors ? »

Elle se souvenait de sa visite à Engels, envoyée par Karl son mari : « Toi, vas-y, il t'écoutera mieux, comprends-moi, Jenny, vu ce que je représente, je ne peux pas avoir un fils adultérin et ancillaire. Je perdrais toute crédibilité, et le message que j'ai à délivrer au monde est trop capital pour le laisser se briser sur un événement si mineur. Jenny, Jenny, tu le sais bien, toi... Il y a dix mois tu étais partie en Écosse essayer de ramener un peu d'argent de chez ton oncle, qui ne veut toujours pas le lâcher, d'ailleurs, et puis tu avais mal depuis l'accouchement de Guido... Tu t'agaçais, je te sentais moins. Bon, je suis un soir rentré dans la pièce du fond, j'avais un peu forcé sur la bière, Hélène était en chemise. Ben voilà quoi ! Mais s'il te plaît, Jenny, tu ne vas pas en faire un drame, une femme de ton intelligence ! Dis, ma petite baronne, on est au-dessus de ça, non ? Toi et moi, pas vrai ? Allez, cesse de pleurer et puis tu n'avais qu'à moins me dire non, tu sais bien que je ne peux pas m'endormir — il riait si fort alors ! — sans avoir ma ration... Allez, va chez Engels... Hélène ne dira jamais rien. »

Jenny lutta, elle voulait que l'enfant qui allait naître, Marx l'assume quoi qu'elle puisse penser, elle — « n'est-ce pas toi qui as écrit, alors que j'en souffre tant sentimentalement, mais politiquement tu es dans le vrai, n'est-ce pas toi qui as écrit et non, cette fois ça n'est pas Engels, j'ai vu ta main l'écrire dans *Le Manifeste...* Oui, n'est-ce pas toi qui réclames une communauté « *franche et officielle* » à la place d'une « *communauté hypocritement dissimulée* ». O Karl, même si mon corps en crève, ma tête va l'accepter, elle le doit : reconnais ton fils, je t'en supplie, dis qu'il est de toi. »

« Jenny, Jenny, tu as toujours eu une dignité de protestante de province, je ne peux pas... Nous ne pouvons pas nous permettre ce scandale pour mon oeuvre et aussi parce qu'alors nous ne pourrions jamais marier convenablement nos filles plus tard ! La société n'est pas prête. »

C'est, peut-être, ce qui décida Jenny, murée d'abord sur son dégoût puis très vite seulement sur son désarroi, à prendre le bateau pour Manchester et à persuader l'ami Engels d'endosser la paternité de l'enfant que Marx avait fait à sa bonne.

Tout le temps que dura le voyage, elle n'eut qu'une pensée et qui lui donna la force d'entreprendre cette démarche. Le moteur du bateau la disait, les cloisons qui grinçaient autour d'elle, les lèvres des autres qui bougeaient, toutes murmuraient la même litanie : « Il devait être si malheureux, Karl, pour en arriver là..., lui, ce grand homme. » Et dans le même temps tout son corps avait mal : « O Karl, pourquoi ?... » Ce fut ce jour-là, recroquevillée sur le pont qu'elle cracha du sang pour la première fois. Elle pensa qu'elle s'était trop mordue l'intérieur de la bouche pour ne pas pleurer, mais s'aperçut que, dans le même temps, elle avait un saignement par le bas. Un sang noir, lourd.

1830-1843

Jenny court sur la pelouse, et sa toilette du matin virevolte. Elle est bien la seule jeune fille de Trèves, à dix-sept ans, qui porte des bas de soie jaune d'or brodés de roses rouges ! Bien sûr, elle devrait les porter l'après-midi avec une de ces robes que son père lui fait faire à Paris et qu'il veut toujours « à la grecque ». Il récitait Homère par cœur et à tue-tête, s'il vous plaît ! et se détendait en jouant les pièces de Shakespeare en anglais à ses enfants. A lui seul il faisait tous les personnages, et enchantait Jenny et le fils de leurs voisins, le jeune Karl Marx.

Elle courait, Jenny, et ses bas se mouillaient à la rosée. Elle allait vers le lac... Là, elle glissait un petit papier au col d'un cygne. C'est Karl qui avait pensé à accrocher une poche autour du cou du plus beau des cygnes. Elle lui caressait un instant le col : « Allez, allez, va, va dire bonjour à Karl... » lui attendait de l'autre côté du lac avec des miettes de pain ; il les lançait au cygne toujours goulu et quasi apprivoisé qui approchait et, hop ! il prenait le petit message, certain du contenu avant même de le lire : « Il était prié à venir goûter chez les Von Westphalen à 16 heures... » N'empêche qu'il faisait des cabrioles en remontant vers la maison de ses parents.

Si Jenny et Karl auraient pu se voir, se parler autrement ? Bien sûr ! Mais depuis leur enfance, ce jeu de la lettre portée par un cygne (toujours le même) les amusait plus que tout — et Jenny devait avoir huit ans (ou plutôt dix), qu'ils s'envoyaient déjà ainsi leurs messages. Jenny que ses demi-frères et sœurs agaçaient, ils étaient de par leur mère descendants des comtes d'Argyll, et n'avaient de cesse de la traiter, elle, la petite Jenny, de fille de roturier et de parler ostensiblement anglais lorsqu'elle essayait de participer à leurs jeux. Aussi Jenny avait pris très jeune l'habitude de descendre chaque jour au lac. Là, elle s'était fait un ami : Karl. Il était brun « noir », les frères de Jenny l'appelaient le « Maure » ou « l'esclave de Jenny »... Karl savait faire des cabanes, Karl savait attraper les cygnes et leur arracher, sans leur faire mal, leurs plus belles plumes, Karl savait faire réciter les leçons, Karl savait grimper aux arbres ; bien sûr, Karl avait un couteau qui se pliait avec plein de lames avec lequel il faisait des tas de choses même des flûtes, mais dont lui ne savait pas jouer ! Enfin Karl, il savait surtout, surtout, inventer des poèmes juste pour elle. Il les lui récitait une fois et après il ouvrait la bouche, soufflait très fort et disait : « Tu vois il est parti, parti en buée, il n'était que pour toi, et il n'y aura que toi et moi à l'avoir entendu. Il est perdu. » Il ne l'était pas, car Jenny les savait tous ces petits poèmes et vieille n'en avait oublié aucun mais, lorsqu'elle se les récitait, c'était bouche fermée.

Certes il avait deux ans, ou quatre, de moins que

Jenny, mais Karl n'était pas « l'esclave de Jenny » mais bien son maître et elle marchait ravie, derrière lui, courait derrière lui, s'asseyait derrière lui...

— Alors je serais un gros poisson et tu serais ma petite sardine esclave et tu ferais ça... et puis ça...

Et elle le faisait. Et elle riait, Dieu que c'était amusant de jouer avec Karl. Karl venait souvent dans sa maison, son père aimait l'intelligence rapide, intuitive et hors des normes de cet enfant-là. Karl voulait tout comprendre par lui-même et n'acceptait aucune affirmation absolue et un « parce que » à ses pourquoi ne lui suffisait jamais. Ludwig von Westphalen trouvait ce jeune garçon dépenaillé? sale? Oui, sale, mais tellement plus intelligent que ses fils qu'il savait timorés et déjà confits dans des lois et ukases qui ne l'intéressaient pourtant pas lui... Et il s'était pris d'amitié, de tendresse pour ce petit Karl Marx. Son père était un juif fraîchement converti, et alors?

Un jour, Karl, (Jenny allait avoir douze ans et les seins lui avaient poussé vite), Karl lui avait dit : « Tu ne dis rien à personne encore mais je t'épouserai. Tu dois m'attendre, tu m'entends. » Elle avait haussé les sourcils, mais cela allait de soi que seul Karl pouvait devenir son époux et qu'elle l'attendrait et se tairait... Elle aussi l'avait décidé depuis des années déjà.

Karl avait passé l'après-midi dans une des forêts de Trèves avec Jenny et son père. Ils avaient marché, marché tandis que le vieux monsieur, il avait plus de soixante-dix ans, leur expliquait la doctrine de Saint-Simon. Karl savait à merveille et répondre et relancer la question qui stimulait la pensée du vieux monsieur et dans le même temps écraser des mûres dans le cou de Jenny qui tirait un peu la patte. Elle avait quoi? seize ans (ou dix-huit) et lui quatorze cet été-là... et le soir, tandis qu'elle le reconduisait jusqu'au trou dans la haie qui séparait le parc de sa maison du jardin des Marx, elle avait ri mais protesté qu'il avait sali sa robe cet après-midi-là, tout en faisant gonfler ses manches ballons si serrées aux poignets que parfois il lui fallait glisser une brindille entre sa peau et le tissu, mais c'était si joli !

— Mais si, regarde ma collerette et là ma manche : toutes sales...

Il n'osa pas toucher sa collerette mais glissa lui aussi un doigt entre le poignet et le bras de Jenny, il dit encore :

— Tu sais que les poignets serrés s'appellent des « imbéciles » parce qu'ils sont copiés sur les camisoles de force, si, si c'est vrai !

Jenny riait, elle riait mais la main était-elle trop grosse ? Les trois petits boutons de nacre avaient cédé et la main du jeune homme remontait maintenant le long de son bras. Karl ne riait plus, Jenny ne riait plus... Il l'entraîna vers la cabane où l'on rangeait les outils de jardinage.

A dix-sept ans Karl partit faire ses études de droit à Bonn. Jenny resta à Dresde... Lui était devenu, tous ses amis le disaient, « *l'être le plus laid que le soleil eût jamais éclairé* », quant à Jenny, elle était belle, très belle, intelligente, cultivée, riche, élégante. Son cabriolet était le plus joli de la ville. Elle sortait, allait au bal et disait : « Non, non merci, pas maintenant » à toutes les demandes en mariage. Elle attendait Karl, son mari depuis le soir où les trois petits boutons de nacre qui fermaient son poignet avaient craqué.

Elle savait parfaitement que ce mariage ne serait pas sans contrarier sa famille, c'est pourquoi elle se taisait. S'il devait y avoir lutte qu'au moins ce soit juste au moment où ils pourraient officiellement se marier. Exiger, dire sa promesse avant ? A quoi bon !

Elle s'était engagée corps et âme envers ce jeune homme certes surdoué mais, tant qu'il se disperserait et préférerait écrire des poèmes, boire de la bière, se battre en duel plutôt que d'assister aux cours, elle devrait se taire. Elle savait bien que leur union allait heurter toutes les conceptions de la société bourgeoise et noble où elle vivait. Mais cela lui était égal, égal... C'est ce qu'elle disait quand elle se sentait forte ou qu'il était près d'elle, mais pourtant que d'angoisses déjà. Aussi quand elle rêvait c'étaient des cauchemars... Elle était sur un bateau, la mer et le ciel se mêlaient tant la tempête était forte, elle cherchait Karl. Elle montait, descendait, montait, descendait et, à l'instant où elle allait le rejoindre, il courait et se retournait alors, hirsute, et riait, sauvage ; elle s'approchait, voulait lui prendre la main mais lui s'écartait et disait : « Vous désirez, madame ? »

... Elle se réveillait toujours à ce moment-là tant le bruit que faisait son cœur était fort.

Elle avait pris l'habitude de voir beaucoup le père de Karl, à lui seul elle pouvait parler... Aimait-il sincèrement Jenny ? Ou n'était-elle qu'un parti inespéré pour ce fils qu'il devinait asocial ? instable ? En tout cas il encouragea et aida beaucoup les amoureux, n'hésitant pas, quand Karl oubliait un peu trop d'écrire, à prétendre avoir reçu une lettre lui, et à réciter à Jenny la naïve un passage qui lui était destiné, passage qu'il inventait dans l'instant.

Lasse, vieille, usée, des années plus tard elle écrivit sur une de ces lettres journalières qu'elle brûlait toujours, elle écrivit à Karl qui cette fois-là avait été loin, très loin dans la muflerie : « Je me demande si ton père n'a pas fait métier de marieuse entre toi et moi... »

Jenny, elle attendait, et disait non à la demande en mariage d'un comte, non à la demande d'un prince dit-on, elle disait non à de riches banquiers... A vrai dire, elle n'écoutait pas qui ils étaient, elle n'était pas libre, c'est tout. Promise, plus « mariée ». La ville jasait bien sûr : belle, riche, elle avait vingt-quatre ans, c'était vieux alors et pas mariée, pas même fiancée. Mais qu'est-ce que cela cachait ? Y aurait-il une tare ? La dot ?

A la Noël 1836, Karl revint en vacances à Trèves et offrit à Jenny un cahier de poèmes intitulé « Le Livre de l'amour », qu'il avait dédié « *A ma chère Jenny von Westphalen aimée pour l'éternité* ». Elle avait, alors, lui parti, assura le père de Karl à son fils, pleuré des larmes « de douleur et de joie » — le père ne reculait jamais devant l'image un rien forcée, métaphore, à dire vrai, qui ne déplaisait pas à Marx non plus !

Elle se décida à parler à son père et autorisa le père de Karl Marx à faire sa demande... Il fallut un an à Jenny pour faire dire oui à son père qui tremblait devant la force sauvage et incontrôlable qu'il devinait en Karl. Autant ce garçon l'enchantait, le subjuguait intellectuellement, autant il le terrorisait comme gendre, et si le demi-frère de Jenny, Ferdinand, futur ministre de l'Intérieur de Prusse, n'avait lors d'une réunion de famille fait un énorme esclandre, arguant de la « juiverie » de Marx, de son goût du scandale et de sa pauvreté qui risquaient, s'il entrait dans leur famille, de contrarier sa carrière à lui, peut-être bien, oui, peut-être bien que le père de Jenny n'aurait jamais donné son consentement à ce mariage-là. Mais il fut si choqué de la médiocrité de son fils aîné qu'il donna son accord dans l'instant — sûr aussi que s'il ne l'avait pas fait Jenny se serait enfuie, elle l'avait prévenu d'ailleurs.

Fiancée, même si on ricanait dans son dos, si les mères bourgeoises se félicitaient de ce que pareille calamité ne soit pas arrivée dans leur famille, officiellement la ville la félicitait, et surtout on ne lui faisait plus de demandes en mariage, on ne lui faisait plus la cour. C'est ce que voulait Jenny et elle pouvait enfin dire au monde son engagement à Karl. Chaque après-midi, elle lui écrivait et chaque soir à la tombée du jour descendait au lac donner du pain aux cygnes et éparpiller en mille petits morceaux la lettre écrite : « Je suis trop romantique, il se moquerait », qu'elle mêlait aux miettes de pain jetées à la volée aux cygnes. Le cygne auquel Karl avait accroché une petite bourse rouge avait disparu depuis longtemps... Elle les savait un par un les cygnes du lac, Jenny, et elle avait eu si froid quand elle avait compris que « leur » cygne ne reviendrait plus.

Officiellement, Karl Marx faisait son droit, cela rassurait le père de Jenny, comme tous les pères, mais Karl, libre au loin, avait plongé dans la philosophie. Il voulait s'y mesurer.

Agacé par Hegel et sa grotesque « mélodie », il le lit pourtant, et de bout en bout, et tombe malade de rage et de dépit à le lire : il est devenu hégélien. Il écrit alors, saoul de rage, à Jenny : « *Me voilà enchaîné de plus en plus étroitement à la philosophie moderne du monde à laquelle j'avais pensé échapper.* » Il étudiait donc la philosophie, oublieux du droit, et quand il avait quelque argent envoyé par son père ou Jenny, qui le prenait sur son argent de poche (elle ne se commandait pour ainsi dire plus de robes depuis que son père lui avait donné son propre budget à gérer), il allait dans ces clubs où l'on pouvait à l'abri de la police parler certes de poésie, mais surtout de philosophie, seule trouée lumineuse pour ces jeunes vers un autre monde.

C'est là que Karl Marx rencontra, entre autres, Bettina von Arnim, cette muse romantique qui tenait salon... Fut-elle sa maîtresse, son égérie, eut-il une flamme pour elle ? Dans ses lettres à Jenny, il n'avait de cesse de vanter son aura sociale, Karl Marx, depuis l'enfance, était grisé par l'aisance mondaine. « O Karl », écrivait Jenny avant de déchirer au soir sa lettre et de la lancer au vent qu'elle rejoigne les nénuphars du lac avant de s'enfoncer, « ô Karl comme tu aimes le brillant... ».

Karl revint en vacances à Trèves, mais Bettina von Armin y faisait aussi un séjour chez des amis, était-elle venue pour le voir ? en tout cas Karl n'eut le temps de voir sa fiancée que deux ou trois fois, car il « devait », disait-il, accompagner cette dame dans toutes ses excursions... Jenny, muette, tenait compagnie à son vieux père qui fronçait le front mais se taisait et récitait, comme toujours en anglais, *La Tempête* ou *La Mégère apprivoisée* à Jenny qui riait toujours autant, son rire le rassurait tellement bien... Elle ne s'en lassait pas de ces tirades et les répétait, remettant ses mots dans ceux de son père vers après vers... sa main blottie dans la sienne, recouverte de taches de vieillesse qu'elle ne voulait pas voir... Et le temps passait, et il y avait de la neige sur la pelouse qui menait aux cygnes et des primevères, puis encore des feuilles mortes et tout recommençait et il arrivait que Jenny, juste au-dessus de sa tempe gauche, il arrivait depuis quelque temps qu'elle s'arrache un cheveu blanc. Il y en avait là comme un petit nid.

En 1838, le père de Karl Marx était mort et la famille s'appauvrissait de mois en mois. Karl savait que cette thèse de doctorat n'était qu'un bonnet d'âne mais qu'elle lui permettrait d'enseigner ; de vivre donc. Il s'acharnait mais l'université de Berlin souffrait d'absolutisme. Lui laisserait-on passer sa thèse ? Se présenter devant des maîtres dont il niait la pensée, était-ce possible ? Il avait fait partie de révoltes d'étudiants, un meneur même. Mais, en 1841, c'était un fabuleux débrouillard, il réussit à ce que la faculté de Iéna le fasse docteur. Quand il fut sûr des professeurs de là-bas, il leur envoya une thèse écrite en quelques semaines — elle traitait de la différence entre la philosophie de la nature chez Démocrite et chez Épicure.

Aussitôt reçu docteur, il cessa de s'intéresser à ce sujet. Karl Marx avait terminé ses études. Il avait vingt-trois ans et Jenny vingt-sept. Il était libre de tout engagement militaire, car ayant en 1838 d'abord été déclaré par la commission de recrutement de Trèves « admis pour le service volontaire », retourné à Berlin, il avait fait en sorte que la commission départementale le déclare inapte au service « pour cause de faiblesse poitrinaire et de crachements de sang ».

Crachements vrais ? Arrangement de Karl avec des amis carabins ? Prémonition quant à sa vraie fin ? Tuberculose qui vivait peut-être déjà tapie en lui ?

Sans un sou vaillant certes, mais docteur en philosophie, il était un homme et pouvait donc épouser sa fiancée. Quel bonheur dans le regard de Jenny, mais quelle tristesse, quelle angoisse dans les yeux de sa mère qui, depuis que son mari était mort lui aussi, avait tout fait pour que ce projet de mariage soit rompu...

Mais, miracle ! il allait faire une revue radicale avec son ami Bauer et ouvrir un cours libre de philosophie, ne voulant décidément en rien se compromettre avec les vieilles barbes qui dirigeaient l'université de Bonn. Ce serait le pactole.

Elle n'en pouvait plus, Jenny. Son propre père mort, le père de Karl mort aussi, les deux mères n'avaient fait alliance que pour faire rompre ce mariage. La mère de Karl butée, humiliée : « Ils ne m'ont jamais invitée chez eux, d'ailleurs je ne voudrais pas y aller, ils font bien trop de manières... » La mère de Jenny angoissée : « Il est trop violent, trop épris d'absolu, il n'a aucun sens des responsabilités... Vous n'aurez, ma fille, que vos yeux pour pleurer et votre père n'était pas sage lorsqu'il a donné son consentement. D'ailleurs, votre père n'a jamais su résister à ses engouements intellectuels et ça n'est pas avec des engouements que l'on fait sa vie, croyez-moi... » Et puis, bouche fermée tout en priant Dieu : « Pardonnez-moi et faites que mon mari ne se retourne pas dans son tombeau. Mais ce jeune Marx qui n'a pas d'hygiène d'ailleurs, son père... son père n'était jamais qu'un petit juif converti... »

Honteuse, elle s'abîmait alors dans une tâche domestique qu'elle détestait pour se punir d'avoir pensé bas.

Karl et Jenny se conduisaient comme mari et femme depuis trop longtemps et ils s'aimaient mais jusqu'au matin de la cérémonie ils eurent l'un et l'autre à subir des discussions familiales rebutantes, voire sordides : Jenny avait du mal à se faire donner par le notaire la dot promise et sa mère hésitait à lui remettre l'argenterie (magnifique) qui lui revenait. Lui, écrivait à Ruge : « *Je peux vous assurer sans aucun romantisme que je suis amoureux de la tête aux pieds... Il y a plus de sept ans que je suis fiancé et ma fiancée a dû livrer pour moi les combats les plus durs, au point d'y ruiner presque sa santé...* »

Miracle ! Ruge accepte de s'adjoindre à Bauer pour commanditer leur nouvelle revue *Les Annales franco-allemandes* dont Karl sera le rédacteur en chef, et il sera payé 500 thalers par mois. 500 thalers par mois ! La mère de Jenny, qui, si Karl n'avait rien eu, n'aurait rien donné, donna enfin et l'argenterie et l'autorisation au notaire de verser la dot : elle était comme beaucoup, la mère de Jenny, elle ne donnait qu'à ceux qui possédaient déjà...

Jenny et Karl se marièrent le 19 juin 1843 et vécurent chez la mère de Jenny qui lors de son veuvage s'était retirée avec sa fille dans une maison plus petite et surtout loin de ce lac « où tout avait commencé... ». Elle les accueillit certes dans sa maison, mais ne prit aucun repas avec eux, ni ne participa à leur vie. Elle resta, le temps où ils vécurent là, dans sa chambre et son petit salon.

Au soir du 19 juin, les amis partis, Jenny et Karl étaient descendus jusqu'au lac de l'ancienne maison et étaient restés dans la cabane à remiser les outils, jusqu'au matin.

Ce jour-là, Jenny portait une robe ivoire serrée aux poignets par trois petits boutons d'ivoire.

1852

« A Pâques 1852 notre pauvre petite Franziska a contracté une grave bronchite. Trois jours durant, la pauvre enfant a lutté contre la mort. Elle a tant souffert. Son pauvre petit corps sans vie reposait dans la petite pièce du fond, nous nous sommes installés tous dans celle du devant et, la nuit venue, nous nous sommes allongés par terre. Nos trois enfants vivants étaient couchés à nos côtés et nous avons pleuré ce petit ange qui dormait à côté de nous, froid et livide. La mort de notre pauvre enfant est survenue à un moment où nous étions dans la plus extrême pauvreté. J'ai couru alors chez un réfugié français qui habitait dans le voisinage et qui nous avait rendu visite peu avant. Il m'a aussitôt donné deux livres sterling en me témoignant toute sa compassion. Elles servirent à payer le petit cercueil. Elle n'avait pas de berceau en venant au monde et même sa dernière petite demeure lui fut longtemps refusée. On ne peut imaginer ce que nous avons ressenti lorsqu'elle fut conduite vers sa dernière demeure. »

Pâques était tôt cette année-là et il faisait froid. Pourtant, c'est en chemise que Karl suivit le petit cercueil. Jenny, elle, ne vint pas, on dit que le choc avait été trop rude. En vérité, sa seule robe correcte était, avec la redingote de son époux, au mont-de-piété.

Bien que son lait fût maigre et vert, la petite Franziska, lorsqu'elle vivait, s'acharnait à presser, à sucer, visage épuisé, ses pauvres boucles collées contre ses tempes creuses où les veines saillaient comme sur celles d'un vieillard, s'acharnait en vain des heures sur les seins de Jenny, et, bien sûr, continuait de pleurer de faim après. Seul l'épuisement l'endormait quelques instants mais, très vite, la faim la mordait de nouveau au ventre, alors elle criait encore, encore... et s'essayait de nouveau à boire ce pauvre lait. Jenny aussi pleurait, des sanglots muets : « Il n'y a rien dans mon lait, c'est du lait vide. »

Ce soir, non pas que ses seins lui fassent mal — ils étaient si peu gonflés, bien moins rebondis même que lorsqu'elle était jeune fille — « mais, puisque Franziska est morte, que les enfants qui vivent encore, au moins, en profitent ». Alors Jenny, son aînée, Jenny, honteuse mais si affamée, accrochée à son sein gauche, Laura à son sein droit, la tètent pendant qu'elle leur chante en français, que les petites ne comprennent pas encore, une chansonnette que leur ami Weerth durant leur premier exil à Paris en 1843, lorsque Karl et elle étaient jeunes mariés, avait écrite pour se moquer des bourgeois français qui prétendaient que les communistes voulaient tout mettre en commun pour mieux s'adonner à leur vice ! Ils disaient « vice » en pinçant la bouche et en la jetant en avant comme pour rejeter un noyau amer ! Elle s'amusait tant Jenny alors, et Marx donc ! Il s'en étouffait tandis qu'il s'essayait aussi à prononcer « vice » à la française... Il n'y était jamais arrivé.

Jenny, la plus jolie petite baronne de Dresde, — Dieu que les dents de ses filles lui faisaient mal, — assise par terre, corsage dégrafé, elle ne porte chez elle ni corset ni chemise, la dentelle de son jupon grise, chiffonnée, sort de sa jupe étalée ; le ventre lourd d'une nouvelle naissance à venir qui n'aboutira pas — l'enfant, un fils, naîtra bien trop avant terme. Pas coiffée, lasse, chante à tue-tête en riant même par moments pour que les petites la croient gaie, heureuse et qu'elles rient enfin elles aussi. Elle chante sur un air qu'elle invente dans l'instant :

C'est qu'ils veulent aussi mettre en commun les femmes,
Supprimer le mariage, afin qu'à l'avenir

Tous à leur fantaisie
Aillent ensemble au lit !
Les Tatars, les Mongols avec les femmes grecques,
Les Chérusques avec les plus jaunes Chinoises...
Les ours blancs avec les rossignols suédois...

Souvent les petites, oh non pas repues, mais oui engourdies de bonheur d'être au creux d'elle, réunies toutes trois, chacune la tête enfouie dans une de ses aisselles, faisaient semblant de dormir pour ne plus boire ce lait si acide ! Peut-être bien même qu'elles le détestaient, mais ni Jenny ni Laura, quand leur mère leur offrait ses seins, n'auraient dit non. Pétrifiées, elles venaient et, déchirées, écoutaient leur mère chanter trop fort et puis enfin, elles riaient ; qu'au moins leur mère les croie heureuses un moment.

Mensonges d'amour sur mensonges d'amour.

Il est aussi des jours comme celui-là où tout est doux et le poêle à charbon rouge. Hélène a mis un faitout dessus, le couvercle danse, l'air sent le poireau et la viande, l'aide-boucher ce matin a appelé Jenny par la fenêtre et lui a donné en cachette de son patron un gros paquet d'os : « Prenez, ils ne sont pas trop bien nettoyés, il y a encore de la viande dessus. »

La lampe est sur la table et on ne voit pas la misère, seulement la poussière... Tout a presque même un petit air de vie. Jenny écrit, recopie de sa belle écriture gothique des textes de Karl. Elle s'émerveille de l'intelligence de son mari, quelle luminosité, quel génie il a...

Ses trois filles rentrent, Eleanor, dite Tussy, est née quelques mois après la mort de Franziska ; elles amènent une goulée d'air. Jenny lève la tête, heureuse, mais elle se crispe. Là, dans l'ombre derrière, il y a Freddy le fils de la bonne. Il vit à la campagne mais aujourd'hui il est là « parce que c'est Noël », pense Jenny. « Qu'il est beau, brun presque noir, grand et les joues si rouges lui... » Et dans le même instant ce qui ressemblait à du bonheur disparaît, et Jenny ne voit plus que les cernes qu'a Tussy, des cernes noirs. « Je ne vais pas la perdre aussi ? » Jenny rit, mais d'un rire qui fait peur aux enfants... « C'est drôle la vie, il n'y a qu'un Marx qui ait bonne mine : le petit bâtard... » murmure-t-elle.

— Qu'est-ce que tu dis maman ?

— Rien, rien...

Son visage est redevenu normal, elle a soulevé la lampe éclairant mieux la pièce. Il n'y a que ses trois filles. « J'ai des hallucinations maintenant... Des hallucinations ou des remords de ne pas avoir exigé que ce fils de Karl vive avec nous. »

1843.

Rédacteur en chef ! Huit mois où lui et Jenny vécurent d'abord à Dresde chez la baronne mère, dans quelques pièces qu'elle leur avait laissées, puis dès novembre ils partirent vivre à Paris afin de sortir cette fameuse revue. Un numéro double des *Annales franco-allemandes* parut bien fin février 1844, ce fut le premier et le dernier ! Français et Allemands, bien que révolutionnaires, ne s'entendaient pas sur les thèmes majeurs. Ruge : l'homme qui savait trouver l'argent, tomba malade ; tant Marx, le moteur intellectuel indiscutable, le choquait par ses exigences, ses absolutismes et son absence totale du moindre sens de la gestion. Marx et il ne changea jamais, ne se préoccupait pas de savoir comment réaliser : il fallait réaliser. Aux autres de se débrouiller. Il était la pensée, point final.

Le 18 avril 1844, le gouvernement prussien, deux mois après la parution, avisa par une note secrète les gouvernements de toutes les provinces que les *An nales* constituaient la preuve matérielle d'une tentative de haute trahison et de crime de lèse-majesté... et que donc il fallait donner ordre aux polices, d'abord de saisir et brûler ce torchon dangereux, par trop détonant et écrit d'une façon « scandaleuse et répugnante » (ils en brûlèrent plus de 300) et ensuite d'arrêter Ruge, Marx et consorts... « Que les polices s'entendent, mais sans bruit, tous ces révolutionnaires étaient de tels braillards et si épris de publicité qu'il ne fallait pas en faire des héros ! » Aussi on se contenta d'abord d'interdire la revue.

Ruge était riche et avare, Marx pauvre et prodigue, et très vite Ruge pensa que c'était avec son argent que Marx était prodigue, aussi ne résista-t-il pas aux premières difficultés et, alors, plus d'âme révolutionnaire, seulement un petit homme furieux d'avoir perdu son argent. Il avisa Marx que la revue cessait de paraître, qu'il ne le paierait plus et que même les derniers 500 thalers lui seraient payés en nature : qu'il prenne des exemplaires du premier numéro et se débrouille pour les vendre !

— Vous voulez peut-être que Jenny fasse du porte-à-porte ?

— Mais pourquoi pas ! c'est un mode de vente non ? Mon cher Marx, faire le porte-à-porte de sa révolution c'est un début. Je ne comprends pas, laissez-moi vous le dire, votre sursaut de bourgeois outragé !

— Peut-être pourrait-elle aussi en même temps vendre des aiguilles et des lacets et vous reverser le produit de ce commerce ?

— Allons, allons Marx, je ne cherche pas à vous humilier... Tenez, j'ai une grande maison, essayons de vivre tous en phalanstère voulez-vous ? Oui, tentons une communauté avec une bourse commune au prorata de la fortune de chacun, l'organisation ménagère sera aussi commune... organisation dont bien sûr nos femmes se chargeront et ce chacune leur tour. Un jour la cuisine, un jour le ménage, un jour la lessive...

Ils essayèrent à trois couples : les Herwegh, les Ruge et les Marx. A vrai dire Mme Herwegh prit son chapeau et son sac le deuxième soir et refusa de rester une nuit de plus. Jeune marié, Herwegh la suivit... Il l'aimait, elle était la fille d'un très riche banquier berlinois et n'avait pas tout à fait l'habitude de tremper ses mains dans l'eau de vaisselle.

Est-ce à cause de Jenny qui, lorsqu'elle était de corvée de lessive, occupée à lire ou à écrire, oubliait immanquablement le linge sur le feu, et les cendres et l'eau alors s'échappaient et toute la réserve de chemises des hommes disparut ainsi, « cramée »... Est-ce encore à cause de Jenny qui avait un jour jeté un pot-au-feu fait de langues de mouton par Mme Ruge — son mari adorait cela.

— Oui, je l'ai jeté, toutes ces langues tirées dans ce plat, j'ai pensé que ça serait mieux de ne manger que le pain et les cornichons au sel. C'était laid, trop laid.

Et elle était fière de sa blague... Ou bien est-ce à cause de Karl, incapable de se plier à des horaires de vie commune ? Bâfreur, capable de travailler trois jours et trois nuits sans dormir ni se nourrir, mais capable aussi de dormir trois jours et trois nuits sur le canapé du salon, ne se réveillant que pour avaler tout ce qu'il trouvait — y compris une fois les 3 kilos d'oranges que Ruge avait achetées pour faire une surprise à ces dames ! — ou pour aller pisser par la fenêtre, trop fatigué pour aller jusqu'aux commodités ? En tout cas cela dura quinze jours. Quinze jours où Mme Ruge sanglotait chaque soir, porte fermée sur leur chambre, elle se plaignait, « elle voyait bien dans le regard de Jenny que celle-ci la prenait pour une bourgeoise confite en convenu ». « Confite en convenu », oui, Jenny le lui avait dit. Elle se plaignait aussi de la place « obscène » que prenait Marx dans une maison, il n'y en avait que pour lui. Bref, elle prononça le classique

« c'est eux (elle) ou moi » et donc, le quinzième jour, Ruge pria les Marx d'empaqueter leurs affaires.

Il n'y avait plus de revue, plus d'amis, plus d'argent... Avec la mort des *Annales franco-allemandes,* Marx disait adieu à son hégélisme romantique. Il devint communiste et entra en contact avec des sociétés secrètes d'artisans communistes allemands qui vivaient en exil à Paris, bien que ceux-ci eussent en horreur et mépris les intellectuels. Il fréquenta assez peu les sociétés secrètes françaises communistes ou socialistes. Proudhon ? Louis Blanc ? Certes ils se rencontrèrent mais aucun n'aima jamais l'autre. Trois personnalités tranchées, et chacun trouvant qu'il y en avait deux de trop.

Presque plus d'argent pour les Marx, mais la vie était belle encore. Jenny vendait son argenterie. Une à une les plus belles pièces partaient et fort bien.

Une petite fille, Jenny, du même nom que sa mère, était née en 1844. On riait, on parlait, on refaisait le monde, on faisait la fête quand Jenny avait trouvé un antiquaire généreux. Tous ses trésors étaient dans une malle et à croupetons parfois, elle l'ouvrait et disait :

— Regarde, regarde, Karl, ce service gagé, il nous donne six mois de survie et ces plateaux-là... le temps d'écrire un manifeste... C'est bien que l'argenterie des von Westphalen portant gravées leurs armes et leurs couronnes servent à ça... Si Madame mère et Monsieur mon frère savaient... Mais s'il te plaît, (et là sa voix soudain se cassait), s'il te plaît, Karl, cette timbale et ce couvert et aussi cette petite assiette ronde, il ne faudra jamais me laisser les vendre ni même les gager... ce sont ceux de père enfant, je sens que ça je dois le garder. Il riait Marx : — Mais voyons, baronne, tu crois que ça te porterait malheur ? Ça n'existe pas ces choses-là, tu le sais bien...

— Oui, je le sais mais n'empêche...

Et il l'embrassait.

— Mais bien sûr qu'on ne les vendra jamais... D'ailleurs, je travaille...

Il écrivait de nouveau des articles dans un journal *Le Vorwaerts.* C'était un journal publié en allemand mais diffusé en Europe... Très vite — c'était chaque fois la même chose —, Karl prit beaucoup d'emprise sur la rédaction et en devint le meneur « un dictateur démocratique » était né, disaient leurs amis. « Quel drôle d'équipage font ces deux mots ensemble, disait Jenny, mais avec Karl, c'est réalisable. »

Avec lui les articles devinrent plus virulents, plus sauvages, et le journal attaqua de plus en plus violemment Frédéric-Guillaume IV et se félicita même de l'attentat perpétré contre lui. Alors les polices allemandes et françaises s'accordèrent à trouver que trop c'était trop, et polices conjointes exigèrent que les trublions mettent de l'eau dans leur schnaps ou partent.

Louis-Philippe, cette fois, un peu gêné, dut céder ! Frédéric-Guillaume était un homme si courtois, et il lui offrait de si somptueux vases de porcelaine, et la porcelaine allemande c'était sa passion...

La police allemande donna l'emploi du temps de Karl Marx à la police française, « un fanatique, un révolutionnaire » ! Que de mauvaises fréquentations, que d'agitateurs fichés ils voyaient ces deux-là ! « Ah non, ça n'était pas que des trublions », et Louis-Philippe donna le feu vert et Marx fut alors prié de quitter la France, et ce dans les vingt-quatre heures... Sauf, bien sûr, s'il prenait l'engagement de « *cesser par ses écrits de créer de l'agitation contre un gouvernement ami* ». La France, terre d'accueil par excellence, sursoirait alors à cet arrêté. A vrai dire, Louis-Philippe avait peur que cette expulsion ne le fasse traiter de « lèche-bottes » par ses propres journaux d'opposition, et il insista auprès de sa police qu'elle soit courtoise et le fasse céder, qu'il signe, ce réputé têtu, qu'il signe cette bon Dieu de promesse.

Karl ne s'inclina pas, ne l'envisagea pas même un instant. Quant à Jenny, pasionaria amoureuse, elle lui bourrait les poches de victuailles et des quelques pièces qu'elle avait : « *Sauve-toi, ne t'occupe de rien, les deux Jenny te rejoindront...* » Et Karl quitta la France pour la Belgique. Ils avaient vécu à Paris quinze mois.

« Quinze mois de merveilleux bonheur, mon Karl aimé, sois remercié à jamais, tu m'as alors fait naître à tout... » écrivait-elle encore — pour elle en 1883 — mourante. « Quinze mois que je me suis racontés minute par minute ma vie durant quand tout était par trop intolérable... »

1845.

A Paris les Marx s'étaient fait un ami, un ami pour la vie : Friedrich Engels. Jenny se souvenait du jeune Engels beau, blond si blond, souple, félin, timide, poète jusqu'au bout du moindre mot, ébahi, subjugué aussi devant leur liberté à vivre; lui était écrasé, ligoté au milieu d'une famille riche, protestante où rire était pécher... C'est par les poèmes qu'il arriva à la philosophie, à Hegel... puis au communisme. L'horreur de ses souvenirs de petit garçon riche qui devait traverser les taudis où vivaient les ouvriers des fabriques de coton et de dentelle de sa famille le poursuivit sa vie durant. « Enfant, je ne pouvais pas manger une tartine de confiture sans que soudain des yeux d'enfants lourds d'appel ne viennent se fixer sur ma rétine et se projettent sur ma marmelade ! J'ai failli mourir de faim ! » Il essayait de plaisanter de cette « sensiblerie » mais n'y arrivait pas vraiment.

La première rencontre entre les deux hommes avait été froide. Chacun se méfiait, chacun avait été prévenu par un ami, bien sûr le même, d'avoir à se méfier de l'autre ! Et puis, à la deuxième rencontre, Engels avait vécu deux ans en Angleterre, ils passèrent dix jours ensemble à Paris... Les deux hommes marchaient des heures « *en accord parfait dans tous les domaines théoriques* » et, le soir venu, Engels allait chez les Marx et là ne se lassait pas de découvrir une femme qui osait ouvrir la porte cheveux dénoués et qui, calme, sereine, sublimement belle, dégrafait son caraco pour donner le sein à la petite Jenny tandis qu'elle continuait de participer à la conversation et d'émettre des théories qui n'étaient qu'à elle mais qu'elle savait, persuasive, sûre d'être dans le vrai, qu'elle savait leur offrir, et eux, vite oublieux, les faisaient alors leurs. Émerveillé, Engels, lorsqu'il entrait dans leur intimité, entrait dans un monde qu'il ne savait pas exister. Vieux, trompé maintes fois par Karl, il disait encore : « Ces deux-là vous faisaient croire que le bonheur existe. »

... C'est elle — elle faisait les courses — qui leur fit comprendre ce qu'intellectuels ils niaient tous les deux et qui devint après la clé de voûte de leurs théories, oui, c'est elle qui leur fit comprendre *que les faits économiques constituaient une force historique décisive et que les antagonismes de classe sont les seules vraies raisons de toute l'histoire politique du monde.*

Les Marx partis vivre en Belgique, Engels, lui, retourna en Allemagne, dans sa famille, qui lui fit une vie d'enfer et il écrivit à Karl : « *Tu n'as aucune idée de la malice de cette chasse à courre chrétienne lancée à la poursuite de mon « âme ».* » Les Engels voulaient sauver leur canard de fils du communisme ou alors le déshériter ! Il préféra s'éloigner et vint vivre dès 1845 près des Marx à Bruxelles. Et là, enfantins mais très sérieux, ils firent tous les trois le pacte de sang ; chacun devant donner, partager à vie ce qu'il avait avec les deux autres tant intellectuellement que matériellement. Engels fut fidèle à ce serment jusqu'à sa mort. Si Karl y fut aussi fidèle ? Non, jaloux, secret, c'était dans sa nature, il ne put s'empêcher de faire quelques mauvais coups à Engels. Jenny ? elle lui donna sa vie durant ce qu'elle avait : sa fidélité en amitié, mais combien de fois fallut-il lui cacher ou minimiser les petitesses de son mari... « Comprends-moi, c'est un génie... alors... »

Engels touchait une pension qu'il proposa d'emblée de partager avec ses amis qui acceptèrent, c'était naturel entre eux vu leur pacte, et c'est ainsi que Marx put commencer sa critique de *la politique et de l'économie politique*... Il s'engouffrait dans les recherches, s'y perdait un rien, inconscient du temps qui passait, tandis qu'il travaillait dans le même instant à élaborer sa théorie du matérialisme historique. Léonin, la veste immanquablement mal boutonnée, grise de cendre, la barbe sale, il se levait parfois de sa table et marmonnait « Jenny, Jenny, écoute, j'ai trouvé les mots qu'il faut mettre au fronton de tous les livres, de tous les monuments. Écoute, *Prolétaires de tous les pays, unissez-vous,* parce que le *Tous les hommes sont frères* qui se balade partout est un monstrueux mensonge qui recouvre trop de crimes, il est plein d'hommes dont je ne veux pas être le frère... » Engels s'était dressé, ému, pétrifié par l'acier de la phrase ; Jenny, elle, lui avait baisé la main, éperdue d'admiration.

Si on travaillait beaucoup, on savait s'amuser aussi, et le dimanche tout le groupe d'amis organisait des séances de récitation ou de théâtre qu'ils inventaient en partant de l'actualité. Jenny y faisait merveille. Après, on dansait, on chantait. Karl se tenait alors un peu à l'écart, buvant toujours trop et comme soudain plus solitaire. Dès qu'on ne parlait plus de ce qui l'intéressait, à savoir ses théories révolutionnaires, il devenait gris, lourd, odieux souvent.

Laura, une deuxième fille, leur était née en 1845, puis Edgar Guido en 1846

1847.

L'argent commençait à manquer, mais il restait quelques pièces d'argenterie et la mère de Karl après de sordides transactions avait accepté d'avancer sur son héritage à venir l'équivalent de 6 000 francs. Dans son for intérieur, elle n'avait plus l'intention de rien donner... Bien sûr, Jenny savait que cet argent allait partir en brochures, en frais d'imprimerie, mais la cause à défendre en valait la peine et Karl était si fort, leurs trois enfants si intelligents, beaux, l'ami Engels toujours présent, que pouvait-il arriver ? Ce fut la plus belle époque de la vie de Jenny : Bruxelles. Elle était sûre de l'amour de Karl et sûre que son génie transformerait le monde et que *Le Manifeste* qu'il était en train de rédiger deviendrait la Bible des révolutionnaires du monde entier. On était à cheval entre 1847 et 1848, c'était l'hiver et la révolution éclata bel et bien à Bruxelles, et une fois de plus la police vint frapper à la porte des Marx : ils étaient à nouveau expulsés. La police disait avoir la preuve que, sur les 6 000 francs reçus, Marx en avait dépensé 5 000 à acheter des armes pour les révolutionnaires... Jenny, toute sa vie, allait se souvenir de cette nuit-là et en rire, car elle fut arrêtée et conduite au poste, y passa la nuit avec les prostituées, ce qui choqua beaucoup Karl « une baronne, ma femme... ». Il protesta tant et provoqua un tel scandale que, bien qu'expulsé, il réussit à faire révoquer le commissaire qui avait commis cette bavure ! Arrêter la baronne von Westphalen, épouse Marx...

« Mais Karl, disait-elle, elles étaient si gentilles, si chaleureuses, j'ai passé une nuit très, très intéressante je te dis. Et puis une nuit en prison contre le bonheur de l'humanité, c'est vraiment peu, non ? De plus je ne me faisais pas de soucis pour les enfants, je savais bien que Hélène était là... » En effet les Marx, bien que pauvres comme tout, avaient une servante qui avait suivi Jenny depuis son mariage.

Et c'est le départ de Belgique, l'argenterie qui reste, — Marx en a vendu quelques pièces à l'insu de Jenny — reste là gagée : pas d'argent. C'est la bonne qui reviendra la chercher quand Engels aura réuni la somme nécessaire pour la récupérer.

Cette fois Jenny ne sourit plus, laisser cette argenterie armoriée, qui tel un butin de guerre les aide à vivre partout où ils vont, lui fait peur... Pour la première fois, elle est lasse et il y a maintenant comme un pli d'amertume autour de sa bouche « et Karl et Hélène, c'est drôle, est-ce la fatigue, l'angoisse, mais parfois ils se regardent drôlement, comme s'ils me cachaient quelque chose ! Mais non, je me fais des idées, des idées de petite bourgeoise, moi Jenny von Westphalen... »

1849.

Paris, puis de nouveau l'Allemagne et un nouvel exil : Londres, Soho, le quartier le plus sordide de la ville, la lèpre de Londres.

C'est la misère noire, la gluante. Cette fois c'est le trou, le fond. Marx écrit à un ami resté en Belgique, Wendemeyer afin qu'il emprunte de l'argent — Engels ne peut plus tout couvrir —, à n'importe qui pour sortir l'argenterie et la vendre, « sauf, sauf, hurle Jenny, la petite timbale, l'assiette d'argent et le petit couvert. J'ai dit non, j'ai dit JA-MAIS. Est-ce clair ? » Et Karl, agacé par cet enfantillage, rajoute pourtant un P.-S. priant de ne pas vendre ces petits objets-là. Puis il fait une de ces colères dont il a le secret.

— Jenny, tu deviens folle, tu ne parles que de cette

timbale et de cette assiette à chat ! C'est de la sentimentalité de bonniche, toi une baronne !

— Oui, moi une baronne je suis sentimentale comme une bonniche et alors ? Karl Marx, tu es un tueur pour ceux qui vivent près de toi, pour toi... Pardon, pardon Karl, mais je suis si lasse... Et tu sais pour avoir ton détachement il faut avoir ta hauteur. »

Elle en doutait à l'instant, mais si jamais elle continuait de hurler ce qu'elle percevait, tout deviendrait par trop intolérable.

Non, il fallait qu'elle se reprenne. Marx, son époux, avait le droit d'être petit, mesquin, servile, gueulard... son œuvre était si colossale, mais pas elle. Elle se reprit.

Aujourd'hui Karl est en ville avec Engels. Il n'y a rien pour le repas de midi, mais Engels a dit qu'il amènerait des victuailles pour ce soir ; alors Jenny s'est couchée avec ses trois filles. Il fait chaud et une odeur de pourriture monte par la fenêtre, on n'est qu'en avril et déjà Soho pue. Il n'y a pas d'égout et la fenêtre de la chambre des Marx donne sur l'arrière-cour du boucher qui tue les bêtes lui-même et souvent les carcasses pourrissent à l'air libre. Il est arrivé, bien des fois, à Jenny de se dire qu'elle allait bondir la nuit et aller voler un os pour la soupe, mais elle ne le fait jamais, préférant manger et faire manger la soupe maigre que de s'abaisser à...

— Allez ! il y aura fête ce soir... Jeûnons ce matin, c'est bon pour la santé les enfants, et si l'on jouait une pièce de théâtre ? *La Mégère apprivoisée ?*

— Allez, on répète et lorsque votre père et Engels rentreront, on leur donnera la comédie. Attendez, attendez, pas de disputes, on tire à la courte paille pour savoir qui jouera Catharina... C'est toi, Tussy, on te soufflera, ne t'en fais pas... Et toi Laura tu seras Petruchio...

— Cède-moi ton tour, proteste la petite Jenny, tu étais déjà Petruchio l'autre fois...

A vrai dire les fillettes n'ont pas envie de jouer la comédie et cette gaieté factice de leur mère qui lui tire tellement le visage — elle est cireuse Jenny Marx aujourd'hui — leur fait peur, mais c'est leur code d'amour, et une fois encore chacune ment à l'autre, se colle un sourire sur les lèvres alors que les boyaux leur font si mal... Tussy saute du lit :

— Maman, maman il faut un décor pour la fête de la fin. Viens, lève-toi et ouvre ta malle, ta malle à trésors de quand tu étais petite, sors la timbale et la petite assiette de ton père... Allez maman, s'il te plaît !

Elle se lève Jenny, il y a des mois qu'elle n'a pas ouvert ce coffre. Les dernières fois il en giclait trop de souvenirs, de souvenirs si forts qu'il y avait même les odeurs. L'autre fois c'était un repas, un repas de fête qui lui avait sauté au visage. Elle était enfant et tenait la main de son père, les invités arrivaient, elle était chargée de les conduire vers la petite pièce où on laissait les pelisses et les souliers de route. Elle tenait un flambeau et les lumières dansaient tant sur les cristaux et l'argenterie de la salle à manger qu'elle, faisait faire le détour à tous les invités. C'était une danse dont elle ne se lassait pas...

« Allez, maman... » Jenny se lève et pieds nus, elle court à sa malle. Ses trois filles l'ont suivie et s'accroupissent en même temps. Où est la boîte ?

Elle a beau secouer les vieux linges, bouts de dentelles, napperons déchirés, elle ne trouve pas cette boîte à gâteaux métallique où étaient ses derniers trésors... Son cœur cogne, le souffle lui manque, ses lèvres se collent sur ses dents, sa langue à son palais. Elle est sans voix. « Non, pas ça, il n'aurait pas osé... » Pliée au-dessus du coffre vide, les sanglots arrivent, ils partent du bas de son corps et la secouent, elle ne peut plus les arrêter. Laura alors prend la main de Jenny la grande et d'Eleanor la petite et les entraîne dans une danse échevelée, tout en hurlant les dernières répliques de *La Mégère apprivoisée :*

— *Fi ! Fi ! Détends ce front menaçant et rembruni, et ne lance pas de ces yeux-là tant de regards dédaigneux pour blesser ton Seigneur, ton Roi, ton Gouverneur...*

Et Jenny l'aînée de leur fille chante la phrase sur l'air de *La Carmagnole* sans se préoccuper que ça soit juste. A vrai dire, ce qu'il faut c'est que leur mère se reprenne. Elle ne se le pardonnerait pas si elle se laissait aller plus longtemps devant ses filles... Il leur était arrivé d'entendre des cris épouvantables, la nuit, Jenny endormie avait parfois des crises de désespoir terrifiantes.

Elles ne chantent pas, elles beuglent : couvrir les cris de leur mère, que celle-ci entende... « *Ton mari est ton seigneur, ta vie, ton gardien, ton chef, ton souverain...* » Et Tussy, pourtant terrorisée, de continuer « *... la soumission que le sujet doit au prince est juste, celle qu'une femme doit à son maaa.* » Mais ce n'est plus la peine de continuer, Jenny s'est reprise, elle se mouche très fort dans son napperon, torche violemment son visage, elle s'en veut. « Allez, allez jouer dehors un moment, mais n'allez pas jusqu'à l'autre rue, c'est plein de femmes de mauvaise vie et ne trempez pas vos mains dans l'eau des caniveaux... » Soulagées, ses filles sortent. Jenny est à quatre pattes, elle ne veut pas encore se relever, redevenir un être humain, mais demeurer une bête, une bête qui feule, une bête qui saigne, à quatre pattes elle se traîne vers sa boîte à couture et du fond secret tire un petit carnet... Elle écrit, ses sanglots ne s'apaisent pas. Hélène est venue de la pièce à côté, elle est repartie sans oser esquisser un geste. Jamais Jenny n'accepterait, alors, qu'elle la touche. Elle écrit :

Soho, 28 Dean Street.

« Ce matin il y avait trois rats près du lit des petites. On dit que le choléra, il ne fait pourtant pas chaud, est revenu dans le quartier.

Ainsi tu as osé, je te hais...

Ça n'est pas vrai, ô mon sauvage, mais j'avance moins vite que toi, petit soldat... Je ne te vaux pas. Je suis pourtant un vieux vétéran de lutte, un vieux compagnon de la révolution moi aussi, et qu'est-ce que ça peut me faire que ce plat à chat comme tu disais soit parti... Pourtant ça me déchire, pourquoi le nier ? Une bourgeoise, moi ? Non Karl, moi j'étais une aristocrate, tu en étais assez fier. C'était même peut-être ton premier acte révolutionnaire : prendre une fille de l'aristocratie et en faire une révolutionnaire. Mais comme tu étais fier pourtant, toi, de mes armoiries. C'est toi, à Paris, qui les exposais en mettant bien en évidence le blason...

Pour quoi ? Pour qui ? Pour quel mouvement elle a été vendue ma petite timbale ? O Karl, le fallait-il vraiment ? Sûrement puisque tu l'as fait, mais peut-être qu'Engels s'il l'avait su aurait trouvé une solution, mais ce reliquat t'agaçait, tu me veux nue, c'est gagné... " *Dans ma tête, il n'y a presque plus rien si ce n'est un grand bruit, tel celui des meules d'un moulin...* ". »

Elle arracha la feuille, la déchira en mille morceaux et, couchée de nouveau, les mangea jusqu'au dernier. Quand Marx et Engels arrivèrent, les petites attendaient dehors... Jenny dormait... réveillée, elle refusa de venir à table, ils apportaient pourtant un pâté et de la bière. Karl était excédé... « Elle devient impossible. — Elle est si lasse, tu sais », répondit Engels.

La mensualité d'Engels est arrivée. On est dimanche, la famille a été pique-niquer dans Hyde Park. Saoul de bière, Karl Marx rentre en chantant et Jenny d'abord gênée — « je suis vraiment une petite aristocrate pincée » — lui prend le bras et l'entraîne ainsi que les enfants dans une farandole. Ils chantent.

1852.

Il va faire nuit. Karl n'est pas rentré du British Museum où il va chaque jour travailler de 9 heures du matin à 7 heures du soir. Jenny est dehors, ses enfants autour d'elle... Hélène a trouvé un diable dans lequel elle a entassé des paquets. Expulsés, les Marx sont encore expulsés. Pourtant Jenny en est sûre, Karl a payé le loyer, ils en ont parlé, Jenny lui a redonné de l'argent prévu pour un manteau et il a été le porter à la logeuse, enfin à celle qui vient tous les quinze jours chercher l'argent. L'a-t-elle bu ? En tout cas le propriétaire n'a rien reçu... Ou alors Karl a oublié, ou il ?...

Il arrive Karl, pétrifié par l'horreur de ce qu'il voit au bout de l'impasse qui mène à leur garni... « Ne bougez pas, je reviens », et il court et cette fois fait ce qu'il n'a jamais fait de sa vie, il emprunte 20 livres au Comité des réfugiés et revient les jeter à la gueule du propriétaire, pour que sa femme et ses filles dorment sous un toit, aussi sordide soit-il... Livre après livre, il remboursera cet emprunt qui lui sera tant reproché par les purs et durs. Quelques jours avant, prémonition, épuisement ou provocation ou pour tenter de conjurer le sort, il l'avait souhaitée cette expulsion, il l'avait même écrit à Engels.

« *Ma femme est malade, ma petite Jenny est malade. Lenchen a une sorte de fièvre nerveuse. Je n'ai pas pu et ne peux pas faire venir le médecin car je n'ai pas d'argent pour les remèdes. Depuis huit à dix jours je nourris la famille de pain et de pommes de terre, et la question se pose de savoir si je pourrai encore leur en procurer aujourd'hui...*

Je n'ai pas écrit d'articles pour Dana, car je ne

possédais pas le penny nécessaire pour aller lire les journaux... Ce qui pourrait m'arriver de mieux, ce que je souhaite, c'est que ma logeuse me mette à la porte. Au moins je serais quitte de la somme de 22 livres. Mais je n'attends pas tant de complaisance de sa part. En plus, le boulanger, le laitier, le marchand de thé, le marchand de légumes et de vieilles dettes chez le boucher. Comment vais-je me sortir de ce pétrin du diable ? Enfin, au cours des derniers huit ou dix jours, j'ai emprunté quelques shillings et quelques pences à des ouvriers, ce qui est pour moi le plus affreux, mais c'était indispensable pour ne pas crever... »

C'est l'époque où policiers anglais, allemands, français et mouchards s'acharnent à vouloir le faire tomber, profitant du procès des communistes de Cologne, ils veulent l'inculper ainsi qu'Engels pour subversions mondiales et produisent pour ce faire des procès-verbaux de réunions secrètes : des faux évidents.

Karl est las, fourbu, il n'en peut plus, il a jeté les 20 livres à la figure de la logeuse, a poussé la porte et rentré sa famille. Il essaie de ranimer le feu. « Je jette l'éponge Jenny, je vais prendre un travail de professeur... C'est fini, baronne ou alors nous allons partir en Amérique. Je m'embarque comme soutier... Engels vous fera venir après... C'est fini, Jenny, trop c'est trop. En un mois j'ai emprunté 20 livres à des ouvriers et ce soir 20 autres au Comité des réfugiés, et c'est un réfugié français qui a payé le cercueil de Franziska. »

Alors Jenny s'agenouille à ses pieds, enlace ses jambes, pose sa tête sur ses genoux, prend une de ses mains, la pose sur sa tête pour qu'il caresse ses cheveux défaits.

« Ecoute-moi, mon sauvage noir, écoute-moi, tu te souviens d'un après-midi là-bas dans la maison près du lac ? Père nous racontait Byzance et le coup d'État contre Justinien. Il errait Justinien, entassait ses trésors, voulait fuir par l'escalier secret de son palais qui menait droit à la mer et au bateau qui attendait toujours prêt... Tu riais, tu demandais : « Est-ce que vous croyez, monsieur, qu'il avait sa couronne sur la tête ? » Mais moi je te faisais taire, j'attendais la suite, la colère de Théodora sa femme, la prostituée impératrice, mon idole ! Allez, je sais que tu le sais encore par cœur, allez avec moi récite-le, sois gentil Karl « *quand il ne resterait d'autres expédients que la fuite, je dédaignerais encore de fuir...* » et il l'avait psalmodié avec elle, Karl essayant de lui sourire. Écoute Karl, elle disait encore « *le trône est un glorieux sépulcre* », la Révolution aussi Karl. Et côté sépulcre on a déjà tant donné, deux petits, Karl... Tu n'as plus le droit d'abandonner. On va se défendre. Allez viens, il faut recopier en dix exemplaires les vrais comptes rendus de vos réunions et les faire parvenir à Cologne par différentes personnes, les faire connaître, les divulguer, ils seront obligés d'abandonner les faux... Debout... Dansons veux-tu ? Allez les enfants, venez, venez danser et toi, Hélène viens... Hé-lè-ne ! viens je te dis... »

« ... Même s'ils t'exploitaient au *New York Daily Tribune,* ne te payaient qu'un article lorsqu'il passait et qu'ils en mettaient quatre ou cinq au panier, c'était toujours cela... Une livre par article, fini ! Cela aussi, la guerre de Sécession balaie tout et toi, ô mon Karl, tu applaudis et tu cries : « Vive la guerre de Sécession ! » et tu affirmes qu'il faut l'écouter très fort cette guerre, qu'elle « *sonne le tocsin pour la classe ouvrière européenne...* » Tu as sûrement raison. Mais vivre avec quelqu'un de si en avance est parfois si, comment dire... fatigant ? Même si j'en suis fière. Tu le dis bien Karl, alors je peux bien le dire aussi : « Quel merdier que notre vie ! »

O Karl, pourquoi as-tu fait cela, et en secret ! postuler un emploi de bureau dans une compagnie de chemin de fer anglaise ! Heureusement qu'ils n'ont pas aimé ton écriture, c'est peut-être moi qui devrais m'y présenter, les filles sont grandes maintenant. Mais tu n'accepteras jamais. Pourtant les femmes d'ouvriers vont bien à l'usine... Je sais, je sais, nous ne sommes pas des ouvriers mais des bourgeois théoriciens de la Révolution, je sais... »

1860, Grafton Terrace.

Héritages, pensions (de Engels et longtemps de la famille de Jenny), finalement il passe beaucoup d'argent entre les mains de Jenny et de Karl. Cette année-là, ils reçoivent environ 300 livres et le salaire annuel d'un ouvrier était alors de 50 livres. Mais toujours il mêle les deux bourses ou plutôt il donne son argent personnel à la cause — bien qu'on l'ait accusé de l'inverse —, et le temps n'est pas loin où il quittait sa redingote et revenait en chemise du mont-de-piété et courait acheter du papier, il devait écrire un texte sur le Procès des communistes de Cologne et plus une feuille blanche à la maison... Que de va-et-vient a faits cette redingote !

Ils ont pourtant enfin déménagé, une grande maison, un jardin. C'en est fini des arrière-cours, des rats et des chiffonniers qui se battent contre leur porte. Il faut rattraper ces dix ans de misère noire. Chaque nuit pourtant, Jenny rêve que le matin, après le marché, elle va dans la rue et ramasse le vert des poireaux que les marchands ont jeté ainsi que les grosses feuilles de salade. A Soho, elle le faisait quand la bourse était vide et qu'Hélène la regardait, muette. Alors elle disait, souriante : « Je vais faire un tour, me changer les idées. »

Elle se glissait sous les diables de bois où les marchands posaient leur étal et ramassait les feuilles coupées, par trop sales ou jaunes. Puis, négligemment, rentrée à la maison, posait son butin sur la table et disait : « J'ai fait quelques courses en revenant. » Hélène, qui savait bien ce qu'il en était, se taisait mais se dépêchait d'en faire de la soupe, que Jenny oublie et surtout ne voie plus ces épluchures, ces rebuts.

Les Marx s'installent, Hélène exige un vrai fourneau et non plus un poêle où l'on ne mettait qu'un faitout, et Jenny une chambre pour elle. Elle ne supporte plus depuis longtemps déjà, depuis la naissance de Tussy, le corps de Karl. Karl le sait et, incapacité à parler de ces choses ? hors de lui, lui a dit seulement : « Très bien, je ne t'importunerai plus. » « Tu ne m'importunes pas Karl, ma tête accepte tout, comprend tout, tu le sais bien, mais mon corps me joue des tours, il ne peut pas Karl, ne peut plus. » Il haussait les épaules, et allait rejoindre Hélène. Mais, le plus souvent, se servait une rasade de bière et s'endormait : masse épuisée, seul.

Karl fait venir ses livres restés en Allemagne. Les filles auront des leçons de théâtre, de langues, pour la musique, hélas ! c'est trop tard mais au moins le chant. Il y aura encore des moments de gêne. « Et le mont-de-piété de l'arrondissement accueillera leurs montres ou leurs pelisses mais un peu moins souvent. Jenny, l'aînée, envisagera même de se placer comme gouvernante pour ramener un peu d'argent liquide, Laura pensera devenir actrice. Karl étouffe dans l'instant les deux projets « mes filles n'ont pas à servir ou à se montrer ».

1863

Là, ils furent sur le point de retourner vivre dans un hôtel garni : la marche finale avant la clochardisation. C'est Engels qui cette fois-là vendit une partie des actions de son capital, pour leur éviter ce nouvel enfer.

Un autre ami, Wolff, mourut, faisant miraculeusement de Karl son légataire : 900 livres sterling.

— Il faut paraître, Jenny, tu comprends le chef de la révolution ne peut pas être un gueux, un prolétaire. Un chef, Jenny, ne peut être qu'un bourgeois sinon l'Histoire ne le reconnaît pas vraiment.

— C'est atroce, non ?

— Oui, mais c'est comme cela, ma chérie...

« *Il faut que tu voies à trouver quelque part de l'argent pour moi,* n'a de cesse d'écrire Karl à Engels ou à Kugelmann, *mais attention, je ne puis accepter d'aide que d'amis et en aucun cas d'emprunt public.* » Jenny crut mourir de honte et de rage lorsqu'il fut accusé « *de tirer de la poche de l'ouvrier l'argent que le capitaliste lui a payé pour son travail.* »

La réponse de Karl est sans équivoque : « *Je n'ai jamais demandé, ni reçu le moindre centime de la classe ouvrière de quelque pays que ce soit* », écrivait-il mais, plume levée, murmurait : « sauf deux fois 20 livres. Que ce qui restait de ma famille ne crève pas ». Il disait vrai, il n'avait jamais ruiné que sa femme et ses amis.

1867.

Le Capital est fini, et Engels reçut une lettre qu'il garda pliée sur lui sa vie durant, plus, il se fit enterrer avec.

Cette lettre, c'est Jenny qui l'avait écrite et envoyée imitant l'écriture de son Karl, Karl n'était pas contre, il lui avait même dit : « Fais-moi un brouillon, tu sais mieux que moi dire ces choses-là. » Elle l'avait fait, mais le temps lui manquait pour recopier ce petit texte ; aussi, en s'appliquant, elle l'avait écrit pour lui. C'était pareil, non ?

La lettre disait :

« *C'est toi seul Engels que je dois remercier. Si tu ne t'étais pas toi-même sacrifié pour moi, je n'aurais jamais pu accomplir l'énorme travail que représentent ces trois volumes. J'embrace you, full of thanks... Salut mon cher et bien-aimé ami.* »

Quarante-neuf ans d'existence, vingt-deux ans de projet d'écriture et enfin l'aboutissement, l'œuvre majeure est née. Mais alors pourquoi cette tristesse si lourde à porter ?

La maison est silencieuse. Jenny a cousu tout le jour. Karl et ses trois filles sont partis à une manifestation. Il aime essayer ses théories, ses discours sur ces jeunes cerveaux dressés à vivre dans l'attente de la révolution, de *sa* révolution. Elles savent, sincères, lui répondre ce qu'il attend... Jenny a des doutes, des réticences et n'accepte une idée que lorsqu'elle y est totalement ralliée.

La maison est silencieuse. Jenny a cousu de la dentelle au bas des jupons de ses filles, elle a mal calculé et il en manque un morceau. « Il en sera toujours ainsi avec moi », pense-t-elle et elle a comme un petit sourire, un petit sourire si las. Elle écrit maintenant, c'est sa survie ces lettres qu'elle fait chaque jour à tous ceux qu'elle aime et à qui elle ne les envoie jamais. « Au cours de l'année dernière, j'ai été souvent malade et ces derniers temps j'ai, hélas ! beaucoup perdu de ma foi, de ma joie de vivre. Souvent j'ai du mal à ne pas baisser la tête... »

Baisser la tête, baisser la tête... Elle écrit sans cesse ce petit lambeau de phrase en diverses écritures et recouvre le tout longuement ; qu'aucun signe lisible n'apparaisse, puis jette le papier roulé en boule dans le poêle à charbon toujours allumé. Jenny n'arrive plus à se réchauffer, elle grelotte sans cesse : « Je suis devenue morte et bête, voilà, c'est comme ça... » et, inconsciente, elle approche trop près ses mains des ronds rougis. Mais elle se secoue, et à la cuisine avec Hélène — sa vieille servante dont elle a été si jalouse et qu'elle a toujours dans le même temps tant aimée —, elle redevient vive, efficace.

« Hélène, Hélène c'est Pâques bientôt, faisons les brioches et dis-moi, dis-moi Hélène, où est mon ustensile que je traîne avec moi depuis mon mariage, mais si, tu sais bien, cette croix que je pose sur la pâte avant de l'enfourner. Une brioche de Pâques sans croix, sans sucre roux cassé posé dessus et sans grains de cumin, n'est pas une brioche de Pâques. » Jenny rit comme elle rit depuis son enfance devant l'image : cette année encore Karl Marx va engouffrer des brioches marquées d'une croix chrétienne ! Enfant elle lui en apportait déjà et il les avalait avant de rentrer chez lui : « Tu comprends, Jenny, ma mère bien sûr est convertie, mais se mettre la croix dans la bouche elle n'y arrive pas et ne veut pas que ses enfants s'y frottent, moi je tuerais père et mère pour une brioche de Pâques ! »

2 avril 1868 : mariage de Laura avec Paul Lafargue.

« Ouf ! J'ai cru, Karl, que tu ne surmonterais pas ta migraine... Cette migraine tu l'as quand tu es jaloux et quand tu n'as pas d'argent ! Deux raisons ce mois d'avoir la migraine, mon loup ; ajoutée à cette crise de furonculose qui te force à demeurer debout ou couché à plat ventre. C'est vrai, Hélène et moi perdons la main, impossible d'extraire le germe de trois de ces monstrueux bubons, nous t'avons charcuté en vain. Avant, je savais faire ça à la perfection, et le sang enfin pur qui giclait, et toi Karl presque instantanément soulagé et qui se remontait d'un coup de bière rehaussée de schnaps et dansais la gigue pour nous montrer que tout allait bien !

Tu as voulu que nos trois filles aillent à Bordeaux chez les Lafargue... Ô Karl ! Pourquoi ne pas accepter que nous ne pouvons pas... que nous n'en avons pas les moyens ? Pourquoi ne pas vivre en harmonie avec nos idées et avec notre bourse comme des ouvriers ? Parce que tu es bourgeois et moi une aristocrate, gaspilleuse de surcroît ? Si, si, tu le dis parfois (et c'est vrai mon Karl !), et c'est en bourgeois que tu as inventé le nouveau prolétariat mais ni toi ni moi ne le connaissons. La misère, oui, nous en savons l'odeur inoubliable mais le prolétariat, non, va, tu le sais bien ! Six mois de loyer à nouveau impayés et nos deux montres qui dormaient au chaud au mont-de-piété, il y avait encore trois mois à courir, mais non, il fallait — tu le voulais — que nos filles aient des montres en sautoir. Deux montres pour trois ! une pour la mariée et l'autre portée un jour par Jenny, un jour par Tussy ! On les a sorties ! Oh ! mon mari-enfant, qu'est-ce que ça pouvait faire... « Je ne veux pas qu'elles aient honte ! » disais-tu. Mais de quoi, mon amour ? De quoi peuvent-elles avoir honte puisqu'elles sont les filles du plus grand penseur depuis Platon ? Oui, je le crois... Quoi ? Avant Platon ? Ça non, je ne le crois pas, Karl, et laisse-moi s'il te plaît ma lucidité intellectuelle si j'ai perdu l'autre, celle du cœur... Bon, leurs montres, deux les ont eues autour du cou et l'autre fille, celle qui n'en avait pas, portait *la* collerette de fourrure (elles tiraient au sort chaque jour...). Mais nos souliers d'hiver et ta pelisse fourrée, ta première, ton unique pelisse : au mont-de-piété à leur tour ! Ne crois-tu pas que c'est toi et moi les deux étrangers, les deux métèques que le préposé à ce travail connaisse le mieux à Londres ? Quant au boucher, une fois de plus il me faut sortir par-derrière, par la petite porte du jardin pour aller en ville et ne pas passer devant sa boutique. Oh ! sa main sur mon bras quand je marche et que je crois, soulagée, qu'il ne m'a pas vue ! Mais, j'ai lu que les légumes étaient bons pour ceux qui souffrent de furonculose, je dois avouer qu'ils disaient légumes verts et non pas lentilles et haricots charançonnés. »

Jenny écrit, écrit, s'arrête, regarde un instant autour d'elle, dès qu'elle est seule, elle sort le petit carnet où elle écrit chaque jour, à Karl le plus souvent, ou à ses filles, ou encore à Hélène la servante maîtresse (surtout quand Freddy était petit...), et comme chaque jour depuis qu'enfant elle écrivait déjà à Karl, elle déchire les pages, aujourd'hui, elle les brûle dans les braises accroupie près du poêle, et jusqu'à ce que même le papier racorni, noir puis blanc, impalpable, ait disparu, elle attend. Des couvertures de carnets ainsi vidés de leurs pages, il y en a des centaines au fond de sa corbeille à ouvrage, dans un double fond où les femmes mettent le plus souvent leurs soies précieuses. Et au creux de ce double fond, sous les couvertures de carnets, elle gardait une douzaine de petits boutons de nacre.

Une fois, une fois seulement, au creux de sa main pliée, elle avait été — au plus fort d'une de ces crises de misère dont ils avaient longtemps eu le secret — une fois, elle avait été jusqu'au mont-de-piété mais elle n'était pas entrée et, lorsqu'elle les avait remis dans leur cachette, ils avaient marqué sa main tant elle les avait serrés jusqu'au sang.

1870

Elle écrit de nouveau : « *Engels a envoyé ce matin 5 livres, tu pourras avec ton gendre Paul Lafargue aller quelques jours chez lui, vous travaillerez.* Quelle délicatesse chez ce gaillard et ce pochard d'Engels qui sait t'envoyer de l'argent pour que tu puisses lui rendre visite et que même tu puisses traiter ton gendre. S'il te plaît, cesse de l'appeler « le nègre » au mieux « le créole » et de dire qu'il est anarchiste, tu sais bien que c'est faux et, s'il te plaît encore, dis merci à tonton Engels... Et ne fais pas semblant de croire et de penser que cet argent t'est dû puisque de toute façon tu es un génie. J'ai longtemps cru que tout était dû aux génies, je le crois peut-être encore. Mais sont-ils vraiment exemptés de l'obligation (finalement aimable et agréable et allez, je le dis, vitale) de dire merci ?

Je ne suis plus qu'une femme usée, tu sais, et si lasse. Pourtant Karl Marx, mon mari tant aimé, tant respecté, toi qui finalement n'as jamais cessé de trahir ceux qui t'aiment, c'est tellement dans ta nature de trahir ! Non, le mot a dépassé ma pensée, j'ai la tête aux jeux de mots de moins en moins habile, non, tu ne trahis pas ceux ou celles qui t'aiment : tu te sers d'eux pour ta cause. *Ta cause* et c'est sûrement juste (enfin, sans doute). En tout cas je suis sûre de ce que je dis : en arrivant, s'il te plaît, souris à Engels et à Lizzie, sa merveilleuse pocharde de compagne, elle ose tout, elle ! Et murmure-lui « merci » à ton compagnon, il nous a sauvés de la mort si souvent et du déshonneur donc... »

Ankylosée, elle se leva mais mit un long temps à pouvoir se tenir droite. Elle avait si mal au dos et ce point, cet élancement, ce coup de couteau dans le bas du ventre. A petits pas, taraudée par cette douleur insistante qui de plus en plus souvent finissait par lui faire perdre un sang noir, lourd, à l'odeur si forte, à petits pas elle alla vers le feu de charbon, elle avait maintenant toujours froid, où elle brûla bien sûr ce qu'elle venait d'écrire...

Elle cherche le cahier noir qu'il avait acheté. En le ramenant, il avait dit : « Dans un sens je noterai la date de parution de mes articles, manifestes et livres et combien j'ai été payé et, en le retournant je noterai les dépenses... » Les dépenses n'avaient jamais été notées, et très vite il n'avait plus noté le titre de ses articles. Mais elle, Jenny, parfois notait encore des dates importantes. Ainsi elle écrivit : « Avril 1868 : parution du tome I du *Capital* à Lausanne. » Au-dessus : « 14 septembre 1867 : parution du *Capital* à Hambourg.

Otto Wigand, éditeur à Leipzig, en a tiré 1 000 exemplaires.

Il s'était passé bien plus de choses, des articles avaient été édités mais Jenny, pas plus que Marx, n'avait jamais su se plier à la discipline « des comptes »... Elle aurait tant aimé pourtant, Jenny, être une femme qui saurait « aider » son mari par ce genre de travail mais, plus jeune, elle préférait se lancer dans les discussions politiques et philosophiques. Et puis, et puis maintenant, mains gonflées, crevassées à jamais, ouvertes devant elle « même sa secrétaire je ne sais plus le faire... ». Trop lasse.

Septembre 1880

Karl est parti au bord de la mer, parti se reposer d'une crise de furonculose, Eleanor l'accompagne. Jenny et Laura vivent maintenant en France, mariées. Hélène, la servante amie, est chez son fils. Jenny est seule. Elle le voulait tant. Couchée sur le sol, presque nue, elle a décidé qu'aujourd'hui elle ne bougerait pas, ne ferait rien de ce qu'une femme doit faire. Couchée sur le sol, dans ses mains elle a la petite boîte en fer où longtemps ses derniers trésors ont été cachés.

C'est plus fort qu'elle, elle se lève et va écrire, écrire. Cette fois à Laura et à Jenny mêlées en elle.

« Ma chérie, est-ce que les petites culottes de laine pour Johnny sont bien arrivées ? Non, ça n'est pas un nouveau point de tricot que j'ai inventé mais, je ne sais pas ce que j'ai, je laisse échapper les mailles et me trompe de plus en plus pour les reprendre. Bah ! cachées sous ses petites culottes en tissu, qu'est-ce que ça peut bien faire ? Toi Laura, je me souviens, je t'enveloppais le ventre dans un gilet à moi et t'attachais les deux manches par-devant. Je faisais deux fois le tour de ton petit corps, que tu ne le perdes pas, et les deux bras de laine mous ballottaient te faisant une nouvelle paire de bras ou de jambes quand ils s'étiraient et tu riais ma chérie, heureuse parce que tes sœurs riaient...

Comment éclairez-vous la chambre des enfants? Pourquoi les forcer à dormir dans le noir? Laissez-leur une bougie le temps qu'ils s'endorment, pourquoi vouloir en faire si vite des petits hommes? Ils le deviendront bien assez tôt. Si tu trouves que les petites culottes sont par trop mal tricotées et qu'elles sont vraiment immettables, je pourrais tricoter des ceintures de laine, ça je sais encore! Oui, je vais m'y mettre tout de suite parce que, attention à la diarrhée, je vous en supplie, j'ai perdu mon fils ainsi et le voir se vider est intolérable... Les convulsions? Ça n'est rien, n'ayez pas peur, ça n'est rien si vous êtes là, c'est pourquoi ne les laissez jamais seuls. Si cela arrive, baignez-les tout de suite dans de l'eau froide, non n'ayez pas peur du cri de l'enfant ni de la buée qui sort de lui. Après prenez-le contre vous et glissez-vous dans un lit, serrez-le fort, aimez-le, il s'endormira. Ça n'est rien. Je suis ridicule ma Laura? Tu sais tout cela, je te l'ai déjà dit et de toute façon tu connais d'autres remèdes. Oui, je suis ridicule sûrement, mais qu'est-ce que ça peut faire puisque je n'enverrai jamais cette lettre, vous vous moqueriez trop de votre vieille maman. Vous voyez à quoi je m'occupe, toi Laura et toi Jenny, tandis que vous préparez la révolution, c'est si lourd mes chéries. »

« Karl... mon beau sauvage Maure, pourquoi ne suis-je pas venue avec toi me reposer? D'abord parce que tu avais envie d'être avec ta cadette et qu'expliquer Ta révolution « inéluctable » devant de jeunes oreilles est plus exaltant que devant une vieille dame qui connaît tous tes mots, mon Karl. Et puis pour être seule. Je suis si lasse et tu me manges l'air mon amour! et pouvoir, enfin, avoir mal sans le cacher à celui à qui on a décidé de le taire et qui, si occupé, d'ailleurs, ne voit rien.

Pourquoi je ne te dis plus jamais rien comme tu t'en plains parfois ? Pourquoi j'ai été seule chez le spécialiste ? Mais Karl, pour s'entendre dire que ce que l'on a est mortel : un cancer, il vaut mieux être seule. Bien sûr que je le savais, pas besoin d'être médecin pour reconnaître et sentir la mort qui vient. La mort, mon mari bien aimé, je sais reconnaître ses traces depuis si longtemps déjà. Mais il faut que je me lève et que je brûle cette lettre, s'il m'arrive quelque chose et que je n'ai plus le temps de... ça serait par trop ho... »

2 décembre 1881.

C'est la fin. Écrasée de morphine, Jenny a souri pourtant à tous en s'attardant sur Hélène, la vieille servante en pleurs, elle lui a donné comme un sourire qui n'était que pour elle et puis ses yeux immenses se sont fixés sur Karl... Elle a murmuré — elle qui le plus souvent parlait anglais —, elle a murmuré très distinctement « Ich liebe dich » puis plusieurs fois « Gutt, Gutt » en tendant soudain sa main droite fermée vers lui, un geste, offrande, qu'elle ne put finir : elle était morte.

Laura essaya de lui desserrer les doigts de la main droite « qu'elle ne parte pas crispée, son visage, lui, était si lisse soudain, si jeune... ». C'est alors que douze petits boutons de nacre roulèrent à terre.

— Mais qu'est-ce que c'est papa ?

— Je n'en ai aucune idée... Mais remets-les-lui dans la main s'il te plaît, Tussy, laisse-la les emmener. Vous savez, votre mère n'a rien possédé de sa vie.

C'est alors qu'Hélène s'est dressée :

— Mais, elle voulait vous les donner, c'est évident... Ils sont à vous monsieur, prenez-les.

— Allons, allons, pas de sentimentalisme, puisque je vous dis que je n'ai jamais vu ces boutons-là de ma vie... non, redonnez-les-lui.

Il pleuvait très fort sur Londres cet après-midi-là. On avait oublié de fermer une fenêtre, la pluie entrait et le rideau coincé continuait de se déchirer.

ALMA SCHINDLER

1880-1964

épouse : GUSTAV MAHLER

Hôtel Bellevue, Dresde.
Jeudi 19 décembre 1901.

« *Ma très chère Almschi !*

Aujcurd'hui, ma chère Alma, je me mets à t'écrire avec le cœur lourd. En effet, je vais être obligé de te faire de la peine, je le sais, et je ne puis pas faire autrement. Je dois te dire tout ce que ta lettre d'hier a éveillé en moi, car il s'agit d'un aspect de nos rapports qui doit être éclairci une fois pour toutes, si nous devons être heureux ensemble.

Je n'ai lu d'ailleurs qu'entre les lignes (car les lignes elles-mêmes, mon Almschi, j'ai eu de nouveau le plus grand mal à les déchiffrer). Entre cette lettre et celle que j'ai reçue de toi après la soirée de la Flûte enchantée, *je trouve de flagrantes contradictions. Tu m'écrivais alors : « Je serai tout ce que tu* souhaites, *tout ce dont tu* as besoin. » *Ces paroles m'ont apporté un profond bonheur et m'ont rempli d'une heureuse confiance. Maintenant tu les retires, peut-être sans le savoir.*

Laisse-moi d'abord reprendre tout le détail de tes

lettres. D'abord la conversation avec Burckhard. Qu'est-ce donc pour toi qu'une personnalité ? Je t'ai dit un jour — tu t'en souviens — qu'il existe en chaque être quelque chose de particulier et d'insondable qui le détermine au sens profond du mot et qui ne peut s'expliquer ni par l'hérédité ni par l'entourage. Dans ce sens, chaque être est une personne. Mais ce que vous voulez dire, Burckhard et toi, est tout autre chose. Ce genre de « personnalité » ne peut s'acquérir que lentement par de longs combats, de nombreuses expériences et de terribles souffrances, par une disposition profonde qui se développe puissamment. Une telle « personnalité » ne se rencontre que très rarement chez les hommes. Tu ne pourrais en aucun cas compter déjà parmi ces êtres solidement enracinés en eux-mêmes qui, en toutes circonstances, protègent et développent leur existence propre, et inébranlable, qui se gardent de tout ce qui est étranger et négatif. Cela est impossible, car rien n'est encore en toi exprimé, ni développé, ni mûri. Que tu sois une personne attachante, infiniment attachante, que ton âme soit déjà épanouie, que tu sois un être ouvert, richement doué, parvenu très tôt au sentiment de sa propre valeur, cela ne signifie rien encore pour ta « personnalité ». Ce que tu es pour moi, mon Alma, et ce que tu pourrais peut-être devenir, le bien suprême et chéri de ma vie, le compagnon vaillant et fidèle qui m'aide et me comprend, ma citadelle imprenable contre les ennemis du dehors et du dedans, ma paix, mon paradis dans lequel je me retrempe sans cesse pour me reconstruire et me retrouver moi-même : tout cela se dit en un seul mot, vaste et large, beau et élevé au-delà de toute expression, « ma femme » ! Mais ce n'est toujours pas une « personnalité » dans le sens que l'on donne à ce mot en l'appliquant à ces êtres suprêmes qui façonnent non seulement leur propre existence, mais celle de l'humanité, et qui seuls méritent ce nom. Sache ceci : pour devenir une telle person-

nalité, rien ne sert de le désirer ni de le vouloir. Goldmark m'a raconté une fois (avec fierté) qu'il évitait à dessein d'écouter de la musique nouvelle et d'examiner des partitions, afin de ne pas perdre sa personnalité. Vois-tu, Alma, mon enfant, cela m'a démontré qu'il en manquait totalement ! C'est comme si on ne voulait à aucun prix manger du bœuf, afin de ne pas devenir un bœuf. Sache, mon Alma, que tout ce que tu reçois en toi n'est qu'une nourriture qui favorise ou défavorise ta croissance intérieure. Il importe que cette nourriture puisse être assimilée par ton organisme, conformément à tes lois, et te soit profitable. Tous ces Burckhard, Zemlinsky, etc., n'ont pas de personnalité. *Chacun d'eux se singularise d'une manière ou d'une autre par des adresses que l'on rédige d'une manière originale, une écriture illisible, etc. (je parle au figuré, car on ne peut naturellement pas tout réduire à de si petits détails). Ils défendent le domaine, parce que, avec leur manque d'indépendance intérieure, ils sont toujours sur leurs gardes contre leur... nourriture, afin de ne point manquer d'originalité. Une personnalité vraie ressemble pourtant à un organisme vigoureux qui, avec une certitude inconsciente, recherche la nourriture qui lui convient et l'assimile ou bien élimine avec force celle qui ne lui convient pas. Heureux ceux dont le développement n'est ni gêné ni compromis dès l'origine par des éléments nuisibles. Peut-être les organismes qui sont sains au départ jettent-ils eux-mêmes les bases de leur faiblesse ou de leur infirmité future, si bien qu'on leur amène* zuführen *les nourritures qui ne leur conviennent pas et qui leur nuisent ?*

Après ce long préambule, j'en arrive maintenant à toi ! Vois, mon Alma ! Toute ta jeunesse, ta vie entière, a été sans cesse menacée par ces compagnons à l'esprit confus, qui cherchent dans l'obscurité de fausses routes, qui couvrent toute vie intérieure par leurs criailleries et changent sans arrêt de noyau et d'écorce. Ils t'ont accompagnée, dirigée même (bien que tu croies être toujours indépendante), ils t'ont maltraitée. Ils n'ont pas cessé de te flatter, non pour ce que tu leur apportes, mais parce que tu as échangé avec eux de belles paroles. (Toute contradiction vraie les dérange, ils n'aiment que les belles paroles. C'est ici de Burckhard, de Zemlinsky et de ses pareils que je veux parler ; je ne le connais pas mais j'attendais mieux de lui. Il manque certainement de clarté et d'originalité.) Vous vous êtes grisés de mots (vous vous croyez « éclairés » et vous vous contentez de tirer les rideaux pour adorer la flamme du gaz, comme s'il s'agissait du soleil). Parce que tu es jolie et attirante pour les hommes, ils rendent inconsciemment hommage à ta beauté. Imagine seulement, mon Alma, que tu sois laide ! Si dur que cela puisse paraître, tu dois me pardonner à cause de mon véritable et maintenant toujours invincible amour : tu t'es mise à tirer vanité de ce que les gens souhaitent et s'imaginent voir en toi (c'est-à-dire justement, tu aimerais être telle que tu leur parais), Dieu merci, cela n'est en toi que superficiel, tu l'as dit toi-même dans ta chère lettre ! Parce que ces gens se flattent l'un l'autre, ils nient sans le vouloir tout être exceptionnel, parce qu'il les dérange et les soumet à des exigences qu'ils ne peuvent pas remplir. Belle comme tu es, ils trouvent en toi une contradictrice provocante et pourtant tout à fait inoffensive, parce que manquant d'arguments sérieux. C'est pourquoi vous n'avez fait que tourner en rond, tout en croyant disserter sur la nature humaine — « ce que vous ne touchez pas est à cent lieues de vous ».

L'arrogance est toujours le propre de tels hommes : en dévidant l'écheveau de leurs pensées dans leur petit espace, ils croient accomplir la fonction unique de l'esprit humain. Même toi, mon Alma, tu n'échappes pas à cette arrogance. Des remarques comme (je n'ai pas l'intention d'instruire un procès pour autant car je *sais que ce n'est que façon de parler, mais qui révèle pourtant une certaine manière de penser) : « Que nous ne soyons pas d'accord sur certains sujets, sur certaines idées, etc. », d'autres en témoignent et pas seulement de cela ! Alma, mon enfant, nous serons unis dans notre* amour *et dans notre cœur... mais dans nos idées ? Mon Alma, quelles sont donc tes idées ? Le chapitre sur les femmes de Schopenhauer ? L'antimorale du surhomme de Nietzsche, aussi fallacieuse que détestable ? Les rêveries idéologiques fumeuses et éthyliques de Maeterlinck ? Les humeurs gaillardes de Bierbaum et de ses pareils ? Ce ne sont,* Dieu merci, *pas tes idées, mais les leurs ! Que ce monde merveilleux, profondément inexplicable, ne soit que la mauvaise plaisanterie d'une « Force naturelle », obscure et insensible, inconsciente d'elle-même et de nous (qui n'atteindrait même pas au niveau de l'homme, que vous-mêmes estimez si peu), que ce monde soit une bulle qui parfois éclate, que ce cœur miraculeux qui s'emplit de bonheur ou de tourment indicible soit une boule de chair munie de deux valvules, que mon cerveau soit un amas de fibres de toutes tailles, subtilement mêlées de sang et de gélatine, etc., telle n'est certes pas ton opinion propre, mais celle de tout le monde. Encore n'ont-ils fait aucun effort pour la trouver eux-mêmes. De grands savants (tous des grands hommes, et qui n'ont même pas mis la vie en équation) ont découvert tout cela par un labeur obstiné, paisible et dépourvu de la moindre vanité. Pauvre de moi, qui n'en dormais plus, tant j'étais heureux d'avoir enfin trouvé celle, celle avec qui j'avais pu* aussitôt *tout partager ; celle qui m'appartenait tout entière comme ma femme et qui était devenue une autre moi-même, celle qui m'avait écrit n'avoir rien de mieux à faire que d'entrer dans mon univers et de l'explorer, sans avoir à discuter sa foi, car l'amour était notre religion commune, etc. !*

A présent, je dois m'interroger à nouveau. Qu'est-ce donc que cette idée fixe qui s'est introduite dans cette petite tête si profondément et si tendrement aimée, qu'elle doit être et devenir elle-même ? Que se passera-t-il le jour où la passion sera calmée (cela arrive très vite), lorsque viendra le moment, non pas d'habiter, mais de vivre ensemble et de s'aimer ? Nous parvenons maintenant à la source de mes angoisses, au cœur de mon inquiétude et de mes doutes, à ce qui a donné à chaque détail une telle importance : tu écris : « à toi et de ma *musique » « pardonne-moi, mais cela aussi doit être » ! Là-dessus, mon Alma, il faut que les choses soient claires entre nous* dès à présent, *avant même que nous nous revoyions. Il va me falloir ici commencer à parler de moi, car je me trouve dans l'étrange situation d'opposer à la tienne* ma *musique que tu ne connais pas et ne comprends pas encore. Je vais devoir me défendre contre toi et la placer dans sa vraie lumière. N'est-ce pas, Alma, que tu ne me tiendras pas pour* vaniteux ? *Crois-moi : c'est la première fois de ma vie que j'en parle à quelqu'un qui n'a pas de vrai contact avec elle. Ne t'est-il pas possible de considérer désormais* ma *musique comme la* tienne ? *Je ne veux pas encore parler ici en détail de « ta » musique. J'y reviendrai. Mais dans l'ensemble ? Comment te représentes-tu un tel ménage de compositeurs ? T'imagines-tu à quel point une rivalité si étrange deviendra nécessairement ridicule, et sera plus tard dégradante pour nous deux ? Que se passera-t-il lorsque tu seras en forme et qu'il faudra t'occuper de la maison ou de quelque chose dont j'ai besoin si, comme tu me l'écris, tu veux m'épargner les petits détails de la vie ? Ne te méprends pas sur ce que je veux dire : Ne crois pas que dans la relation entre deux époux, je fasse de la femme une sorte de passe-temps, chargée malgré tout du ménage et du service de son mari. Tu ne crois pas, n'est-ce pas, que ce soit là ce que je pense ? Mais que tu* doives être « celle dont j'ai besoin », si nous devons être heureux, mon épouse et non pas ma collègue, cela c'est sûr ! Est-ce que cela signifie pour toi une interruption de ta vie ? Crois-tu devoir renoncer à un grand moment de ton existence dont tu ne pourrais te passer si tu abandonnes complètement ta musique afin de posséder la mienne et aussi d'être mienne ?

Cela doit être clair entre nous, avant que nous ne puissions songer à un lien qui nous unisse pour la vie. Que signifie donc : « Je n'ai pas encore retravaillé depuis... Maintenant je vais travailler, etc. ? » Qu'est-ce donc que ce travail ? Composer ? Pour ton propre plaisir ou bien pour enrichir le bien commun de l'humanité ? Tu m'écris : « Je sens que je n'ai rien d'autre à faire que de pénétrer en toi, je joue tes Lieder, je lis tes lettres, etc. ». J'ai compris cela et m'en suis imprégné comme de la terre promise. Que, durant ce temps (notre « temps haut » [Hocht Zeit] comme je l'ai nommé) tu aies des remords parce que tu négliges tes études de forme musicale ou de contrepoint, cela m'est incompréhensible ! Je ne te parle ici, comme je te l'ai déjà dit, non pas de tes œuvres que je ne connais pas encore, mais de tes rapports avec moi, avec mon être, qui doivent déterminer tout notre avenir. Il faut maintenant que je parte, pour travailler (il le faut vraiment, vois-tu, car tout un effectif, trois cents personnes, m'attend). Cet après-midi, je continuerai cette lettre, la plus importante de celles que j'aurais peut-être jamais à t'écrire.

Eh bien ! La répétition est terminée et moi je suis rentré bien fatigué et bien triste aussi ! Je viens de relire encore ma lettre. Pour qu'elle soit entre tes mains demain matin, je l'ai écrite avec une telle précipitation que je crains qu'elle ne soit devenue illisible.

Ce n'est arrivé qu'à cause de la hâte imposée par les nécessités de ma profession. Tu n'as désormais qu'une seule profession — me rendre heureux ! Me comprends-tu, Alma ? Je sais bien que tu dois être heureuse (grâce à moi) pour pouvoir me rendre heureux. Mais les rôles dans ce spectacle qui pourrait devenir une comédie aussi bien qu'une tragédie (ni l'une ni l'autre ne serait juste) doivent être bien distribués. Et celui du « compositeur », de celui qui « travaille », m'incombe. En es-tu satisfaite ? J'exige beaucoup, beaucoup. Je puis et je dois le faire, car je sais ce que j'ai à donner et ce que je donnerai.

Comme elle me semble froide et incompréhensible ta conduite envers Zemlinsky ! L'as-tu aimé ? Comment peux-tu alors lui faire jouer le triste rôle de professeur ? Il te semble grand et viril parce qu'il est devant toi, poli et muet, portant les traces de sa douleur, et que, pour ainsi dire, il « obéit aux ordres » ? Tu dis l'avoir aimé et tu supportes cela ? Et quel visage devrais-je donc faire, moi, si j'étais assis là ? Or, tu devrais imaginer que j'y suis toujours. Est-ce donc que désormais ta vie n'est pas soumise à des lois naturelles, qui ne sont pas tout à fait celles de la fugue, pour que tu ressentes le désir et la possibilité de retourner peu à peu à tes occupations antérieures ? Leçons de forme (nature du violon ? C'est ce que j'ai lu sans comprendre). Concert philharmonique avec Hellmesberger (!), etc. Comment as-tu pu « faire la conversation » avec ma sœur dont le cœur était plein de toi et qui brûlait de te le donner tout entier ? As-tu pu passer là un après-midi entier sans parler de moi avec amour ? Almschi, je ne comprends rien à tout cela ! Qu'est-ce donc que ces « conventions » qui peuvent maintenant exister entre nous ? Quel accusatif (sic) est encore imminent ? Qu'est-ce donc que cette « fierté », que « cet orgueil » ? Moi qui t'ai sans défense offert mon cœur tout entier et dès le premier instant, dédié ma vie (et j'en connais pourtant, de ces demoiselles ou dames riches, jolies, cultivées, jeunes, etc.) ! Almschi, je t'en prie, lis bien cette lettre ! Il ne peut pas y avoir entre nous de simple intrigue amoureuse ! Avant *que nous ne nous parlions, il faut que tout soit clair. Tu dois savoir* ce que *je désire, ce que j'attends de toi et ce que je puis t'offrir,* ce que *tu dois être pour* moi. *Tu dois* « renoncer », *(comme tu me l'as écrit) à tout ce qui est* superficiel, *à toute* convention, *à toute vanité et tout aveuglement (en ce qui concerne « personnalité » et « travaux »). Tu dois te donner à moi* sans conditions, *tu dois soumettre ta vie future, dans tous ses détails, à mes besoins et ne rien désirer que mon* amour ! *Alma, je ne puis pas te dire ce qu'il est, j'en ai déjà trop parlé. Mais je puis te le redire : je puis sacrifier ma vie et mon bonheur à l'être que j'aime comme je t'aimerais si tu étais ma femme.*

Il me faut aujourd'hui m'exprimer avec cette démesure et cette emphase (je dois te paraître bien arrogant). Et puis, Alma, avant de venir te voir samedi, il faut que j'aie une réponse à cette lettre. Tu l'auras entre les mains demain matin vendredi. Tu peux et, si tu es telle que je l'espère, tu dois me répondre immédiatement et me faire parvenir la lettre avant samedi midi. Mieux encore, je la ferai prendre samedi matin par un domestique chez toi. Almschi, ma chérie, sois dure envers toi-même, ne sois pas éprise de moi (cela m'est habituellement si beau et si agréable !). Fais au contraire comme si tu écrivais à un inconnu qui m'en informe plus tard. Dis-moi sans pitié tout ce que tu as à me dire et sache qu'il vaut bien mieux nous séparer maintenant que de prolonger une aberration, car tel que je me connais, tout se terminerait par une catastrophe pour nous deux.

Quel terrible moment je te prépare ! Je le sais, Alma. Un jour, tu comprendras que, moi aussi, je souffre autant, même si ce n'est pour toi qu'une faible consolation. C'est Dieu que j'invoque maintenant, bien que je sache que tu ne le connais pas encore. Qu'il guide ta main, ma chérie, pour qu'elle écrive la vérité et ne soit pas entraînée par l'aveuglement. C'est un moment capital, en effet, celui qui réunit deux vies pour toujours ! Sois bénie, ma chérie, ma bien-aimée, quoi que tu aies à me dire ! Demain je ne t'écrirai plus, mais j'attendrai donc samedi ta lettre. Je t'enverrai un domestique pour cela, tiens-la prête. Je t'embrasse bien des fois, avec tendresse, chère Alma ! Je t'en prie, sois sincère ! »

Ton

Gustav.

Cette lettre, Alma, bien qu'elle ait juré l'avoir détruite, cette lettre, cousue dans une poche, elle la porta en bandoulière à même la peau sous sa chemise sa vie durant.

Maiernigg, 1906.

« Gustav, mon ami. Maître,

Aujourd'hui c'est dimanche, il est 6 heures, les paysans rentrent les foins, je les entends rire ainsi que le bruit des roues des chars à bœufs et des chiens qui devancent le cortège : un rire de femme, j'ai compté, il revient toutes les 45 secondes, que lui dit-on qui la fasse immanquablement rire ? Son rire est mieux timbré que celui de cette cantatrice dont je ne veux plus savoir le nom. Si les sons n'étaient pas aussi éloignés de la cabane où vous composez, je suis sûre que vous auriez été intéressé par cet étrange crescendo répétitif qui se casse net, toujours sur la même note, abrupte, vous m'auriez dit : « Écoute, écoute » et auriez compté et noté sur un de vos carnets tous les intervalles.

Depuis midi Maria et Anna avec leurs petits ciseaux ronds découpent les personnages du catalogue de réclames que nous avons reçu. Elles ont toute une armée de femmes et d'hommes et s'essaient à leur coller des vêtements qu'elles ont découpés dans d'autres catalogues. Vers 3 heures, elles ont demandé à aller jouer au bas du jardin là où il y a le bac à sable, mais je sais que c'est l'heure où les pas sur le gravier vous dérangent le plus et comment empêcher deux fillettes de courir après un ballon surtout que le chien de la ferme, dès qu'il les entend, arrive pour participer à la fête, pas de laisse qui tienne alors. Vous connaissez l'amitié de ces trois êtres innocents, j'ai dit non.

En ce moment elles découpent les lettres, il n'y a plus d'images, elles sont toutes au sol. Elles ont, comme c'est joli, fait une rue où hommes, femmes et enfants se rencontrent, elles ont créé des groupes ; elles ont, mais oui, c'est cela, recréé une société ! Comment diable ont-elles bien pu réinventer ce qu'elles ne soupçonnent même pas ? Elles découpent des lettres et me disent, sérieuses, comme vous, qu'elles inventent une écriture, une langue.

Tout à l'heure en passant derrière la maison je les emmènerai, qu'elles prennent l'air un peu, chercher le lait à la ferme. Bien que vous affirmiez qu'ils sont inoffensifs, je n'aime pas ces longs serpents d'eau qui s'obstinent à ramper sur ce chemin, l'herbe y est trop haute, il faut la faire couper. Je ne sais plus bien l'heure de la traite maintenant que vous avez payé les fermiers pour qu'ils retirent les cloches du cou de leurs vaches ! Elles étaient si fortes qu'elles vous perturbaient dans votre composition ! Mais mon cher, que ne les y avez-vous incorporées ! Je ne sais pas ce que je dis ? Gustav vous savez bien que pour moi (je sais, je sais, je suis ignorante et c'est vous le compositeur génial) le son des cloches dans les alpages est une authentique musique. Non je ne veux pas vous agacer avec mes théories qui n'en sont pas. N'ayez crainte, c'en est fini de la composition pour moi, je n'ai qu'une parole (dussé-je en étouffer et j'en étouffe !).

Aujourd'hui c'est dimanche. Un dimanche de fin août et nous sommes en vacances en famille. Hier, à cette heure-ci, Maria faisait des figurines de pâte à modeler. Ici, dans la même pièce aux volets toujours fermés sinon l'air est trop chargé de pollen et vous donne des migraines intolérables... Avant-hier ? Elles étaient là aussi, dans cette pièce, l'air était si étouffant que j'ai entrouvert une fenêtre et l'ai vite refermée avant que vous n'entriez. Non, vous ne vous êtes aperçu de rien.

Et puis vous viendrez ce soir leur parler une demi-heure avant leur dîner.

Et nous dînerons ensuite tous deux, oui votre pain noir est là, j'ai été le chercher au village ce matin... et aussi ce lait caillé que vous adorez.

Après nous marcherons, ferons le tour du lac. Nous courrons plutôt, que votre digestion se fasse. Je sais, si vous vous couchez, trop tendu par votre journée de travail (ces journées que vous attendez onze mois durant), tout de suite après le dîner, ce pain noir redevient alors une masse de son ! Nous courrons donc (je déteste courir) et puis, fatigué, vous monterez dans votre chambre et moi j'irai dans la mienne. Alors j'ouvrirai grande ma fenêtre que les étoiles au moins me tiennent compagnie. Plus tard, beaucoup plus tard je rejetterai les couvertures et attendrai l'aube. Ce mois d'août-ci je le vis sans sommeil, comme les autres mois d'août qui ont jalonné nos vacances depuis que nous sommes mariés.

Et puis, je me fâcherai contre moi et me dirai que certes ce mois-ci nous n'avons vu personne et que je n'ai pas eu à dire « n'importe quoi » avec des amis que vous méprisez, que certes je n'ai pas joué dans le jardin, ni jamais ouvert la porte de votre cabane pour vous crier :

« Gustav, Gustav, viens te baigner avec moi, une fois, une fois seulement, dans le lac qui est en bas ! » Je me dirai que votre huitième symphonie va se terminer, au moins l'hymne du Veni Creator malgré les oiseaux qui osent chanter, et une autre musique que celle que vous écrivez !, et que si au moins notre couple n'a jamais connu ce qui cimente un couple, je tente ici de parler de la complicité des mille petits riens des jours et des nuits, je ne parle pas de l'admiration que je vous porte qui me fait vivre ce mariage comme un sacerdoce dont vous inventez les règles au fur et à mesure ; oui, je me dirai que si je ne vis pas au sens où il m'arrive — de plus en plus rarement — de croire que cela existe ; au moins Mahler, le compositeur, est en train d'ériger son œuvre. Mahler, l'homme ? C'est une autre histoire ! Mais peut-être n'avez-vous pas le goût de la vie, Gustav, je l'avais si fort moi que je croyais pouvoir vous le communiquer mais vous avez gagné, là aussi. C'est moi qui n'ai plus goût à la vie.

Je me traîne, lourde, et ne sais plus, cela vous agace — vous trouvez la graisse vulgaire et certes, vous avez raison — et ne sais plus que manger toute la journée ces tranches de pain noir dont vous désirez vous nourrir l'été, mais moi, c'est vrai, je les trempe dans la crème fraîche car voyez-vous, mon cher, et ne vous en déplaise, je trouve encore cela bon ! Oh ! si je vous aime, Gustav ! Je sais ce mois est tout ce que vous pouvez donner à la composition, et le reste de votre vie est mangé par vos charges de chef d'orchestre et vos charges familiales qui sont énormes. Vous auriez dû vivre à la cour d'un roi mécène, seul, célibataire (cela n'empêche en rien les aventures mais dispense des obligations de paternité officielles et de train de maison, non ?). Mais peut-être que les rois mécènes demandaient de la conversation et des sourires en échange de leur or ? Peut-être même des courbures d'échine et pour cela non plus, Dieu merci — je parle des courbures d'échine —, mon cher vous n'êtes pas doué !

L'adagio de cette symphonie que vous êtes en train de finir est beau, pur, et, c'est drôle, tout ce que vous ne savez pas faire dans la vie est là, sublimé, dans votre œuvre. Vous riez et pleurez à la fois et tout ce paradis de l'enfance que vous interdisez à vos filles est ressuscité et plein de cette imagerie populaire qui nous entoure et que dans la vie, la vraie, vous faites reculer à coups de volets fermés. Peut-être, peut-être ressentez-vous tout si fort que vous êtes obligé de la faire reculer (la vie !), peut-être est-ce moi qui ne comprends rien à votre talent ? alors pardon, Gustav.

Je suis redescendue et, pieds nus, j'ai été jusqu'à votre cabane, j'ai relu votre partition... Chaque corde, chaque voix, s'est mise à chanter en moi et je suis comme apaisée, cette nostalgie, cette détresse, qui font chez vous si mal à écouter sont, cette fois, comme tempérées par ce Tutti absolument fracassant qui ouvre, beauté, les portes d'un paradis enfantin. Alléluia ! comme diraient les catholiques.

Pardon de t'avoir glissé ce petit mot sous la porte de ta cabane où je disais : « Tu ne vis que pour le papier, Gustav, viens rire, viens danser au village, viens, allons nous asseoir à ces tables de bois où ils sont tous là si gais le soir. Allons avec les autres s'il te plaît... » Tu as dû, exaspéré, secouer la tête, retirer et essuyer tes petites lunettes et retourner à ta table de travail non sans avoir déchiré en mille morceaux mon petit mot.

Si j'ai bu ? Oui, un peu. Mais, Gustav, je me sens mal avec moi-même. »

P.S. : « J'ai acheté ce matin un autre balai, j'ai bien noté, tu n'auras plus à me le redire que le chuintement du balai de genêts te dérange. J'ai acheté un balai en poils de soie. Il se taira. Lui aussi. »

P.S. 1 : « Je n'ai rien fait de ma vie aujourd'hui. »

P.S. 2 : « Il y a dix jours, de la cabine de bain qui est

derrière ton atelier tu m'avais sifflée, que je vienne te rejoindre. Non, tu avais sifflé trois fois, que les enfants viennent aussi. Tu t'étais d'abord baigné seul et là, couché sur le ponton, tu regardais les petites se tremper et moi, je te regardais et les regardais, enfin apaisée. Cela ressemblait beaucoup, j'en suis sûre, à ce que les autres — qui savent — appellent la vie. Il y a dix jours de cela et dans trois jours nous rentrons à Vienne.

Journal, Vienne, 1903.

« Non, jamais. Jamais, je n'ai rien senti quand tu es en moi. Et nu, je ne t'ai jamais vu nu ! Enfant, je me baignais avec mon père et jouais à plonger et passer entre ses jambes, son sexe alors se mêlait à mes cheveux. Toi, je ne t'ai jamais touché et tu ne m'as jamais caressée et tu ne sais rien de mon corps et, entourée d'un drap, si on te montrait une petite tache brune qui ressemble à l'Italie, saurais-tu à qui elle est ? Et où elle est nichée ? Elle est à moi Gustav, et habite avec moi depuis que je suis née et gîte juste à la commissure de mon sexe et de mon aine droite. Tu vois, tu as l'air étonné. Tu sursautes ! Je sais, je sais, ta mère n'aurait jamais parlé ainsi et je suis ton épouse aimée, respectée et légitime. Je crois que dans légitime tu englobes tous tes interdits, toutes tes pudibonderies ! Bien sûr que tu es pudibond, Gustav, sauf, sauf quand, lors d'une répétition, tu deviens sauvagement épris d'une de tes cantatrices. D'accord, tu m'as expliqué longuement, patiemment (une fois) : « Ne sois pas un petit animal incapable de te dominer Alma, ça n'est rien. » J'entends toujours ce « ça n'est rien », je l'ai même mis en musique, muette bien sûr puisque je suis à jamais interdite de composition. Ça n'est rien d'important. Ça n'est qu'une façon physique, pour moi, de posséder, de pénétrer plus à l'intérieur de la musique. » Lorsque tu m'expliquais cela, tu ressemblais à un homme, Gustav. Cela, tu me l'as dit une fois, d'abord parce que d'évidence tu ne voulais plus que nous abordions ce sujet et puis parce qu'à moi ce que tu veux me dire c'est que « seul l'esprit compte ».

Et pourtant lorsque Anna von Mildenburg (elle est prognatte, tu as beau le nier, c'est évident elle l'est, elle a l'air d'un homme !) ; non la jalousie ne m'égare pas, tu sais bien que je suis horriblement et à jamais lu-ci-de, et pourtant lorsque cette Anna donc est venue s'installer près de chez nous et que j'ai osé m'en étonner tu m'as répondu, agacé, tu as même fait ce mouvement de la main que tu as comme pour chasser une mouche ou un importun qui force ta porte à l'entracte pour te parler de lui... tu m'as répondu : « Mais elle est libre de vivre où elle veut. » Elle est libre ! alors cher mari, moi seule ne le suis pas ? Et lorsqu'elle venait le soir nous rendre visite, tu la raccompagnais et faisais des ronds de jambe et des ronds de mots : « Mais Alma, je travaille avec elle. » Je sais, je sais Gustav et aussi que tu as couché avec elle autrefois toujours à cause de ce désir que tu as à la fin d'une représentation.

J'espère pour elle que tu osais (oses ?) alors plus qu'avec moi.

Je suis basse ? Une jeune femme légitime ne parle pas ainsi ? Ne s'abaisse pas ainsi ? Je ne sais pas bien qui s'abaisse le plus. Je n'ai jamais eu ton intelligence et pourtant je sais que nous aurions pu vivre autrement, je suis sûre qu'il y a une autre vie possible à mener avec un créateur.

Au premier temps de notre vie tu m'intimidais, me pétrifiais et puis tu avais quarante et un ans et moi vingt-trois ! Alors tu as cru, une fois que j'étais pliée à ton rythme de vie, tu as cru que tu devais devenir mon instituteur (tu as une tendance marquée à aimer enseigner, entre nous), qu'il était impensable que je demeure cette païenne mal élevée et si peu soucieuse du convenu, bref tout ce qui a fait que tu m'as demandée en mariage !

Mais entre l'émerveillement et le nouveau, le mariage et la maternité, oh ! Gustav, j'ai été enceinte souviens-toi dès la première fois. Passée ta joie tu t'es senti responsable, je m'appelais Mme Mahler alors implacablement — me faisais-tu payer tes quarante et un ans ? — Oui, il m'est arrivé de le penser, implacablement tu as aigri, détruit, saccagé ma joie de vivre, tu as voulu me faire croire que rire avec des amis était abominable, vouloir de l'argent, de la médiocrité, voyager, visiter une ville « pour rien » sans aller directement de la gare à la salle de concert, du gâchis d'énergie. Les vêtements, modes ridicules. Quand nous nous sommes fiancés tu m'as dit : « Il va de soi, chère, que vous ne voulez pas vous plier à cette coutume bourgeoise de la bague de fiançailles ! » et, gorge nouée, j'ai répondu : « Cela va de soi. » Eh bien, non, la sauvageonne rêvait d'une bague à tourner autour de son doigt, d'une bague à montrer. Oui, c'est vrai, une bague qui aurait dit, clamé : « Voyez je suis liée à un homme, oui, oui, c'est le Maître Mahler… » Vanité ? Sûrement Gustav, sûrement et alors ? Mais est-ce bien sûr que cela ne s'appelle qu'ainsi ?

Aujourd'hui je n'ai rien fait de ma vie. Hier non plus.

Et, s'il te plaît, cesse de me répéter, Dieu que tu aimes à te répéter, que nous vivons « *un splendide isolement* ». Cela s'appelle de la solitude totale, de ce sens-là je suis sûre mais pour vanité ?…

Oui, je voudrais te voir nu une fois et, s'il te plaît, laisse-moi dormir sans chemise, c'est une contrainte terrible pour moi cette toile qui me blesse. Quoi ? Ça ne se fait pas ! Mais si tu savais ce que l'on va faire sur ta quatrième ou ta cinquième symphonie, laisse-moi te prédire, tu sais que je sais deviner ! Je vois… Je vois des danseurs nus faire l'amour sur ton adagio... Oui, parfaitement et ces faiseurs d'images, ces cinématographes, ils iront jusqu'à... attends, attends je ferme les yeux... Oui, c'est cela, je vois un vieux monsieur au maquillage dégoulinant, craquelant, marcher, errer en larmes dans des rues lépreuses et belles à la poursuite d'un petit garçon. Attends, attends je sens la vase, ça sera à Venise, oui, Gustav, toi le pudique qui ne m'as jamais vu nue et que je n'ai jamais vu nu, je te le prédis, ils s'aimeront, homme contre homme, femme contre femme plus quelques couples hétérosexuels, je te l'accorde, sur ta musique ! »

P.S. : « *Vous vous croyez « éclairés » et vous vous contentez de tirer les rideaux pour adorer la flamme du gaz, comme s'il s'agissait du soleil.* Tu te souviens de cette phrase dans ta lettre saccageuse ? Comme tu es dur pour les autres, Gustav. Moi aussi ? C'est vrai et si ça je l'avais appris de toi ? Si je retire mes « obscénités » sur ce que l'on fera sur ta musique ? Non. »

Journal imaginaire — 1904, Vienne.

Dans ma famille, je te l'accorde, c'était la roulotte ! Et j'ai trop goûté à la liberté de rire pour n'en pas en avoir gardé l'envie. Ma mère, les dieux savent si je lui sais des défauts, aimait la gaieté. Lorsqu'on était tous là en bande, elle entrait et disait : « Bon, je monte, au revoir mais s'il vous plaît je veux entendre vos rires jusque tard dans la nuit. » Oh, Gustav tu sais que je ne te connais pas riant aux éclats, non je ne t'ai jamais entendu rire. Sourire ? Parfois, oui mais très vite, alors le coin de ta bouche, à droite, s'affaisse, las. Tu es las je sais, mais aussi tu crois que tu te dois d'être sérieux ! Incurablement sérieux, mais pourquoi ? Ne peut-on vraiment pas être Mahler, Mahler, le Grand Mahler et savoir quand même aussi rire ou disons sourire d'une, allez je te l'accorde, d'une bêtise ? Mais il existe tant de bêtises drôles, tu veux que je t'en raconte une ? Non tu ne veux pas, j'en étais sûre.

Est-ce que je te l'ai déjà racontée ? Non je n'ai sûrement jamais osé, tu m'aurais alors regardée au-dessus de tes petites lunettes et m'aurais dit détachant chaque syllabe : « Mais pourquoi me racontes-tu cette vie d'opérette ? » et, grave, tu te serais penché et m'aurais lentement assené — que ça entre bien en moi — ta phrase favorite : « Tu sais bien que de toute façon l'homme est seul de son vivant et qu'il meurt seul ! » Je sais. I know. Ich weiss. Je vais pourtant aujourd'hui te raconter comment mon grand-père, le père de mon fabuleux père (d'accord je l'ai magnifié et ne trouve pas un homme qui le vaille — si toi, c'est indiscutable —) était le grand peintre, le grand portraitiste de la monarchie autrichienne ; mais toi tu es le plus grand compositeur vivant au monde, même si beaucoup ne le savent pas encore bien que aïe ! aïe ! dans quoi je m'avance, je me demande si Schönberg ne va pas faire plus table rase que toi pour inventer sa musique ? Il ne se veut l'héritier de personne et va rejeter bientôt toute référence tandis que toi... Mais c'est ce que j'aime.

Attends, attends tu n'y couperas pas, je te la raconterai l'histoire de mon grand-père, tu es à ma merci, là, à l'instant je peux « dire » tout ce que je veux puisque j'écris mon journal et que vous ne le savez pas, Maître ! « *Mon grand-père paternel, donc, était tuberculeux et mourut jeune. Lorsqu'il se vit perdu, il loua une voiture à quatre chevaux et s'en fut voyager avec sa jeune et jolie femme à travers la Suisse et l'Italie. Le jour où la mort s'annonça, il pria ma grand-mère de revêtir sa plus éblouissante robe de bal et de rester ainsi parée, assise à son chevet, jusqu'à son dernier soupir...* »

Ça a de la gueule, non ?

« Non » me réponds-tu !

Si, Gustav, que tu l'acceptes ou non, ça en a...

« On dirait une opérette ? » Tu sais que je donnerais, oh, je ne sais pas, mais beaucoup, beaucoup pour aller écouter avec un groupe d'amis et toi justement une opérette ! Une opérette toute simple dont on saurait déjà tous les refrains par cœur et après on irait dans un jardin qui sentirait le jasmin, boire et manger et puis au retour, pour ne pas user nos souliers et parce que nous serions fauchés, nous prendrions un fiacre ! Il est une autre histoire que ma grand-mère racontait, je la lui demandais chaque jour quand elle était là : l'histoire de mon père, jeune, qui n'avait justement qu'une paire de souliers qui prenaient eau de partout, alors, pour qu'elle dure — il ne pouvait vraiment pas s'en commander d'autres — il louait un fiacre au mois ! Je sais, cette histoire t'horripile ainsi que celle de son petit valet qui lui volait chaque soir la monnaie qu'il prenait grand soin de laisser à son attention dans son gousset, il allait même parfois jusqu'à l'emprunter ; que son petit voleur ne soit pas bredouille et déçu ! Tu fronces les sourcils ! ma mère le faisait aussi de froncer les sourcils et crois-moi, elle arrivée chez mon père, la folie a été corsetée ! Bien qu'elle n'ait pas pu l'empêcher d'acheter cet antique château qui avait appartenu au prince Karl de Liechenstein, une folie délabrée dans un parc sauvage... J'y ai passé des soirées Gustav à entendre mon père rire, rire et chanter tandis que les factures s'accumulaient et lui qui n'ouvrait plus les lettres pour que ses journées et ses soirées ne soient pas abîmées. C'est sans doute à cette époque que je me suis mise à rêver « *de fortune dans le seul but d'aplanir le chemin des êtres créateurs de beauté* » non, je ne mens pas Gustav. Et j'ai, depuis, tu le sais bien, le culte du créateur, c'est même bien le seul culte que je pratique !

Et puis il y eut Corfou. Oh si tu savais la chaleur du soleil là-bas sur ton corps. Tu t'ouvres alors, qu'il te pénètre mieux, plus creux. Que je me taise ? Une femme mariée ne dit pas ces choses-là ? Je t'en prie !

Un an alors nous avons vécu en sauvages nus, mon père avait reçu pour mission de peindre, pour illustrer l'œuvre du Kronprinz Rudolf, toutes les villes côtières de l'Adriatique et de la Dalmatie. Il a travaillé vite vite et nous avons vécu six mois, ou moins je ne sais plus bien, dans une maison de pierre dans l'île. Ma mère avait fait venir un piano droit et je composais, oui, je composais. Je sais ce que tu vas dire : « Que j'étudiais la seule chose que personne ne connaissait chez moi pour n'avoir rien à apprendre ! » C'est vrai que je déteste apprendre, réfléchir sur des données données ! Épargne-moi tes affirmations d'homme réfléchi, ne me dis pas que tout cela « ne cache que facilités... et que je me garde bien de travailler et préfère, dilettante, velléitaire, prôner l'intuition, que cela m'arrange »... Peut-être avez-vous raison Monsieur Mahler, parfois moi aussi, je le crois de moi et me hais alors.

Et puis il est mort (mais si, mon père ! vous me suivez parfaitement, ne faites pas semblant de vous perdre dans mes bavardages) à cinquante ans. Et moi qui ne voulais que lui plaire, devins alors odieuse avec tous, surtout avec Karl Moll. Pâle élève de mon père, que ma mère, bien sûr, épousa. J'ai haï cet homme qui prenait les pinceaux de mon père, qui entrait dans son lit (entre nous il y entrait déjà avant sa mort) et ne restait pourtant qu'une pauvre pelure, qu'un pauvre Moll. Je l'ai haïe, méprisée, ma mère d'oser remplacer un être comme mon père par cette demi-portion, cette demi-fesse, ce demi-cul quoi !

Mais pourquoi vous attachez-vous, sous prétexte que je suis intelligente, à me gronder ? Tout ce que je fais ou dis est mal ! Vous me rappelez Burckhard cet ami de mon père que vous détestez parce qu'il me faisait la cour — et moi je n'ai rien à dire quand une de ces cantatrices vient faire le serpent autour de vous ? Et vous qui vous dressez alors... Bon, je m'égare d'accord, mais vous ne couperez pas à ce que je veux vous dire, aujourd'hui j'écris tout !... Oui, vous me rappelez — je le sais par cœur — ce que Burckard m'avait confié de lui : « *je préfère avoir affaire à des ennemis qu'à des amis. Ceux-là, du moins, n'osent pas vous dire des méchancetés en plein visage, selon l'habitude chère aux bons amis !* » Pourquoi êtes-vous mon ami Gustav ? Mon meilleur ami ! Mes flirts, ceux qui ne comptaient pas pour moi, n'osaient pas, eux, saccager mes rêves.

Il est 19 h 30, vous dormez dans votre chambre. Vous avez travaillé tout le jour dans cet Opéra de Vienne qui vous épuise. Des amis étaient en bas avec moi, vous m'avez fait demander à 18 heures par notre brave servante, que ces gens-là sortent, vous vouliez dîner tôt et seul avec moi puis très vite ensuite monter dans votre chambre... Vous attendiez dehors, caché, que je les chasse. Alors je suis retournée au salon, ai bavardé quelques instants, mon cœur cognait si fort, comment allais-je leur dire ? Mais je devais être si, si étrange qu'ils se sont levés très vite et voilà, votre soupe est arrivée et moi j'ai dîné avec vous. Je déteste la soupe et n'aime le soir que les saucisses que l'on mange, tard, dans les bistrots. Maintenant vous dormez car demain, très tôt, vous avez une répétition éreintante et après vous devez rencontrer le personnel de cet Opéra de malheur qui veut discuter de son statut... J'ai vingt-cinq ans et nous sommes mariés depuis deux ans. Oui, ce soir chez nous il y avait Gustav Klimt. Oui, je lui trouve, lui crois du talent, un immense talent. Il vous agace, je sais. Est-ce parce qu'il a été une de mes passions de jeunesse ? Un baiser Gustav... Il y a eu un baiser.

Et alors ?

Et lui, marié, empêtré entre une femme toujours souffrante et une sœur adjudante qui a voulu croire qu'il allait tout quitter pour moi le temps d'un été...

« exaltation névrotique amorale... » Oh ! oh Gustav ! ça n'est pas si grave. Quoi, je suis une coquette ? Vous le dites tous, ça doit l'être ! Une allumeuse même ! Là vous me flattez, cher. Mais ne pratiquez-vous pas là un catholicisme un rien outré comme le font parfois les nouveaux convertis ? Je vous injurie ? Je ne le voulais pas, mais continuons sur ma coquetterie : avant toute chose il faut que vous sachiez que je vous aime parce que je vous admire, l'un pour moi ne peut aller sans l'autre. Petite fille, orpheline d'un père aimé et admiré, j'ai donc eu une passion pour Klimt, et puis est venu Zemlinski « *le gnome* » comme vous dites. Je vais même aller plus loin, il pue le vin, la sueur d'hier collée sur celle d'avant-hier et de bien avant, il lui manque des dents et il ne soigne pas celles qui lui restent, il s'endort n'importe où, n'importe quand et toujours dans ses mêmes vêtements. C'est affreux. A reculer ! mais vous le savez (cela est une litote) je voulais composer et lui, lui, il a d'emblée reconnu mon talent et il est devenu mon professeur de piano, et de composition, d'harmonie, de contrepoint...

Je voudrais maintenant vous parler tout cru, tout nu de ces choses dont, dites-vous « une femme ne doit jamais parler avec son mari ». Où diable avez-vous été chercher cela ? Je voudrais — répétons-le, il puait ignoblement et il était si laid que les enfants couraient derrière lui en se moquant — je voudrais pourtant vous parler de ses mains, ses mains qui, lorsqu'elles me touchaient, me faisaient plier : brûlée, j'étais comme brûlée. Et rien que de l'écrire me fait encore frémir.

Et puis vint l'automne 1901 et *vous*. Et il n'y eut plus alors que vous et mon admiration embrasée à vous voir diriger.

Dès l'instant où nous avons été fiancés, vous avez changé, vous faisiez semblant de croire qu'une jeune fille de vingt-trois ans ne pourrait jamais aimer un homme de quarante et un et quand la jeune fille a dit :

« Mais si, mais si » et quand nous... non, là je me tais, je l'écrirai un autre jour. Je déteste à jamais cette soirée où nous... Comme vous étiez pressé Gustav. J'ai écrit ce soir-là « *extase... extase* » dans mon journal officiel, (celui-ci est secret) pour conjurer le mauvais sort que je sentais poindre autour de nous deux.

Oui, vous avez vite changé et de transi vous êtes devenu un mentor rigoureux et cette lettre, votre fameuse lettre... Je sais, je me répète, mais Gustav il n'est pas un soir où je ne m'endorme au son d'une de ses phrases et où je me réveille avec ses mots qui me martèlent aux tempes, mêlés à des phrases musicales si fortes que parfois je crois qu'elles vont sourdre, gicler de mes oreilles, de mon nez, de ma bouche, de mon sexe, en symphonies parfaitement élaborées. Parce que je vous avais, amoureuse et un rien mutine, écrit une lettre plus courte vous expliquant que je travaillais à ma propre composition musicale, vous m'avez par retour répondu « *que je devais renoncer immédiatement à la musique...* » « *je ne devais plus, disiez-vous, que vivre pour la vôtre* », mais le renoncement que l'on s'impose à soi-même est le seul qui soit acceptable ; par contre celui que l'on exige de vous a un tout autre visage. Et, chaque jour ajouté à une nuit sans sommeil, cette exigence extorquée au nom de l'admiration que j'avais (que j'ai) pour vous m'est physiquement de plus en plus intolérable. Voilà c'est dit. Et je le hurlerai toute ma vie, Gustav, quelle que soit l'admiration tendre que j'ai pour vous, quelles que soient aussi les goulées d'exaltation qui me poussent à dire : « Bien je ne vivrai que pour lui parce qu'il est le plus grand... » Situation inconfortable s'il en est. Je n'ai, décidément, pas les deux pieds sur la même marche et je boite, et je boite...

Je vous aime et je ne vous aime pas, et le tout quasiment dans le même instant. Que c'est dur d'être votre femme même si c'est une mission sublime que de consacrer sa vie (la mienne au demeurant) à éloigner les pierres qui encombrent le chemin d'un génie (vous en l'occurrence).

« *Souvent j'ai l'impression qu'on m'a coupé les ailes.* »

« *Gustav, pourquoi moi, l'oiseau ivre de vol et de coloris éclatants, m'as-tu enchaînée à toi, alors qu'une oie blanche eût si bien fait ton affaire?* »

Tes amis avaient bien raison de s'opposer à mon arrivée dans ton groupe. Tu as remarqué que nos deux groupes ont pratiquement disparu de nos deux vies? Tu te souviens de leur gueule? Et toi, fou de moi qui étais encore un mystère pour toi et qui riais, enfin, heureux de les choquer! »

P.S. 1 : « Aujourd'hui je me suis occupée de la maison, de l'enfant, j'ai recopié une partition pour toi, enfin une page, c'est si long... Mais je n'ai rien fait de *ma* vie. Toi tu as donné ta journée à la musique rien qu'à la musique comme hier, comme demain. »

P.S. 2 : « Dans ta lettre tu te souviens? Sûrement, il y avait « *que se passera-t-il lorsque tu seras en forme et qu'il faudra t'occuper de la maison ou de quelque chose dont j'ai besoin...* » et plus loin « *ne te méprends pas sur ce que je veux dire : ne crois pas que dans la relation entre époux je fasse de la femme une sorte de passe-temps, chargée malgré tout du ménage* ».

Tu avais tout prévu, Gustav. Aujourd'hui j'étais en forme et sentais sourdre *Ma* musique à flots mais je me suis occupée « de la maison » et des quelques choses « dont tu as besoin », j'ai recopié une page de ta partition. Dis donc heureusement que j'ai failli être compositeur, mon travail de copiste te fait quand même gagner du temps, avoue-le!

Je suis méchante? petite? Vous savez Maître, il arrive que l'ennui, la vacuité de l'esprit imposée bref, la non-vie provoque ce genre de réactions. « *Croyez-vous que je fasse de la femme une sorte de passe-temps?...* »

Non ça, cher Gustav, en effet je ne peux ni le dire ni l'écrire ! »

Journal, août 1905, maison de repos.

« C'était le 11 novembre 1901, si je m'en souviens ? Vous le voyez bien ! puisque nous nous sommes rencontrés pour la première fois le 10 novembre 1901 et que vous m'avez invitée à assister à une répétition à l'Opéra pour le lendemain. Mes chaperons ? Mme Clemenceau et Mme Zuckerkand. Vous êtes venu derrière moi, avez fait glisser mon manteau de mes épaules, je me suis retournée et j'ai vu que vous aviez alors enfoui votre visage dans la fourrure de mon col, puis me tenant par la main, vous avez laissé, je peux bien vous le dire aujourd'hui, mes deux duègnes se dépêtrer avec leur manteau et leurs bottes en caoutchouc. Mme Clemenceau avait son bottillon droit à moitié retourné, bloqué, et la pauvre Mme Zuckerkand accroupie (quelle masse faisaient son ventre et ses seins réunis) essayait bien de lui dégager le pied mais ses mains — elle n'avait pas quitté ses mitaines — glissaient, glissaient. Elles ahanaient, agacées : que vous entendiez, mais vous marchiez, m'entraînant de cette démarche étrange qu'est la vôtre, comme un danseur projetant très fort votre hanche droite en avant ou plutôt comme un boiteux corrigé ? Oui, comme un boiteux. Je sais, votre mère l'était et inconsciemment vous deviez, enfant, vouloir lui ressembler... En tout cas, mon père aurait boité, j'aurais boité de cette même façon. Vous et moi avons été vers votre bureau et le grand piano ouvert... tous deux... oublieux de tout ce qui nous entourait.

« *Mademoiselle Schindler avez-vous bien dormi ?* »

Je ne savais pas, car, contrairement à ce que vous croyez maintenant de moi, à savoir que je suis une rouée, non je ne savais pas que là j'aurais dû creuser mes joues, prendre un air las, peut-être même tousser un rien. En tout cas, souriante, je vous ai répondu « *parfaitement, pourquoi pas ?* », coupant net je crois bien à une ébauche de flirt, mais j'ai toujours été comme cela. Pourtant, insistant, vous avez dit me fixant : « *Moi, je n'ai pas fermé l'œil de la nuit.* » Si j'ai été troublée ? Oui Gustav, et terrorisée dans le même instant. Quoi, Mahler le célèbre chef d'orchestre de l'Opéra de Vienne, l'inventeur d'une autre musique, le tyran de l'Opéra de Vienne — vous alliez le montrer quelques secondes plus tard —, le tyran n'avait pas fermé l'œil de la nuit à cause, à cause de moi ! Car cela ne pouvait vouloir dire que cela.

Et puis ce fut la répétition générale des *Contes d'Hoffmann*. C'était la première fois que j'assistais à cet instant où l'œuvre sort de sa gangue, où tous les petits morceaux travaillés isolément sont mis en place, bout à bout, et que l'on file le spectacle et qu'alors le chef, doucement, que personne ne s'use, ne s'abîme, avant la vraie représentation, fait donner tous les accents, tous les parfums, tout ce qui fait que l'œuvre est dirigée par lui et non par un autre et que, s'il est un grand, elle devient alors unique — pauvres compositeurs qui doivent s'adjoindre un autre talent ajouté à ceux des instrumentistes pour exister. Ça en fait des raisons d'assister à de mauvais concerts non ?

Mais vous avez tapé du pied — vous étiez célèbre à Venise alors pour votre « coup de sabot », comme disaient vos ennemis —, vous avez brandi votre baguette, j'ai même cru qu'elle allait la prendre dans la figure. Mlle Gutheil-Schoder qui chantait Julietta portait cet après-midi-là une robe fendue des deux côtés et ce jusqu'à la taille. Vous, vous étouffiez devant tant de « *grossière indécence* » mais, Gustav, c'était moins ouvert que les robes que portent chez elles les femmes le matin ! Et vous avez attendu, assis sur votre haut tabouret, tête penchée, yeux clos, exigeant le silence de l'orchestre, du mini-public invité et des autres chanteurs, attendu que hâtivement les quatre pans de sa robe soient recousus. Pauvre fille, elle n'osait ou ne pouvait plus marcher : pas assez de tissu à hauteur de ses fesses, qui, je dois dire... !

Au matin, j'ai reçu un poème non signé, ô Gustav ! quelle brûlure...

Cela se passa durant la nuit,
Je n'avais pas fermé l'œil,
Aussi lorsqu'on frappa à la porte,
Mes yeux allèrent vers elle en un instant...

« *Je n'avais pas fermé l'œil* », ce poème était de vous, c'était évident, et, elle, c'était moi, moi la sauvageonne éprise de musique et de liberté qui avait été remarquée par le Maître ! Ma mère eut beau me dire qu'un homme de votre rang, de votre âge, de votre stature ne s'amuserait sûrement pas à des enfantillages de ce genre ; non, qu'il fallait que je cherche parmi mes jeunes amis et que ça n'était sûrement qu'une blague ! Ma mère a eu pour particularité, sa vie durant, de croire qu'elle seule pouvait être aimée d'amour ! Je suis méchante ? non, vraie, mais les gens confondent souvent.

Une quizaine de jours plus tard, j'ai traîné ma mère à l'Opéra. Vous étiez assis dans votre loge et pourtant vous avez senti mon regard, j'étais au-dessus de vous au balcon, vous avez alors levé la tête, m'avez souri, et êtes venu à l'entracte pour que je vous présente à ma mère. Il y avait foule autour de nous, le Maître était là parmi le public ! Habituellement aux entractes il se retirait toujours seul dans son bureau, mais là il riait, plaisantait avec ma mère. En vrai, mon cher vous étiez tout simplement en train de lui extorquer une invitation à nous rendre visite... Je suis une vaniteuse de me souvenir de cela ? C'est votre célébrité qui m'a tourné la tête ? O Gustav, même si cela l'a été quelques jours, je crois que la lettre, votre lettre m'interdisant et à jamais de prétendre à être compositeur aurait très vite été là pour me remettre la tête à sa place et à sa grosseur — comme un petit raisin de Corinthe séché, c'est avec ces cervelles-là que l'on fait les meilleures épouses, c'est bien connu ! Pourtant ce soir-là, souvenez-vous, alors que vous aviez pris date avec ma mère pour une visite le samedi suivant (nous étions un mercredi), je vous ai, tandis que vous gardiez ma main un instant de trop dans les vôtres — elles sont belles vos mains —, je vous ai demandé du travail : « chef d'orchestre à l'Opéra » et, le plus sérieusement du monde vous m'avez promis de me faire faire un essai... Pour vous c'était un jeu. Pas pour moi. Je l'ai cru, Gustav.

Après vous nous avez laissées. Alors ma mère et moi sommes allées avec nos amis manger une de ces saucisses blanches avec des pommes-pommes au vinaigre qui m'affolent toujours... Burckhard était là, je m'en souviens parfaitement puisque c'est lui qui, d'emblée, et tout haut, a dit ce que tout le monde pensait mais tout bas :

— *Mahler était éperdument amoureux de vous ce soir !*

— *Je n'avais pas remarqué,* répliquai-je.

— *Quelle sera votre réaction s'il fait sa demande ?*

— *Accepter,* dis-je résolument.

Mais qu'est-ce qui me prenait ? Moi qui trouvais, trouve encore, scandaleux ces mariages qui se jouent en quelques heures, sans se connaître.

De plus, les mains de Zemlîski — oui, je sais vous l'appelez le gnome —, m'affolaient toujours et quand il glissait une de ses mains sur mes seins, tout mon corps alors s'ouvrait, appelant quelque chose que je ne connais pas encore mais qui existe, j'en suis sûre.

J'étais subjuguée par votre intelligence alors que Zem, lui, me troublait surtout physiquement et raisonneuse, soucieuse que ma tête soit l'élément dominant, j'avais répondu, impulsive, « *accepter !* » — vous n'aviez encore rien demandé, cher — c'est d'ailleurs ce que j'ai dit à mes amis car il y avait comme un froid et Burck en oubliait de me voler ma deuxième saucisse. Je n'ai jamais pu manger les deux, mon bonheur, ma volupté de gourmandise est comblée avec une, la deuxième mangée me dérangerait et je m'agacerais alors de ma passion vulgaire pour les saucisses ! Mais c'est qu'il insistait, l'animal :

— *Ce serait un péché,* ajouta-t-il ironique, *une belle fille comme vous, un tel pedigree aussi ! Ne gâchez pas tout en épousant un vieux dégénéré, pensez à vos enfants ! Oui, ce serait un péché ! D'ailleurs, l'eau et le feu vont ensemble, mais le feu et le feu c'est une erreur. Les renoncements seront pour vous et vous êtes trop bien pour cela.*

J'invente toutes ces prémonitions après coup ? pas un instant. Il vous avait taillé un beau costume pour l'hiver, comme disait ma vieille Nania, je vous l'accorde, mais que ne l'ai-je entendu ! Écouté ! Jaloux ? sans doute il l'était mais, si vous gommez les ragots sur votre côté dégénéré il avait vu juste. « Amoral », a-t-il dit aussi, non, ça non, vous avez au contraire voulu vous présenter à moi quasi vierge croyant ainsi ne pas me choquer, mais c'était le contraire qu'il fallait faire ! Il fallait me dire votre expérience aussi en cet art pour me rassurer et m'aider à m'ouvrir. Je n'aime les débutants en rien, vous le savez bien ! Je ne respecte que les professionnels et méprise facilement les amateurs. Oui, il avait tout deviné, l'ami Burck, est-ce pour cela que vous n'avez eu de cesse de le faire disparaître de notre entourage ? Comme tous mes anciens amis à vrai dire.

« *Gustav Mahler est ici...* » C'est la cuisinière qui t'avait vu grimper la côte ton chapeau à la main vite, très vite, il neigeait dur pourtant. Même les cuisiniers de Vienne te connaissaient, mon chéri ! Tu t'es promené un instant parmi mes livres, nous venions d'emménager, tu as fait la grimace devant les œuvres complètes de Nietzsche et tu as... ô mon amour, là est mon erreur, j'ai cru que tu riais lorsque tu as demandé que l'on brûle cette collection tout de suite. J'ai ri, fait non de la tête et crois même avoir dit que vous, Maître, « *seriez bien plus fier de me persuader de ne jamais les relire plutôt que de me voir bougonne et de regretter toute ma vie de les avoir brûlés...* » Et c'est quelques mois après, quand nous étions à jamais mari et femme, que je me suis souvenue de votre expression d'agacement, oui de prodigieux agacement, Dieu du ciel, j'aurais dû prendre mes jambes à mon cou... Mais non, j'étais pétrifiée d'admiration devant vous le Maître qui, *vous*, composiez, je ne connaissais pas bien votre musique et le peu que j'en savais ne me convainquais pas, mais vous faisiez ce que vous aviez décidé de faire coûte que coûte, vous étiez un créateur comme mon père et comme je voulais le devenir. Et quand, le soir même, vous m'avez fait votre demande, alors que nous nous promenions seuls — avez-vous jamais pensé combien ma mère était large d'esprit pour son époque alors que vous, dans le même temps, compliquiez tant la vie de votre sœur qui osait aimer un homme sans être son épouse (parce qu'elle n'osait pas vous en parler) et qu'ils ne vivaient que d'étreintes furtives, remarquez c'est peut-être bien plus exaltant que le mariage officiel avec étreintes à heures fixes... vous avez dit à ma mère : « Madame, je voudrais marcher un moment seul avec mademoiselle votre fille. » Elle a souri, a montré la montagne et dit : « Attention, ne prenez que les bons chemins où la neige est bien rabattue sur les côtés et, tenez, je vais allumer une lanterne que vous retrouviez la maison quand vous serez saouls d'être dehors. » Spontanée, elle vous avait retenu pour le dîner : « *Il y a du Paprikahendl et Burckhard, restez !* »

« *Je n'aime vraiment ni l'un ni l'autre, mais je resterai* », avez-vous répliqué. Votre mauvaise éducation aurait été moindre que nos rencontres se seraient arrêtées là, mais c'était tellement énorme qu'un homme ose répondre une telle muflerie à une femme qui le prie de partager son dîner que je crois bien que cela m'a subjuguée !

La promenade fut un enchantement. Tous les hommes de Vienne portaient, l'hiver, des petits capuchons de caoutchouc qui recouvraient leurs escarpins, pas vous ! Vous aviez des guêtres beiges et des chaussures à lacets noirs. Oh si je m'en souviens Gustav... A chaque instant, un des nœuds glissait, alors vous cherchiez un talus ou un caillou, j'aurais tant osé vous proposer mon genou pour vous y appuyer, bref un endroit élevé pour poser votre pied et renouer ces bon Dieu de lacets trop lâches. Je vous ai suggéré de faire une boucle double et vous m'avez répondu que vous ne saviez pas ce que c'était... Aussi, je me suis penchée et vous ai fait très vite deux doubles boucles. Vous avez fixé vos souliers, puis moi, accroupie, les yeux levés vous regardant, et vous souriant, avez posé un instant votre main sur mon épaule droite et avez murmuré « mais ce soir, dans ma chambre, qui va me dénouer ces petites merveilles ? » et le rouge m'est venu du cou aux joues et, pardonnez-moi je sais qu'il faisait nuit mais je crois bien que vous aussi, car votre main sur mon épaule m'a alors brûlée à travers le manteau ! A travers le manteau...

Vous m'avez aidée à me relever et nous avons couru vers la poste de Döbling, il fallait prévenir votre sœur Justine que vous ne rentriez pas dîner. Mais vous ne connaissiez pas par cœur votre numéro de téléphone personnel, j'ai appelé l'Opéra, votre secrétariat, il n'y avait plus personne et c'est le concierge qui, lui, connaissait le numéro de votre maison qui me l'a donné. Je me souviens, vous avez parlé vite à Justine, vite et sec comme à une servante. Sur le coup, je ne crois pas m'en être aperçue ni même l'avoir entendu mais ce soir j'en suis sûre et le timbre de votre voix est là, intact. Pendant que nous remontions, on voyait la lanterne que maman avait accrochée au-dessus de la porte de la véranda, vous m'avez lâché le bras pour marcher seul, enfonçant parfois jusqu'à mi-jambe dans la neige, oublieux du chemin tracé et vous avez crié : « *Mademoiselle Alma, écoutez-moi je vous prie...* »

Je m'étais retournée, mon cœur cognait si fort que j'entendais le flux et le reflux de mon sang dans mes oreilles — quel bruit passionnant de percussions ! (ça n'est pas mon métier, je sais !)

« *Se marier avec moi n'est pas simple. Je suis libre, je dois être libre. Je ne peux m'attacher et ne peux me concentrer que sur une seule chose. Je travaille à l'Opéra au jour le jour.* »

Je ne pourrai jamais dire que je n'ai pas été prévenue, votre phrase, que j'ai sue à l'instant pour toujours, votre phrase annonçait toute notre vie future. Ai-je compris qu'il n'y était question que de vous ? Non, non pas un instant puisque je vous ai répondu, occupée seulement à vous montrer que je savais ce qu'étaient les créateurs, quelque chose comme un « n'oubliez pas que je viens d'une famille d'artistes, que j'ai toujours vécu parmi les artistes, que j'en suis moi-même une (que j'en suis moi-même une : pauvre imbécile !), ce que vous dites me semble évident ».

Et voilà, enveloppé, pesé, c'était vendu comme disait toujours ma vieille Nañia, qui avait des listes et des listes de lieux communs avec lesquels elle pouvait naviguer partout au mieux et avec tout le monde.

J'avais entendu que vous m'aimiez et n'ai pas compris que vous me proposiez un contrat d'obéissance plus, d'obédience. A sens unique bien évidemment...

Nous sommes rentrés vite, l'air faisait de la vapeur autour de nos bouches, j'ai regardé ma mère et d'un signe l'ai priée de se taire et vous ai invité à monter dans ma chambre pour enlever votre manteau et vous coiffer. Là, porte fermée, vous avez posé vos lèvres sur les miennes, elles étaient dures et froides et pardonnez-moi mon impudence, mais il arrivait que Zem lui, alors, enfonce sa langue en ma bouche et moi la mienne dans la sienne et qu'alors ô Gustav... vous non, mais alors, cette brûlure que j'avais sentie, votre main posée sur mon épaule dans la neige? partie, partie à jamais?

Mais je vous aimais et nous allions devenir mari et femme. Etre Mme Mahler... Midinette? Oiselle? En tout cas rien d'autre ne comptait, ma tête éperdue d'admiration! Vous seul pouviez donner un sens à ma vie...

Durant le dîner vous avez été, je ne vous ai pratiquement plus jamais vu ainsi, brillantissime, vous admiriez alors Schiller (moi pas, c'est maintenant l'inverse : pour vous il est très surfait et il est devenu ma bible!). Et puis nous parlâmes tous de Jésus, bien qu'élevée dans le catholicisme, je n'ai jamais cru en cette religion trop mesquine pour moi; par contre, vous, juif converti, défendiez avec passion le Christ...

Nos fiançailles comme vous l'aviez décidé restèrent secrètes quinze jours. Et puis, il y eut *la* lettre, celle que vous avez osé m'envoyer parce que, d'égale à égal, est-ce cela qui vous a suprêmement irrité, je vous écrivais — vous étiez à Dresde — que ma lettre ce jour-là serait plus courte que celle de la veille, j'avais un travail de composition urgent à finir.

Vous m'avez tout simplement alors et par retour du courrier interdit de composer, prêt à rompre dans l'instant si je maintenais ce dessein insensé. J'avais à peine plus de vingt ans Gustav, vous étiez mon père perdu, mon Maître, mon soleil, *le* soleil. Comment aurais-je osé vous tenir tête, dire non? J'ai dit oui, oui avec ma tête mais tout mon corps a commencé alors à se venger, et, je n'ai jamais cessé depuis d'avoir ces crises d'angoisses qui me font croire que je vais mourir, que mon cœur va éclater et mon corps qui avait envie si fort des choses de l'amour n'a plus rien ressenti depuis, tout juste s'il sait faire la différence entre le chaud et le froid, comme s'il voulait me punir, *moi,* de ne pas l'avoir écouté. Vous qui étiez un adulte, vous le saviez bien, que l'on ne tue pas ainsi une presque, encore, adolescente. Non, vous ne le saviez pas ? Quel gâchis Gustav, quel pauvre gâchis... quel monstrueux gâchis est notre mariage et pourtant je vous aime et vous m'aimez et même si vous vous en agacez, je vous apporte la vie.

... Ma mère m'a entendue sangloter et lorsqu'elle a découvert votre lettre, elle est entrée dans une rage folle, exigeant que je rompe dans l'instant, disant qu'une telle exigence était inhumaine et laissait craindre le pire sur votre façon d'envisager la vie à deux. Mais, vous le savez maintenant, je n'aime pas ma mère, elle a trahi, trompé mon père (je l'ai vue). — Si, je vous dis que je l'ai vue enfant, dans une maison abandonnée au fond du parc où père rangeait ses cadres vides. Je l'ai vue, non je n'en dirai pas plus. — Et papa était tout juste mort que ce niquedouille de ringard de *Moll* a amené ses charentaises à la maison, aussi lorsqu'elle m'a engagée à rompre, j'ai cru, j'ai cru qu'elle voulait me récupérer pour me faire vivre à sa manière à elle, alors j'ai couru à ma table et vous ai écrit que je ne composerais plus jamais, jamais.

Et depuis, je ne cesse de pleurer.

Et j'ai accepté que notre mariage soit accéléré le jour où Moll, mon immonde beau-père, s'est permis de me susurrer que ce Mahler (vous !) finalement, n'était pas exactement l'homme qu'il aurait souhaité pour moi ! Mais de quel droit cet infâme cochon rêvait-il pour moi ? Du fait qu'il dormait dans le lit de ma mère et que vous aviez des dettes, que la cabale contre vous se gonflait, que vous aviez des aventures scabreuses avec vos chanteuses et même les femmes de vos amis, et qu'enfin vos œuvres ne valaient pas tripette !

Bref il fallait que je vous épouse et s'il n'avait tenu qu'à moi c'eût été dans l'instant.

Vous m'avez apporté, vous veniez chaque soir chez ma mère, votre 4e Symphonie et me l'avez désossée au piano (je sais le mot est laid mais que peut un pauvre piano pour dire un orchestre?). Vous m'avez dit « Qu'en pensez-vous ? » et j'ai entendu ce que je vous ai dit en même temps que vous, je n'écoute jamais ce que je dis mais le pense toujours, vous le savez ! Je vous ai, péremptoire, assené quelque chose comme un « *franchement Haydn a fait beaucoup mieux* ». Je ne garantis pas l'ordre des mots mais le sens, ab-so-lu-ment. Vous avez ri, Dieu que vous êtes beau quand vous riez. Je me souviens de trois rires de vous et si je me souviens de trois c'est qu'il n'y en a pas eu d'autres... Vous avez ri et avez affirmé que je changerais bientôt d'avis, que cette musique était celle d'aujourd'hui mais surtout celle de demain et que le cher Haydn était d'hier. C'est vrai, j'ai changé d'avis et admire plus que tout votre talent de compositeur.

Vint Noël, notre premier Noël de fiancés. Noël, pour moi, depuis l'enfance, c'est la fête, toute la maison sent la pomme chaude à la cannelle. Mon père préparait ses cadeaux des jours à l'avance mais, curieux de savoir si cela nous plaisait, il s'arrangeait pour que nous, les enfants, les apercevions avant le jour. Et après, il n'avait de cesse de s'esclaffer que l'on avait mal vu ou qu'alors effectivement il était possible qu'on ait aperçu un étrange cheval à bascule ou une curieuse boîte pleine de livres et de couleurs mais que ça n'était pas pour nous, qu'il connaissait des enfants merveilleux mais si pauvres... Bref, tout son Dickens avec des détails à sa manière y passait. C'est drôle comme moi qui suis une chrétienne athée attache une importance capitale à ce jour-là, y compris à la messe de minuit et que toi, juif converti, sincèrement converti et non par opportunisme comme l'affirment ces sales cochons de bourgeois de Viennois, c'est drôle que toi qui parles si bien du Christ sois farouchement hostile à ce 25 décembre, jour de la naissance justement de ton Christ. Car, ôte-moi d'un doute, Maître, le petit Jésus et Jésus-Christ c'est bien le même? Non? Oui, je sais, je sais, l'imagerie naïve t'agace et ce prétexte qu'on a tous à se lécher le museau un peu plus ce jour-là t'irrite, mais pour être si hargneux, il doit y avoir en toi, caché, quelque chose d'autre et de plus grave.

En tout cas, nous décidâmes — merci Gustav d'avoir accepté — de mêler nos amis, d'organiser, enfin mes amis et moi un grand réveillon. L'enfer, ce fut l'enfer, pourquoi le nier? D'abord tes amis après être venus me regarder sous le nez, je me suis même demandé si quelques-unes de tes cantatrices, amies privilégiées, n'allaient pas me relever les babines pour contrôler l'état de ma denture (qu'elles s'y essaient !). L'hallali a commencé d'emblée, je ne plaisais pas à ton groupe. D'abord, excuse-moi de te le dire, mais c'est toujours la vérité qui dérange ! tes amis n'étaient que des pique-assiettes, pique-idées, pique-talents et ils ont perçu qu'avec moi, malgré mes vingt ans à peine usés, les temps allaient changer. Et ils étaient jaloux de mon groupe, nous représentions à leurs yeux ces artistes originaux, hors du commun — je me vante? tu sais bien que non — avec lesquels toute une partie de toi (tu le nies, d'accord) ne devrait pas tarder à se trouver mieux... Ils ont flairé le danger et que leur influence sur toi allait être mise en péril. Oui, je persiste (et signe !) à affirmer tes amis néfastes et avant tout le mari de ta sœur, ce Rosé de malheur, qui te monte contre tous tes instrumentistes et qui dans le même temps leur répète ce que tu n'as pas dit. Tu vis entouré de médisances et, pardonne-moi mais, tu aimes cela (moi aussi ? non moi j'aime les vacheries, ça n'est pas du tout la même chose). C'est tout le monde des coulisses. Je sais, mais toi tu te dois d'être au-dessus de tout, tu n'es pas de cette race-là, laisse ces jeux destructeurs à ceux qui n'ont pas de talent et tu sais bien qu'ils sont légions hélas ! (et heureusement pour ceux qui en ont ! Ça ne s'écrit pas ? pourquoi pas puisque cela se pense ?).

Mais que voulais-tu que je dise à ton vieil ami avocat qui ne parle que par lois interposées et qui te répète que je me coiffe comme une fille de cabaret, et à ce « *chien menteur de Lipiner* » (cette définition n'est pas de moi mais de Brahms, là tu en restes coi !) qui, lui, me reproche mon habillement provocant qui te plaisait tant pourtant en ce temps-là.

Tu t'agaces de me voir déchiffrer des partitions de Brahms, mais tu y viendras, j'en suis sûre et finalement tu dirigeras bien une de ses œuvres. Quoi ? Tu en a dit pis que pendre? Mais mon amour, seuls les imbéciles ne changent jamais d'avis. D'accord tu as été loin car enfin tu m'as bien écrit un jour, attends, attends que ça me revienne, c'était énorme. Ah, ça y est « *je suis arrivé à bout de Brahms... tout ce que je peux en dire c'est qu'il s'agit d'un petit nain grêle à la poitrine plutôt étroite* ». Après tu lui envoies quelque chose comme un « *bon Dieu si un seul des poumons de Wagner sifflait à ses oreilles il ne tiendrait plus sur ses pattes* », quelque chose comme ça ! Il y a des écrits qui retrouvés font mal, non ?

A cette fameuse fête, tu boudais mes amis prétendant que j'avais flirté avec tous. C'étaient encore tes amis qui t'avaient expliqué que j'étais une sale petite allumeuse notoire et qu'il m'arrivait même de flirter à coups d'œillades, assise dans ta loge, avec quelque bel officier placé dans une autre loge alors que toi, naïf, éperdu d'amour, tu me dédiais l'œuvre que tu étais en train de rédiger. Je ne sais pas si tu as déjà regardé l'architecture et la nomenclature des loges de ton Opéra mais il faut sacrément loucher pour se lancer des œillades d'une loge à l'autre avec ce stuc prétentiard qui sépare chaque loge de l'autre. Donc, tu faisais la gueule à mes amis et moi, c'est vrai, aux tiens. Notamment à Mlle Anna von Mildenburg, ton ancienne (?) maîtresse et présentement celle de Lipiner. (C'est curieux comme dans le monde musical on trouve toujours une ou deux dames, instrumentiste ou chanteuse, qui servent à toute la corporation.)

La fête était grandiose dans l'horreur ! Chacun épiait l'autre. Alors j'ai décidé de mettre les pieds dans la choucroute. Lipiner m'y a aidée ; oui, tandis qu'il avait les joues gonflées de la nourriture de ton buffet, voulant paraître gentil avec cette Carmen de pacotille que j'étais pour lui, du bout de ce qu'il lui restait de lèvres il m'a demandé une fois de plus et je m'en étais déjà sérieusement expliquée : « Dites-moi mademoiselle qui allez bientôt être madame, *que pensez-vous de la musique de Mahler ?* » et alors, (merci *mon amour, toi tu as ri,* c'était ton deuxième rire) j'ai éclaté et j'ai hurlé *« Je ne la connais pas bien mais le peu que j'en connais, je ne l'aime pas ! »*

Ils auraient tous dû boire à ta et à ma santé ! Mais non, ils se sont dits HO-RRI-FIÉS. Quant à mon camp familial, il était gêné. Toi seul, oui, riais. C'est bien la preuve que quelle que soit notre difficulté à vivre ensemble nous ne nous sommes pas promis l'un à l'autre en vain, il y a un lien énorme entre nous, contre lequel personne ne peut rien.

Ce soir-là tu m'as entraînée dans ta chambre. Assis dans ton fauteuil, tu m'as prise sur tes genoux. Nous nous sommes embrassés. Cette fois, des vrais baisers et, tu as soulevé ma robe, mon jupon et tu m'as dit qu'il fallait s'aimer totalement, que l'attente était ridicule et pas pour des gens comme nous. J'étais entièrement d'accord et voulais être ta femme dès cet instant. Alors tu t'es défait, hâtivement, j'étais serrée contre le bras du fauteuil et là, je me souviens mal, mais tu hésitais, te levais, revenais vers moi, quittais tes lunettes, tu avais détaché ton pantalon et ne savais plus comment le tenir, le gros caleçon blanc d'hiver apparaissait, tu étais confus et tu retournais chercher tes lunettes, puis revenais encore vers moi, agacé et tu disais sans cesse : « aide-moi », et moi j'attendais, prête à t'aider du mieux que je ne savais pas, tu m'as dit « écarte-toi, ouvre-toi » et tes mains fouillaient sous ma robe, je te laissais faire, les deux bras écartés. Tu as sorti ton sexe ; et je n'ai plus regardé ; alors que je me faisais une fête depuis mon enfance de voir un sexe d'homme. Je savais, je connaissais car je me baignais très souvent nue avec mon père mais j'attendais beaucoup de l'instant où je verrais le sexe de l'homme qui me pénétrerai pour la première fois. Je n'ai pratiquement rien vu, j'avais la tête aussi complètement tordue, pour ne rien te cacher, contre le bras du fauteuil, ta veste me râpait le visage et je ne sais pas si tu es entré en moi, je n'ai rien senti, mais soudain tu t'es arrêté, tu as geint et tu as pleuré. Après tu m'as dit que parfois, lorsqu'un homme était fatigué ou lorsqu'il voulait très, très fort quelque chose, il y avait comme une... je crois que tu as dit « panne », j'ai ri, et j'ai dit que c'était sans importance et que nous recommencerions demain mais que peut-être il fallait le faire beaucoup plus calmement et peut-être aussi en se dévêtant. Tu m'as regardée, tu as remis tes lunettes et tu m'as dit « on ne dit pas ces choses-là, Almschi ». Alors nous sommes redescendus, ma robe était chiffonnée, très chiffonnée, tout le monde nous a regardés salement et la fête s'est finie très vite. Tandis que tu m'aidais à mettre mon manteau, tu t'es penché vers mon oreille et m'as murmuré « *si seulement tu avais eu une aventure avant ou si tu étais veuve, comme ce serait bien* ». Je te faisais peur, Gustav, et je crois que je t'ai fait peur dès cet instant, j'étais trop jeune, trop inexpérimentée. Pourtant, si tu savais comme j'étais prête à tout apprendre mais, j'étais ta future femme et je crois que pour toi une femme n'est pas une maîtresse. C'est sans doute là le début du gâchis.

C'était drôle ce reproche d'être vierge ! D'autant plus que ma mère, durant toute mon adolescence, je ne dis pas qu'elle contrôlait mais avait à cœur que je le demeure ! C'était un potentiel, un capital qui, moi, me paraissait idiot et je ne te cache pas que c'est un concours de circonstances indépendantes de ma volonté comme on dit qui ont fait que je suis arrivée vierge vers toi mais, ma tête, elle, avait assez avancé pour savoir que cela n'avait aucune importance.

Lorsque tu m'as raccompagnée ce soir-là tu étais amer, inquiet, anxieux, agressif, tu as commencé à m'agresser oui, tu as commencé à m'agresser sur ma vie, ma condition de bourgeoise, tu disais « *toi, tu as de la chance, ta lignée est d'éclats et de bonheur, tu peux traverser la vie d'un pied léger, aucun passé douloureux ne t'encombre, aucune famille ne dépend de toi. Moi, au contraire, toute ma vie a été pénible, de l'argile colle à mes semelles* ». Et moi je te disais « avec moi elles seront de vent tes semelles ». Je dois t'avouer, aujourd'hui, que la formule n'était pas de moi !

Tu avais peur Gustav, tu disais aussi que j'étais trop jeune, que tu étais vieux, que tu étais usé, que tu avais autre chose à faire. Tu avais peur, peur du bonheur qui nous attendait tous les deux et peut-être, inconsciemment as-tu décidé de le saboter ce jour-là.

Tu m'as laissé ce soir de Noël devant la porte de la maison, tu n'es pas monté et puis, deux ou trois soirs après, tu es venu chez moi et nous sommes montés dans ma chambre... J'ai quitté ma jupe, mon caraco, je t'ai demandé de quitter ta veste. Nous nous sommes allongés et là, tu es entré en moi. Quinze jours après, à peine, j'ai compris que ce que j'appelais une indigestion qui ne finissait pas, les autres femmes appelaient cela être enceinte ! Nous n'étions pas encore mariés et ce genre d'accident jetait encore l'anathème dans notre ville et même dans notre milieu. La malchance nous poursuivait, Gustav, nous n'avions pas eu le temps de nous apprendre, je ne connaissais pas tes mains sur mon corps, tu ne connaissais bien sûr pas les miennes sur le tien et nous allions déjà avoir un enfant. Il n'y avait plus qu'à se précipiter dans la difficulté du conjugal officiel.

Tandis que ta sœur, et ma mère, se hâtaient et préparaient la cérémonie, nous marchions chaque après-midi, tu travaillais moins, faisais moins de répétitions, tu me donnais à ce moment-là un peu de tes après-midi et nous arpentions le parc du Belvédère... On se disputait déjà et sur tout : tu aimais Dostoïevski, je le trouvais monstrueux, sale et vulgaire. J'aimais Nietzsche, tu m'en voulais de ne pas avoir brûlé ses livres le premier soir où tu étais venu à la maison. Et puis tu disais aussi « tu m'aimes, mais c'est une partie de toi qui m'aime, que va faire l'autre ? » Mais l'autre, elle ne demandait qu'à t'aimer, qu'à tout faire avec toi. C'est toi qui n'as jamais voulu ouvrir les compartiments de l'autre.

Gustav, Gustav, tu as voulu me changer trop vite. Je suis heureuse d'être ta femme même si je pensais qu'être la femme d'un homme c'était autre chose. Là, j'ai eu l'impression d'un petit oiseau qui trempait son bec dans un verre d'eau et je suis sûre que ce n'est pas ça l'amour. Je suis sûre que ça n'est pas que ça. Mais je vais t'ouvrir les bras, je vais t'ouvrir mes bras, et on va atteindre autre chose, tu verras.

Je suis heureuse quand je suis près de toi, je suis calme et je suis sûre que j'ai eu raison et puis, dès que tu n'es plus là, dès que je ne suis plus sous ton regard, dès que je n'entends plus ta voix, c'est comme si l'hypnose disparaissait et je m'aperçois que tu as voulu me métamorphoser entièrement et à tel point que je me demande pourquoi tu as voulu m'épouser puisque tu veux tout changer en moi. C'était peut-être plus simple de prendre une autre dame, totalement différente de ce que je suis, car, à t'entendre, rien, rien, rien de ce que j'ai fait, rien de ce que je pense, rien de ce que j'aime, n'est bien, non rien de ce que je dis, rien, absolument rien. Je marche trop vite, je marche comme un homme, je ris trop fort, je mange trop vite, je bois trop vite, je regarde les gens dans la rue, je prends la parole quand on ne me la donne pas, je coupe la parole aux gens plus âgés, je ne dis pas ce qu'il faut à l'enfant, à la bonne, cela va jusqu'à mes choix de lecture, qui, bien sûr, ne t'agréent pas, et c'est impossible, impossible à vivre.

Je te dois la vérité Gustav : un matin, tu étais en retard et j'ai eu comme une illumination. Je me suis rendu compte que cet interdit que tu as osé m'imposer c'est aussi parce que tu n'as aucune estime pour mon art, pour mes compositions. Tu les as lues, tu les as regardées, tu as souri et tu as dit « bon, c'est bien, que l'on arrête tout ça... » et ça a été tout ! Tu n'as aucune estime pour mon art. Beaucoup pour le tien. Et moi, longtemps je n'ai eu aucune estime pour ton art, par contre, pardonne-moi cette outrecuidance, je crois que le mien existait (existe ?).

Mon Dieu, j'ai honte d'écrire cette phrase car, depuis notre mariage, j'ai appris moi à admirer ta musique et à la comprendre mais je me dois de dire la vérité, tu me dis toujours que je mens, que j'invente des vérités, que je falsifie des mensonges pour en faire des demi-vérités, non, j'ai pensé ça ce jour-là et à vrai dire c'était le matin même de notre mariage. Et, tout le long du chemin je me suis demandé si je n'allais pas faire demi-tour. Demi-tour ? Mais j'attendais un enfant et je sentais déjà ma taille qui enflait et je n'ai pas osé, voilà je n'ai pas eu le courage d'avoir un enfant seule. Et puis, j'étais fière aussi d'avoir un petit Mahler.

C'est vrai qu'il m'a fallu mentir, beaucoup mentir à cette époque-là, te sourire, acquiescer, alors que tout mon être voulait s'enfuir. Je mentais mais, dans le même temps, Gustav, j'avais décidé ce que j'avais décidé lorsque nous nous étions embrassés pour la première fois le soir où je t'avais lacé tes souliers (tu ne sais toujours pas faire les doubles nœuds !) — ce soir-là, j'avais décidé que je me dévouerais totalement à toi et que je transformerais ton existence et te donnerais, oui, une nouvelle raison de vivre et je crois que ça, Gustav, je ne l'ai pas manqué. Même si j'étouffe, et j'étouffe.

Bref, nous nous sommes mariés le 9 mars 1902.

J'écrivais alors, attends que je retrouve mes cahiers...

« *J'ai enfin un but : sacrifier mon bonheur à celui d'un autre. Peut-être atteindre moi-même, par là, le bonheur.* »

Maiernigg.

« Mon Dieu, vous en qui je ne crois pas, faites que les larmes de jalousie ne me sortent pas trop souvent des yeux.

Je suis énorme. Les volets sont fermés, il fait une chaleur torride à Maiernigg. Depuis ce matin j'écris l'orchestration de la partition de sa 5e Symphonie. Et le travail est compliqué parce qu'il n'écrit jamais qu'une partie et il me faut écrire les autres dans les différentes clés. Et, lorsque je me penche pour gratter le calque, mon ventre alors cogne contre la table et je suis si lasse. Mon chignon est lourd, les épingles me rentrent dans la nuque. Je voudrais entrer dans le lac et nager, nager mais j'attends Gustav. Il a dit, il a promis qu'il viendrait se promener avec moi et peut-être se baigner. Il avait dit qu'il viendrait vers 10 heures ce matin. Il n'est pas venu. Il m'a fait porter un petit mot disant qu'il viendrait déjeuner. Il n'est pas venu. Il est 6 heures ce soir, il n'est toujours pas là, il travaille. Il est trop tard pour aller se baigner, Gustav déteste se baigner dans le noir, nu, et moi je n'aime que ça. »

Journal 1904, Maiernigg.

« Mon deuxième enfant est né le 15 juin 1904. C'est une fille. On lui a donné le nom de ma mère : Anna, mais moi je l'appelle Gucki. Elle a les yeux violets. Je crois qu'elle me vengera de tout. Elle a les yeux du bonheur, elle a le rire du bonheur, elle a la couleur du bonheur, l'odeur du bonheur. Moi, je suis déchirée et ne peux plus me tenir debout. Pourquoi est-ce que les enfants vous labourent au passage, pourquoi ? Couchée, j'ai regardé les partitions de Schönberg que Mahler a reçues envoyées par l'éditeur. Sa construction, sa manière d'utiliser si peu d'éléments sonores me passionne, je l'ai dit ce soir à Mahler lorsqu'il est rentré mais je crois que je l'ai contrarié. Tant pis.

Je me plains de mon mariage et pourtant, c'est un emploi à plein temps, de l'aube au soir, je retranscris ses partitions ou m'occupe de ses enfants, de sa maison ou, visage lisse, je dois l'écouter, parler avec lui. Non, plutôt répondre ce qu'il attend. Et sa présence est maintenant tellement énorme dans ma vie qu'elle est mon seul soutien et que si je n'avais plus Mahler, je mourrais.

Mon âge ? Pas encore vingt-six ans et ma vie est toute tracée. Les enfants, Gustav. Gustav, les enfants. La maison. C'est ça la vie ? Il doit y avoir une autre vie pourtant, mais où ? Et pourtant cette vie est la mienne et je ne voudrais plus l'abandonner. Mais pourquoi alors est-ce que je ne peux plus dormir ? Pourquoi est-ce que mon corps se couvre de boutons chaque jour à la même heure ? Pourquoi est-ce que je crois que j'ai faim et que, dès que je mange une bouchée, je vomis tout ? Qu'est-ce que j'ai qui veut vivre ? Et comment faire pour le faire vivre ? Une seule vérité pour moi ce soir : Gustav Mahler. Il est à Vienne et, ce n'est pas un secret, j'aime toujours Gustav quand il n'est pas là. Il travaille. Ce soir, dans sa chambre, il m'écrira une lettre douce, tendre, où il parlera de son travail et peut-être à la fin y aura-t-il un petit mot disant qu'il m'embrasse, qu'il embrasse les filles. Ce soir, comme il n'est pas là, j'ai pu marcher au bord du lac et sa main, son bras, sa façon de courir plutôt que de marcher m'ont terriblement manqué. Par contre, j'ai pu me déshabiller et, sans chemise, ouvrir l'eau qui s'est refermée sur moi, nager jusqu'au ponton et rester là, bras en croix — imitant le Christ, j'ai toujours été un petit peu exaltée —, juste entre l'eau et les étoiles. Restée un long moment et puis, j'ai eu peur que les enfants ne se réveillent, alors je suis rentrée et j'ai presque mieux dormi. »

Journal, Vienne, février 1905.

« ... J'ai tellement peur de Mahler que je suis angoissée à l'idée qu'il va rentrer à la maison et qu'il ne trouvera rien de bien. La soupe qui doit être servie lorsqu'on entend son pas dans le vestibule, et le temps qu'il met pour poser son chapeau et son manteau doit être consacré à ouvrir le couvercle de la soupière et à verser une louche et demie dans son assiette : que ce consommé soit exactement à la chaleur qu'il exige et bien sûr elle n'est jamais à la chaleur qu'il espère.

La maison est éteinte. Morte. C'est d'un homme fatigué, épuisé, que je dois m'occuper, d'un homme ratiocineur qui ne garde sa force vive que pour l'extérieur. Je suis mariée avec un vieux qui ne vit, qui ne garde ses réserves que pour sa création et ceux qui vivent dans son monde musical.

Et moi ? Et moi ?

Je suis devenue un légume, un végétal. Mes nuits, j'ose à peine l'écrire parce que mes rêves sont de tels miroirs, de tels révélateurs qu'il n'est pas besoin d'être — comment s'appelle déjà ce monsieur qui interprète les rêves contre un prix fou alors que ma nania savait déjà tout des rêves ? Freud ! c'est ça Freud ! Mon Dieu je perds même la mémoire des noms... Un rêve de moi ? Oh ! par exemple : « *On m'apporte des dessins à choisir. Alors que nul ne le regarde, Gustav les transperce de sa plume. Horrifiée par cette catastrophe je lui demande la raison de son geste mais il ne m'écoute pas. L'air rêveur, il sifflote une mélodie, une mélodie de lui.* »

Un autre rêve qui revient presque tous les matins à l'aube... Non, ça n'est pas un rêve, c'est un cauchemar et, au moment de l'écrire, ma main se soulève, n'ose pas tant il est révélateur et pourtant je l'ai décidé, quoi qu'il advienne de ce journal secret : j'écrirai tout.

Mon cauchemar ? : « *Un long serpent vert pénètre en moi et je me cramponne à l'extrémité de sa queue. Cependant il résiste. Je sonne la servante qui veut tirer la bête hors de mon corps ; brusquement elle a raison de celle-ci et réussit à l'arracher : me voici entièrement vide comme une carcasse de navire.* »

Tout ce que je veux me faire accroire n'est que tromperie. Il me faut mon art. La semaine dernière, Gustav était en voyage, j'ai rejoué mes compositions, ma sonate pour piano, mes lieder et je sais, je sais que j'ai du talent, que là est mon chemin. Je dois composer. Cet homme est un monstre, un salaud, un cochon, un minus...

Gustav, je t'aime. »

Vienne, 1905.

« Ce soir, exception, tu as accepté de venir dîner avec mes amis mêlés à ceux qui restent des tiens. Klimt est là — il va de succès en succès à chacune de ses expositions —, Burckhard, Rosé, ton beau-frère, Justine, ta sœur, fait la tête, comme toujours, elle croit que cela lui va, le repas a été long à venir et les pichets ont voyagé, on est gais, on rit fort, de rien, de tout. Que c'est bon ! Alors, bien sûr, toi tu t'es fermé comme une huître devant la patte d'un crabe, tu as bien essayé de parler de Platon, Moll a bien essayé de te répondre, mais Klimt avait été fort sur le vin blanc, il avait la parole et plus l'intention de la rendre à quiconque. D'abord il t'a choqué parce qu'il a dit qu'il m'avait vue allaiter Gucki — j'ai vu ton visage se fermer — d'accord tu as interdit que quiconque me voie mais j'étais dans le jardin, dans notre jardin, et il est entré... que pouvais-je faire ?... il a dit que c'était beau, c'est tout. Il a ajouté, c'est vrai, qu'un jour il me peindrait nue près d'un homme nu aussi ; brûlés de désir et qu'il appellerait sa toile *La Tempête.* Pourquoi te fâcher Gustav, ce sont des exaltations de peintre... Et comment veux-tu qu'il me peigne, il ne me sait pas nue ! C'est sa façon de se rebeller contre les peintures établies. Pardonne-moi mais tu fais la même chose en musique. Il est en quête de modernité et toi tu réagis comme un barbon qui vivrait à la cour d'Espagne. Où est ton humour Gustav ? « Il n'est pas le même que celui des autres. » Hélas, je suis d'accord, il n'est qu'à toi et pardonne-moi mais toi seul le dégustes décidément !

Bref, tu as gâché la soirée. Je m'en faisais une telle fête... Tu t'es dressé et a dit « j'ai à travailler, rentrons », le singulier et le pluriel sont là, implacables et terrorisants.

Tu marchais comme un fou, j'avais peine à te suivre. « Plus jamais, plus jamais tu m'entends, ne m'impose tes amis, ils puent la choucroute ! » Non mon cher, ce sont les vôtres... Mais arrêtons, arrêtons pour l'amour de ce que tu voudras, mais tu as continué. « Comment oses-tu m'imposer leurs bavardages, leurs rires, tu n'as pas entendu les dissonances alors que je suis moi en train de travailler? Ils me brouillent tout. Tu le sais bien pourtant que je manque de temps à cause de ce bon Dieu d'opéra que je dois diriger. »

Oui (ça je me le dis bouche fermée), mais Gustav tu es un chef, pas un patron. Il ne fallait pas accepter ce travail. Avec quoi aurions-nous vécu? Permets-moi de te dire que lorsque nous nous sommes mariés tu avais déjà ce travail de patron et que tu faisais vivre plus de sangsues qu'aujourd'hui.

... Tu cries maintenant.

— Tu le sais toi que je suis en train de composer dans ma tête et tu m'imposes cela eh bien laisse-moi te dire que c'est du viol, du viol organisé. Sans parler de cette nourriture infecte, nulle, trop lourde et mêlée à ce vin douteux. Comment vais-je travailler moi demain matin, vous vous en fichez tous, vous ne faites rien! »

— Gustav, tu sais très bien qu'ils travaillent tous, Klimt en tête et que moi, pardon de parler de moi, je donnerai le sein à Gucki à 4 heures du matin afin que ses pleurs ne te réveillent pas et que je ne me recoucherai pas.

— Mais il est peintre lui, ton ancien amoureux, il n'a pas besoin de silence comme moi.

— D'accord Maître, nous ne sortirons plus le soir. Ça non plus nous ne le ferons plus. Puis-je te rappeler Gustav que j'aurai vingt-cinq ans dans trois mois!

Pourquoi j'écris cela? Pour rien bien sûr. »

Vienne, 22 juin 1900

« Je lui ai dit aujourd'hui qu'il me faut quelqu'un à qui parler. Gustav est si solitaire, si lointain, tout chez lui se trouve tellement au tréfonds de son être que, dans le cours de la vie, rien n'émerge au grand jour. »

« Même son amour : tout, tout est étiolé.

Autrefois, lorsque je paraissais seule, j'avais tant d'êtres autour de moi qui me servaient de paratonnerre. Entreprendre des études ? puisque la composition m'est interdite, à quoi bon, sans but, sans limite définie. »

Ah ! si il était plus jeune peut-être saurait-il goûter la vie ? J'ai faim de tout et pourtant dans le même temps je suis morte. Je me fais des histoires ? M'écoute ? Non, je suis morte.

Seul un Dieu peut supporter une telle solitude. Et d'évidence, vous en êtes un. Moi pas. Définitivement pas.

« Il m'est insupportable que tu croies toujours plus donner que moi. »

Oui, tu m'as dit cela un soir de règlement de compte conjugal.

Vienne, 1905.

« ... Vaniteuse, coquette, instable, influençable, facilement grisée par la flatterie et maladivement soucieuse de plaire... »

C'est tout mon amour ? Comme vous m'aimiez fort pour m'écrire ces doux mots ! Et ma vie que je vous donne, moi, la créatrice remisée aux fourneaux (et mon talent n'était pas d'être cuisinière) ? et mon côté préposée à la ponte, deux enfants en si peu de temps et moi béante, déchirée dans ma chair (et mon talent n'était pas non plus d'être pondeuse !). Je les aime mes filles,

Dieu que je les aime mais les aurais aimées autant (plus ?) si les scientifiques savaient les faire pousser dans des bocaux une fois le sperme (de vous) et l'ovule (de moi) recueillis. Mais ces imbéciles ne savent pas le faire et aussi ils croient tous, ce sont des hommes, que la femme est faite pour cela. ÇA N'EST PAS VRAI. Mais les femmes elles-mêmes sont coupables et porteuses de ce mensonge car vous, Gustav, d'où tenez-vous cette croyance ? De votre pauvre humble et saccagée de mère et elle, ce mensonge ? Elle l'avait bu à la mamelle de sa mère... C'est sans espoir encore aujourd'hui. La femme demeure la servante du Maître même si le statut social du couple exige qu'il loue de la main-d'œuvre domestique (comme nous) ; oui la femme du Maître demeure, victime de cet étrange statut qui lui donne ce non-emploi à plein temps ! Épuisant !

Mais comment toi, toi un génie, peux-tu croire ce mode de vie imposé aux femmes juste ? Seules pour toi les cantatrices, les actrices ont le droit de vivre autrement, pas les épouses ! Que ne sais-je chanter ? Cela, tu me l'aurais peut-être laissé, toi, n'étant pas chanteur... Mais j'ai osé vouloir faire ce que fait mon mari : composer, anathème des anathèmes... « *Là-dessus mon Alma il faut que les choses soient claires entre nous dès à présent* » écrivais-tu dans *ta* lettre... Elles l'ont été.

Mon Dieu mais qui suis-je vraiment ? Est-ce que je mens en écrivant ces horreurs et ces vérités tandis que dans le même temps, au même instant, je sais que notre mariage révèle en moi le meilleur de moi-même ? Gustav, c'est que tu es trop souvent loin de moi, jamais nous n'avons passé un dimanche après-midi ensemble comme ça, cravate dénouée, moi en robe de chambre, portes closes. Un après-midi pour nous deux à ne rien faire. JA-MAIS.

Lorsque tu es près de moi, tout est tolérable, mieux, je trouve la vie que tu me fais (m'impose) noble. Toi parti, tout redevient inacceptable, et tu es toujours parti.

Je sais, je sais ta vie pour le papier à musique... Tu me l'as dit le soir de ta demande. Mais j'étais encore si petite, est-ce que tu crois que j'ai vraiment compris ce que cela voulait dire? Je serai toujours plus jeune que toi mais écoute bien ce que je vais te dire, toi, tu m'as mutilée et empêché de créer et ma vie est un gâchis, toi tu es en train de réussir ton œuvre mais tu gâches (en plus de la mienne) ta propre vie, alors... le chemin est entre les deux, comme celui que mon père arpentait. Mais tu hausses les épaules, tu n'as pas le temps de vivre.

Tant pis pour toi, tant pis pour moi, tant pis pour les petites. Quel atroce gâchis! »

Vienne, avril 1907.

« Mes enfants vont mal, Maria souffre et Anna, la petite Gucki, aussi. Gustav rentre exténué, carcasse vide, il a donné tout le jour aux autres sa force et le soir, il est 17 heures, il ne reste plus rien en lui : il faut alors que la maison cesse de vivre, il ne supporte ni les craquements de parquet ni les portes qui bâillent ni les vivants debout. Pourtant, hier, je l'ai vu, il faisait le beau avec cette cantatrice dont j'ai à l'instant oublié le nom et qui ne saura jamais chanter Wagner. Il dansait, tournait autour d'elle, devait faire de l'humour en tout cas, elle lui laissait croire parce qu'elle riait fort, haut, et finissait toujours sur le même *si* bémol : on est chanteuse ou on ne l'est pas! A un moment il m'a regardée et tout de lui disait : « Tu vois, elle, elle me trouve drôle », ce dadais de génie n'avait pas entendu qu'elle riait exactement toutes, absolument toutes les vingt-trois secondes! Tiens comme la vachère que j'entends chaque été les soirs de fenaison. Et bien sûr, quand il est rentré, on s'est disputés. J'avais passé la journée avec les enfants malades et, tandis que je leur chantais des comptines, j'entendais des musiques à moi à flots et qui voulaient sortir. Puis, tandis qu'elles dormaient enfin (enfin? oui, je ne suis pas une mère sublime comme l'était sa sainte mère), j'ai donc, tandis qu'elles dormaient, copié une partie du matériel de la partition de sa nouvelle symphonie. Puis ai dû m'occuper des choses de la maison et comme il m'avait autorisée — oui, tu avais dis « je t'autorise » — à aller le chercher, je suis arrivée; la répétition était finie et il faisait, il n'y a pas d'autres mots, le joli cœur, presque jeune de nouveau. Rentrés, il m'a dit que je ne l'aimais pas. Bien sûr, je lui ai dit que c'était lui qui ne m'aimait pas ! Et à l'instant lui qui m'était si étranger, à l'instant l'assurance que je ne devais vivre que pour lui m'est revenue. Infirmière à vie, ma vieille Almuch ! Partie la colère.

Il riait (j'y reviens, jalouse? moi? oui !), il voulait croire qu'elle le trouvait vraiment génial. Moi il sait que je le sais une fois pour toutes, alors je ne compte plus.

Est-ce que je me trompe? Est-ce que les hommes, en général, n'emploient pas plus de temps à charmer ceux ou celles dont ils ne sont pas sûr? Et ils s'acharnent, s'usent à les convaincre, scintillent et brillent de tous leurs feux; tandis qu'avec ceux ou celles, comme moi, qui sont là éperdus à vie : rien !

Où est dorénavant ta joie à me subjuguer comme les premières fois?

Bien sûr, moi je l'ai vu se tordre de mal au ventre, je l'ai ententu tousser, je l'ai vu souffrir d'hémorroïdes, d'ulcères... bref, je suis sa femme... (je t'aime Gustav), et maintenant, vu l'insigne honneur que le Maître m'a fait en me choisissant parmi tant de postulantes, je n'ai plus qu'à payer ce choix par un silence poli et souriant. Oui, mais là il y a un malentendu, car vous m'avez aimée Maître justement parce que je n'étais pas polie et ne souriais que lorsque je voulais et non quand on l'attendait. Que c'est difficile d'assumer tout cela.

C'est drôle, je ne suis pas paranoïaque — je sais il ne faut jamais dire que l'on n'est pas fou, c'est une preuve... bla, bla..., — non je ne suis pas paranoïaque, mais calmement, posément, j'écris que je suis ta victime et l'histoire, pourtant, dira que c'était toi ma victime. Normal, l'histoire amalgamera talent et vie (tes os blanchis, les miens aussi !) et je serai l'horrible, celle qui ne pensait qu'à elle, ne parlait que d'elle.

Gustav, pouce ! s'il te plaît.

S'il te plaît, une trêve dans cette vie entièrement axée sur tes œuvres à faire. Je sais, moi aussi je bats des mains et suis si fière quand je vois une œuvre aboutie et jouée, même mal reçue ; je sais le chemin qu'elle va prendre et quel travail de sape elle va faire sur la musique traditionnelle. Je sais ton génie, je ne l'ai pas su tout de suite, mais rends-moi grâce que je ne bêlais pas comme les autres de soi-disant admiration, je disais « je n'ai pas compris » et puis peu à peu j'ai compris... mais je me demande si le temps venant, le temps pressant, le créateur ne préfère pas le langage du flatteur, il est mieux codé, mieux fléché, entre plus vite et finalement tient plus chaud, donne une bouffée de bonheur plus immédiate. Laisse-moi te rappeler ce vieux cocher à Varsovie durant notre voyage de noces. Il faisait un froid à ce que même les canards meurent, il est entré pas assez couvert dans ce buffet de la gare où nous nous étions mis à l'abri, nous n'avions plus un sou, on attendait notre train, tu riais encore un peu dans ce temps-là, non mais tu souriais. (Quand le train est arrivé, j'ai retrouvé au fond de mon sac un louis d'or !) bon, le cocher, je continue, tu n'y couperas pas, enfin c'est une façon de parler, car ce journal je ne te le montrerai jamais mais j'espère, je veux avoir l'honnêteté de ne pas le détruire. Et lorsque des jeunes gens passionnés de ta musique se mettront à étudier ta vie, je veux oui (puisqu'ils n'entendront ni ne liront jamais la musique de Mme Mahler), je veux qu'ils sachent ; qu'ils lisent ma vérité enfin mes vérités. Oui, mes vérités, car j'approche au plus près de ce que je suis et crois sincèrement que je fais des ronds avec les mots jusqu'au cernable, jusqu'au « dicible ». Après ? Après tout le monde inventera, interprétera, mais moi j'aurai essayé de me dire... J'ai perdu mon cocher ? pas du tout Gustav. Je fais trop d'ellipses ? mon écriture n'est pas logique ? construite ? C'est vrai, je t'accorde que s'il fallait que je gagne ma vie en apprenant aux gens comment écrire selon les normes, j'aurais peu de clients. C'est aussi ce qui te plaît. Ne t'agace pas, j'y arrive, je te le promets, je la finis mon histoire de cocher ! Donc, il avait des moustaches qui faisaient des stalactites (ou stalagmites, tu choisiras mais ne me le dis pas, ça m'est totalement égal de ne pas savoir la différence, je laisse aux autres ces savoirs-là ! Orgueil ? Oui, orgueil). Il avait des moustaches et tu as dit en le voyant avaler son cinquième verre de vodka : « Il faut faire quelque chose, prévenir cet homme. Il va mourir à peine ressorti », et je t'ai rétorqué, naïve, ignorante : « Mais non, regarde, il va bien mieux, il est tout ragaillardi. » Très sombre, très sage, très docteur, tu as dit : « C'est un faux mieux » tandis que l'homme sortait en dansant, son bonnet de fourrure au bout de son fouet il chantait et riait... Au matin le train n'arrivait pas, la salle d'attente était glacée, nous avions la marque des bancs de bois incrustée dans le dos, aussi nous avons marché un peu devant la gare. Sur la place un cheval de ses naseaux soufflait pour réchauffer un homme recroquevillé entre ses jambes de devant : il était mort. Bien sûr que c'était le cocher ivrogne, tu avais raison, c'était un « faux mieux » ; eh bien la flatterie systématique des parasites qui t'entourent te procure « un faux mieux », mais tu en aimes le goût comme le cocher celui de la vodka.

En ce moment nous ne nous aimons plus. Pour une fois que nous sortions, après *L'Or du Rhin*, tu t'es agacé, as trouvé que je riais avec Pfitzner et qu'il se penchait trop sur moi. Trop, trop... mais Gustav tu ne te penches jamais sur moi, quand je te le reproche tu me dis, outré : « Mais tu es ma femme. » Si je comprends bien n'ont droit à tes caresses que tes ex-maîtresses ! J'aurais dû rester ta maîtresse mais tu voulais te marier et vite, et moi, exaltée, j'allais, puisque je ne pouvais devenir compositeur, j'allais devenir la secrétaire, l'infirmière, de celui qui allait révolutionner la musique contemporaine. J'aurais dû me méfier de moi, enfant je n'ai jamais accepté de jouer à ces jeux imbéciles où la fille est toujours la maman, la servante, ou seul grade autorisé : l'infirmière, la porteuse de bassin quoi ! (il faut que je sois honnête, j'étais enceinte mais même stérile je voulais être ta femme-servante sin-cè-re-ment).

Et nous sommes rentrés ; en posant ton manteau dans l'entrée avant de monter dans ta chambre, tu m'as dit : « Tu es toujours du côté des autres », c'est que, pardonne-moi, je trouve que tu les agresses mal et je te sens si étranger à moi, et si ostensiblement, que mon Dieu, oui, je me range du côté des autres et puis après, bien sûr, j'ai honte, si honte.

Tu es monté dans ta chambre, j'ai entendu le bruit de ta porte, tu ne ressortiras pas... Tu sais qu'enfant je guettais les domestiques qui dormaient ensemble et me disais : « Moi je dormirai toujours dans les bras de quelqu'un. » Je n'ai jamais dormi dans tes bras. Une fois comment dis-tu ? la chose finie, tu me tapotes l'épaule, m'embrasse sur les deux joues et dis : « Bon, ben... » oui, oui Gustav, tu dis : « Bon, ben... je travaille tôt demain matin » et tu pars et jamais, jamais je n'ai osé te dire que je rêvais de me réveiller avec toi, contre toi, toi dans moi. Tu ne l'as jamais deviné et c'est pour cela que je t'en veux : moi, tellement impressionnée par ton œuvre, je ne dis rien, mais toi, toi est-ce que tu ne pourrais pas deviner que... Non, d'évidence non ! Je sais, je sais, je l'écris sans cesse et je le respecte et le veux aussi ; dès 6 heures tu es assis, lavé, habillé, à ta table à écrire, occupé à polir, repolir l'esquisse, le schéma que tu as tracé pendant nos deux mois de vacances d'été. A 9 heures tu deviens M. le directeur de l'Opéra de Vienne où tu t'épuises à éviter à ces groupes ennemis que sont les musiciens, les danseurs, les chanteurs et les fonctionnaires, où tu t'épuises à éviter les esclandres... O Gustav, je vais en avoir fini de payer toutes tes dettes, et Maïernigg, la plus importante est payée. Dieu que ta chère sœur était mauvaise économe et toi mon chéri... n'en parlons pas, il a fallu que ça soit moi, la bohème, qui me mette à compter, à gérer. Tu t'ingénies vraiment mon cher mari à me faire faire tout ce que pour quoi je n'étais pas faite ! »

P.-S. Tu ne seras plus dérangé par le gramophone que ce vieil officier faisait beugler contre le mur de ton bureau. Tu avais raison, il payait son ordonnance pour qu'il le mette en marche dès qu'il te savait rentré ! Je me suis arrangée pour le rencontrer, nous avons ri (mais oui, Gustav, j'ai ri avec une ordonnance), il aime le vin de Bohême (moi aussi), je lui en ai fait porter un panier et voilà, le gramophone est tombé en panne ! Dis-moi merci, Herr Direktor ! »

« Ça y est... Viré, tu es viré mon amour de la direction de l'Opéra de Vienne. Enfin, tu as donné ta démission et on l'a acceptée comme on dit. Je ne sais plus qui a été moucharder chez l'Empereur. Tu as soutenu Roller ton décorateur contre le maître de ballet Hassreiter... En droit officiel régi par les sans talent, c'est Hassreiter qui avait raison. Aussi, je t'aime Gustav quand toi directeur ou pas tu donnes raison à celui qui a du talent. Bravo, mon amour !

Les décors que Roller a faits pour le *Tristan* que tu as monté étaient grandioses et si différents des autres. Remarque, moi je suis mal placée, j'aime écouter *Tristan* les yeux fermés pour ne pas m'abîmer les yeux et la tête. Me garder pour la musique.

Viré et toutes les dettes que tu avais faites pour faire vivre ta tribu de frères et de sœurs sont payées. J'ai rendu les 50 000 couronnes autrichiennes. Oui, j'ai tout payé Gustav. Reste les pensions à tes trois sœurs, mais c'est la tradition dans ta famille. Si tu veux, nous allons pouvoir avant tout aller en vacances, en vraies vacances, sans se préoccuper qu'à 6 heures tu dois aller devant ta table et de ta plume si fine écrire des notes et des notes... Peut-être, peut-être que ta vie va être autre ? que tu vas pouvoir choisir les villes où tu veux diriger et que ton temps ne sera plus que direction et composition ? Fini d'avoir à auditionner une fausse chanteuse parce qu'elle a fait un petit séjour dans le lit du chambellan de l'Empereur... Fini, Gustav, d'avoir à contrôler l'intendant (un comble, c'est son métier de contrôler non ?). Fini, fini de diriger des opéras bêtes à crever et nuls mais qui t'étaient imposés. Fini d'aller chaque matin dans cette vieille étable dont tous les fonctionnaires sont bêtes comme des porcs... D'accord, je devrais dire des vaches ou alors traiter l'Opéra de Vienne de porcherie.

Souviens-toi de Strauss, la censure avait interdit de donner sa *Salomé*. La censure ! Des analphabètes, des porcs analphabètes avec qui tu devais rester poli, oui, souviens-toi de Strauss, d'accord il avait bu comme un, deux trous la veille (et mangé donc !). Combien il te disait que ton œuvre à toi était éternelle et qu'aussi bien que tu fasses ton travail de chef à l'Opéra, il n'était que temporaire et secondaire...

Etre un grand chef d'orchestre n'est pas aisé, mais être un grand compositeur est bien plus rare, Gustav, quant à être directeur d'un opéra, ça n'est rien.

Quoi ? Nous n'avons plus un sou ?

Je t'accorde que le niveau de nos finances est assez bas. C'est le moment de faire la fête, c'est ce que disait mon père, il ne faut jamais économiser le dernier petit bout, il faut l'avaler tout de suite en un acte gratuit. Si on donnait un gigantesque (enfin un moyen, car nos fonds sont vraiment bas) feu d'artifice ? Mahler vous salue bien ! Mais paix et fête te sont inconnues. Tu vas t'enfoncer encore plus dans tes compositions, je le devine.

Pour vivre ? Peut-être qu'en attendant que ton carnet de chef d'orchestre désormais libre soit rempli de dates, nous pourrions aller vivre chez ma mère. C'est affreux ? Écoute, tu t'entends bien mieux avec elle que moi... Allez, tu n'es pas le plus à plaindre !

Durant ces cinq années, tous les soirs ont été pris par des représentations. Jamais un théâtre, jamais un dîner dans une guinguette. Et pourtant, je le sais mais tu le caches, il y a du rire en toi. Te souviens-tu d'un soir, unique je te l'accorde, nous avions été écouter *La Veuve joyeuse* et en rentrant à la maison, porte à peine fermée, tu m'as prise dans tes bras et nous avons dansé, dansé et chanté. Nous sommes montés et ce soir-là tu as commencé à me dévêtir, tu ne l'avais jamais fait, attendant toujours que je sois couchée pour venir me retrouver. Tes mains s'attardaient, faisaient comme connaissance avec moi... mais tu t'es secoué, tu t'es écarté et m'a prié de te lire les notes de la conférence où j'avais été l'après-midi à ta place sur « l'astronomie d'Aristote à Kant ». Et moi, je n'ai pas voulu, j'ai dit que j'étais fatiguée. Tu as hoché la tête, m'a dit que décidément je n'étais pas « gentille, gentille ! » et j'ai passé ma nuit à chercher qui m'avait dit un jour : « *Alma, votre mari est une abstraction, ce n'est pas un être humain...* »

Mais moi, Gustav, en vous priant de bien vouloir me pardonner l'incongruïté que je vais proférer : je ne suis pas une abstraction mais un être humain ; et cela ne relève pas du divorce mais de l'annulation.

Laissez-moi partir me reposer, laissez-moi aller quelque part où je serai prise en charge, où ça ne sera plus moi qui aurai à décider des choses domestiques, laissez-moi être seule...

Mais qu'est-ce que je raconte, qu'est-ce que j'écris ? »

Schluderbach, 15 juin 1907.

« Pourquoi n'es-tu pas venu courir avec moi dans l'herbe coupée ? Jamais, jamais herbe n'avait senti aussi fort... Est-ce que ça non plus ça ne se fait pas ? En tout cas, moi, mais non personne ne m'a vue ! je me suis déshabillée, et couchée, je me suis recouverte d'herbe. J'aurais voulu que toutes les bêtes, chèvres, veaux et vaches, viennent y manger.

Notre petite Marion est morte du croup et ton cœur, Gustav, bat mal, irrégulièrement.

Je me croyais malheureuse l'an dernier durant ces vacances à Maïernigg. Tu travaillais douze, treize heures de suite à ta *Huitième Symphonie* et t'arrêtais pour manger du pain noir, des pommes et lire la biographie de Goethe sans un mot, sans un regard pour moi des jours, des nuits durant. Peut-être était-ce un été de paix et de beauté à côté de ce que j'endure. Je deviens folle... Je dois vivre assise, dès que je m'allonge je suffoque et me couvre de sueur. Mon corps déchiré par les naissances des deux filles me fait si mal, béante je suis... Quand je pense que tandis que j'accouchais de notre aînée, en sang, tu me conseillais de lire Platon pour être plus calme. Platon !

Moi qui m'affolais de bonheur à l'idée que c'en était fini de l'esclavage après ta démission de l'Opéra, qui croyais que peut-être la vie allait entrer par la porte ?

mais tu ne vivais, goulu, comme un poisson que l'on remet dans l'eau, tu ne vivais que pour composer. Je te voyais encore moins !

La scarlatine de Marion après celle de la plus petite. Je venais d'être opérée encore une fois (pourquoi est-ce que les femmes sont déchirées ainsi pour donner la vie ?). Puisque vous n'aviez plus rien à faire, je veux dire imposé par d'autres, nous décidâmes, oh non, pas de donner un grand feu d'artifice, mais de partir tous un peu plus tôt pour Maïernigg.

Là-bas, Marion a mis quinze jours pour mourir, quinze jours d'agonie : le croup. Elle suffoquait, ses grands yeux ouverts... Toi, tu te tenais visage contre terre près du lac. Ce fut la fin. Un ami, je ne sais plus à l'instant son nom, s'est chargé de tout ce qu'il faut faire après une mort. Toi, ma mère et moi serrés l'un contre l'autre, nous avions fui la maison et puis y a-t-il eu un bruit ? En tout cas nous avons ensemble levé nos visages : c'était le petit cercueil qui entrait, mal, dans le corbillard. Ma mère eut à cet instant une crise cardiaque et moi un évanouissement.

Au soir le docteur est venu nous examiner ma mère et moi, et, pour détendre l'atmosphère, ou avais-tu un pressentiment, tu as dit : « *Dites-moi docteur, vous ne voulez pas m'examiner moi aussi ?* » Tu étais allongé sur le canapé, je me souviens, ta main droite jouait avec les franges du tapis. Le docteur a déboutonné les deux boutons de ton gilet et a glissé son oreille sous ta chemise. Moi aussi je l'avais fait une fois lors d'un après-midi chaud, tu avais fait : « Tsst, tsst... », et comme on chasse une mouche, tu avais enlevé ma tête. Mais le docteur s'attardait, j'ai même eu le temps de me dire : « Ma parole, il fait sa sieste celui-là. » Il s'est relevé, son visage avait changé et là mon cœur s'est arrêté, il avait sa tête de verdict de mort : « *Vous n'avez aucune raison d'être fier d'un tel cœur, Mahler* », a-t-il dit.

Journal New York, automne 1907.

« Aller n'importe où mais partir, partir loin de ce Vienne où plus personne ne te saluait. Normal, tu n'étais plus le directeur de l'Opéra... Partir loin de la tombe de Marion, trop intolérable. Décidés l'un et l'autre à ne parler d'elle qu'au présent, nous avions décidé aussi qu'elle était, qu'elle serait toujours dans une autre pièce de la maison... Et dans cet enfer il y eut ce contrat de quatre mois pour la saison 1907-1908 au Metropolitan de New York. A toi, là-bas, d'entreprendre trois nouvelles mises en scène et d'y diriger trois ou quatre concerts. Bien sûr, le prince a essayé de te retenir. Les hommes sont des pantins qui font immanquablement ce que l'on sait qu'ils feront. Lui qui te reprochait de trop t'occuper de ta carrière, apprenant cette invitation, insista que tu reviennes aussi diriger à Vienne : la célébrité appelle la célébrité. Mais tu as refusé, tu t'es même — tu en avais enfin les moyens — payé sa tête en lui recommandant de prendre un nouveau directeur d'Opéra qui ne serait que chef d'orchestre et surtout pas compositeur. Bref, ce dont il rêvait avant.

Il a triplé ta rente. Dommage que l'on n'ait pas les moyens de lui renvoyer à la figure ! Remarque, moi je préfère la ruine à la pauvreté. Mais toi, tu es raisonnable, tu as accepté et c'est sûrement toi qui as raison : dommage !

Il fallait partir et tous deux... Nous avons laissé la petite, notre seule fille dorénavant, à ma mère et nous nous sommes embarqués. J'ai cru, incurable optimiste, que peut-être notre mariage allait là-bas devenir autre. Et, si tu as passé la traversée couché, hiératique, sur ta couchette, défendant à ton corps de bouger de peur d'être houlé par le mal de mer, moi j'ai presque vécu dehors sur le pont, je voulais me laver de tout ce passé.

D'emblée ce fut le triomphe pour toi, Gustav. Tu avais là un orchestre qui t'enchantait et ce qui te restait de forces tu leur as consacré. Le reste du temps, tu dormais pour t'économiser et aussi, je le sais bien, pour ne pas revoir le petit cercueil cogner contre le corbillard.

Et moi, souvent à l'aube, une couverture sur les épaules, j'étais assise sur la marche du petit escalier de fer qui jouxtait la cuisine, il zébrait la façade arrière de notre hôtel où nous vivions au onzième étage. De là je voyais un peu de vie... Je regardais les couples, ceux qui tenaient la main d'un enfant. Seule, totalement seule. La souffrance, ajoutée à l'incompréhension de nos corps, creusait un fossé entre nous bien plus large que le lac que nous savions autrefois traverser à la nage. Nous ne le faisions que très rarement ensemble, tu préférais nager seul.

Pourtant il y eut, de notre part, quelques tentatives de sorties. Je me souviens d'un dîner où la maîtresse de maison attaquait Wagner à moins qu'elle ne l'ait défendu, en tout cas Mahler s'est agacé et de son ton cuistre l'a vertement rabrouée... ce qui avait marqué la fin du dîner !

La maîtresse de maison est restée debout, n'a pas fait un mouvement vers son fumoir... Je crois même qu'un valet a amené nos manteaux. Une femme s'est penchée vers moi et m'a demandé, avec des yeux immenses et étonnés : « Votre mari fait-il toujours des scènes à table ? »

A vrai dire, madame, je ne vous ai pas répondu d'abord parce que nous ne dînons pratiquement jamais dehors et le plus souvent seuls ou avec des élèves écrasés de respect... Mais, enfin chez nous ? J'aurais pu vous répondre oui, souvent Mahler a le goût du paradoxe et ne tolère pas que l'on émette une théorie qui ne soit pas la même que la sienne. C'est tout simple, non ?

Un matin, je ne pus me lever du lit. *Mahler appela un médecin au téléphone qui, à son tour, en convoqua un autre. Tous deux diagnostiquèrent une faiblesse cardiaque et une dépression nerveuse. On m'administra de la strychnine et on m'interdit de bouger.*

Mes hallucinations ne cessaient pas. Sans cesse je croyais voir mon enfant et elle se mêlait à tout ce que je lisais ou entendais. Un pompier était mort dans le feu, je me répétais les lignes lues mais c'était alors la petite, notre fille, qui était brûlée. Quand je voulais en parler à Gustav, il plaquait sa main sur ma bouche. Lui, pour essayer de chasser l'horreur de cette mort, il ne voulait plus même prononcer les syllabes de son prénom.

— Nous sommes deux pauvres misérables toi et moi, Gustav. »

New York, 1909.

« Je croyais connaître la chaleur, je ne savais rien de cette chape d'air gluant, poisseux, dans laquelle on a la tête ici. « C'est l'enfer en feu », comme disait ma Nania. Ouvrir la bouche c'est risquer d'avoir les intérieurs brûlés. Quant aux pieds, si on ne fait pas attention, ils restent collés au goudron qui fond, mais j'en aime l'odeur.

Merci Gustav d'avancer notre départ et de me laisser aller seule dans cette maison de repos à Tobelbad. J'aime tant la Styrie. Le docteur dit que je suis trop solitaire, qu'il me faut parler avec des gens de mon âge. Toi, je le sais — l'orchestre philharmonique de N. Y. est en vacances —, tu veux finir *Le Chant de la terre,* quel admirable titre, et jeter les grands traits de ta *Neuvième Symphonie,* tu m'as même dit que tu savais déjà l'essentiel de ta dixième.

Anna, notre Gucki, ira chez ma mère. Voilà, notre petite trilogie sera séparée, écartelée. A l'image de notre vie.

Non, tu veux venir avec moi à Toblach, comme c'est gentil. Comment t'avouer que moi qui pleure nuit et jour, qui ne peux même plus me lever, si tu viens, ce qui, je le répète, au milieu de tout ton travail est une preuve d'affection rare, cela va m'épuiser ! En effet, c'est moi qui vais devoir trouver une maison plus large pour nous, pour mère et la petite qui nous rejoindront donc alors que je ne peux plus me lever. Mais, allez, courage Alma, ce seront nos premières vraies vacances conjugales puisqu'on ne sera pas à Maïernigg dans ta maison. »

Toblach

« Ça y est, j'ai trouvé ce qu'il nous fallait, tu peux arriver. C'est une grande ferme en dehors du village, le bas est en pierre, le haut en bois, et elle sent le soir toutes les essences d'arbres. Onze pièces, deux terrasses, deux salles de bains. Tu ris parce que j'appelle cela une ferme ? Allez, une ferme améliorée je te l'accorde, bien que les fermiers, je me dois de te le dire, habitent le rez-de-chaussée (non, je t'en prie, ils sont silencieux comme deux souris. Ça n'est pas assez ? comme deux souris mortes, ça va ?). »

Toblach minuit

« Tu es arrivé. Mais, qui t'a saccagé les cheveux ainsi ? Gustav, quand on va chez le coiffeur on regarde ce qu'il vous fait. O tu es si laid mon amour et je déteste la laideur. Tu as choisi ton emplacement et tu as pris les deux plus belles chambres pour toi (remarque, je te les aurais données), inconscient, tu as demandé que l'on change les lits. Tu voulais le grand, celui qui était dans la chambre en soupente au deuxième (la mienne). Puis-je te faire remarquer que tu es plus petit que moi, « *mon père m'a donné un mari, mon Dieu quel homme, qu'il est petit, je l'ai perdu dans mon grand lit...* ». Tu connais cette ravissante comptine ? Remarque, moi je ne peux pas te perdre dans mon grand lit puisque tu l'as pris pour toi. Si je m'en agace ? Non mais je le remarque encore, c'est vrai : bien que je sache que toi tu n'as rien vu de tout cela. Tu es Mahler, tu es toi, tu arrives en vacances studieuses, il te faut les plus belles chambres et le plus grand lit. Normal, c'est toi le génie. Mais dis-moi Gustav, ce normal-là n'est-il pas trop facile ? *Non, je me trompe ! Ah bon, excusez-moi.*

Je suis si lasse et cette strychnine ne me fait absolument aucun effet, je pleure à jet continu, dès que je suis seule. Et je ris, et je pleure en pensant que le docteur avait dit qu'il fallait que j'aille me reposer entourée de gens de mon âge, pardonne-moi Gustav, afin que je sois enfin jeune... Toi, toi que les porteurs appellent « votre père » tandis que je les paie.

Merci de tes félicitations parce que j'ai été courageuse : vingt-quatre incisions et sans anesthésie (mon cœur trop las), mais je n'ai plus d'amygdales, il paraît que ma tristesse va s'en aller. Que les hommes de science sont bêtes, j'en suis arrivée à vouloir mourir là, tout de suite. Tout est trop lourd parce que, parce que, pourquoi ne pas l'écrire encore une fois, vous m'avez interdit de composer et que vous, tellement occupé à le faire, vous oubliez de m'aimer et aussi que vous ne savez pas aimer une femme et eux, les hommes de science, qu'est-ce qu'ils font ? ils me coupent les amygdales. Barbares... et sans anesthésie s'il vous plaît... »

Juin 1910 — Tobelbad, maison de repos.

« Ça y est, je suis seule, fil détaché (cassé ?), à moi d'essayer de revivre et tu me manques déjà. A Paris tu étais gai pendant les répétitions de ta *Deuxième Symphonie* au théâtre du Châtelet, même si tu étais soufflé de voir que les instrumentistes venaient pratiquement quand ils le voulaient, tu n'as rien dit. *Wo ist Vienne ?* ou même New York ? C'est la France Gustav ! Souviens-toi déjà du foutoir qui entourait tes séances de pose chez Rodin.

Il y a eu cette soirée donnée pour toi par Pierné je crois bien. Debussy, Dukas, Gabriel Fauré et quelques « politiques » bien sûr étaient là. Curieux les autres compositeurs mais aussi un rien anxieux ! Étrange Debussy, énorme comme un porteur de viande des Halles et qui mangeait comme un oiseau. C'est vrai qu'il m'a captivée, est-ce à cause de son premier mariage ? Sa deuxième femme est immensément riche, dit-on. Mais la première, épousée en pleine jeunesse et vivant dans le même dénuement, était de celles dont on dit : « Oh, elle n'a pas su s'élever en même temps que lui », ne pouvait plus vivre la vie de mufleries et de tromperies qu'il lui imposait : mais elle ne pouvait pas non plus vivre sans lui, alors elle s'est, dit-on, empoisonnée une nuit... Lui est rentré et avant d'appeler le médecin lui a fouillé les poches : qu'elle ne parte pas avec l'argent du ménage. Monstrueux monsieur. C'est elle qui l'a raconté car paralysée, elle l'était, mais aussi parfaitement lucide. Apparemment guérie de lui, elle a divorcé dès la sortie de l'hôpital. Elle est morte — sans doute d'amour — quelques mois après. Moi je l'aurais tué ce Debussy avant de mourir. Je l'aurais tué ? Je l'aurais tué ! Eh non ! parce que je connais ses œuvres et qu'un homme comme lui, même immonde, a droit à la vie. Tant pis pour les pauvres femmes qui s'y brûlent. Tu vois, je suis dorénavant si lasse, si morte au-dedans de moi que j'abandonne toute revendication. Il a du talent, il a pu l'exprimer, alors qu'il vive et moi ? et moi que je meure.

Je ne parle encore que de moi ? Oui, c'est vrai.

Tu es furieux de ce que je dis de Debussy ? Non, tu es furieux que je lui laisse la vie car, cochon, il ne l'a pas été qu'avec sa femme... c'est lui qui a monté le scandale, la cabale contre toi. Oui, c'est lui qui s'est levé le premier (je l'ai vu) lors de la création de ta *Deuxième Symphonie* entraînant ce point-virgule de Gabriel Pierné (pourquoi point-virgule ? parce que c'est une forme de ponctuation que je n'aime pas) et Paul Dukas en plein milieu du deuxième mouvement murmurant que « *c'était trop schubertien pour lui* ». Tu as dit, hors de toi : « *trop schubertien mes fesses !* » N'empêche que les acclamations du public (et c'est le public qui sait, contrairement à ce que tu crois, contrairement à ce que l'on dit) n'ont pas lavé l'amertume provoquée par ces départs-là. Tu voulais l'estime, l'admiration de tes confrères français. Tu es un enfant, mon chéri. Je crois bien que peu de créateurs ont ton élégance, ou celle d'un Schönberg, et savent dire tout haut leur émerveillement devant l'œuvre d'un autre. Peu de créateurs et à Paris ça ne se porte pas du tout semble-t-il. Tout le monde fait profession de haïr tout le monde, et si un gentil ose aimer, ose le dire, d'une pichenette on le renvoie dans l'ombre, c'est par trop un imbécile, un naïf, décidément. »

Juillet 1910.

« Je suis donc enfin à Tobelbad et toi tu es resté à Toblach avec ton vieux valet revenu pour l'occasion. La petite est avec mère, elles montent parfois me voir. Cette fois notre trilogie est bien écartelée, éclatée. Écrire m'est difficile, la dépression est totale. Je vis à l'écart de tous. De tout. Le docteur a exigé que je marche un peu l'après-midi, mais il a si peur de ma faiblesse qu'il a demandé à un jeune architecte, il se nomme Gropius et on lui prête grand talent, de me soutenir de son bras. Alors, forcée, je me traîne ou plutôt il me traîne jusqu'à un ruisseau et là, épuisée, je dois m'allonger près du petit pont. Je lis dans Platon « Les Discours de Socrate ». Tu avais raison, ça n'est que lorsque la jeunesse est passée que l'on peut apprécier ses thèmes. Pourtant, j'en ai lu quelques passages à ce jeune monsieur Gropius. Il est tout sauf bête. Il a vingt-sept ans, et d'après ses plans on est en train de construire les usines Fagus. Elles seront tout en verre et acier. Imagine un peu les ouvriers, ils pourront voir dehors ! »

Fin août — Toblach 1910, minuit.

« Tu es venu me chercher tout à l'heure à la gare et toi qui d'habitude me baises la main ou au mieux la joue mais si distrait... là, tu m'as baisée aux lèvres malgré les trois autres voyageurs sur le quai. Toi qui as horreur de ce genre de démonstration, mais pourquoi ? « Tu es belle mon Almschilitzilitzili... » (ô mon petit, ô mon Maître, je déteste, j'ai si honte quand tu t'infantilises).

... La peau enfin irriguée, un cœur qui bat au rythme des autres, oh oui je vais mieux. Je vis Gustav, je vis pour la première fois depuis que je te connais. »

Toblach, 8 septembre 1910.

« Voilà, ce qui devait arriver est arrivé et « tu sais tout », comme on dit dans les petits romans. Maintenant, cassé, brisé, tu dors. Moi, sereine bien que malheureuse pour toi, j'écris. Tu étais assis à ton piano en bas, la servante a apporté le courrier que le facteur laisse dans une boîte à l'orée du chemin, son pas t'irrite trop, tu dis qu'il a le pied droit bien plus lourd que le gauche, mais que c'est peut-être à cause de sa sacoche... Pourquoi je ne vais pas à l'essentiel et pourquoi je parle du facteur ? Parce que, après l'orage, il faut un long temps aux herbes pour se relever... Elle t'a tendu trois ou quatre enveloppes, moi, assise un peu plus loin, je déchiffrais pour la millième fois une partition de Mozart. Tu t'es dressé, blanc, ça n'est pas tant ta pâleur qui m'a terrorisée que cette veine bleue qui battait là, contre ta tempe, affolée comme un petit animal acculé. Ta veine, je ne regardais qu'elle, j'avais si peur qu'elle ne se rompe tandis que tu hurlais, suffoquant : « Mais qu'est-ce que c'est ? Qu'est-ce que c'est, Alma ? » en me tendant la lettre. De loin j'avais reconnu l'écriture, c'était une lettre de Gropius, de Walter, mon amant, oui, mon amant. Une lettre pour moi, il m'en envoyait une chaque jour poste restante, mais celle-là, erreur, acte inconscient, acte conscient, désir de précipiter les choses (je le crois), il l'avait glissée dans une enveloppe à ton nom et bien à l'adresse de notre maison. Oui Gustav, j'ai, cette année, eu un amant. Je t'avais écrit qu'il m'accompagnait dans mes promenades, alors que j'étais si lasse et qu'il fallait m'asseoir près du petit pont. Un après-midi, il faisait doux — il a vingt-sept ans et moi trente et un —, un après-midi, je jouais à faire de la musique avec cette herbe que l'on met de biais dans la bouche, je n'y arrivais pas ; il a mieux placé mes mains, il s'est penché et il m'a donné un baiser, un vrai baiser Gustav. Non je ne suis pas cruelle en te disant tout cela car toi seul comptes, toi seul existes, donc c'est à toi que je dois expliquer que sous ce baiser mon corps s'est mis à exister, à s'ouvrir et je suis devenue une femme et j'ai connu ce que j'avais soupçonné il y a longtemps puis oublié : que l'amour entre un homme et une femme peut provoquer des sensations aussi violentes qu'un tremblement de terre ou l'éruption d'un volcan. Mais c'est toi que j'aime et il était, je te le jure, tes bras, ton sexe. C'est avec toi Gustav que j'ai connu ce que j'ai connu à travers lui, IL A ÉTÉ TON SUBSTITUT. Ne pleure pas, j'aurais dû te parler plus tôt mais comment parler à vingt-trois ans à un homme qui en a 20 de plus ? Comment lui dire, aussi grand soit-il, qu'il y a, qu'il y a quelque chose qu'il ne sait pas faire... quelque chose qui fait que le sang court dans les veines et que les joues des femmes sont roses et que leurs jambes à nouveau savent courir. A demain Gustav, mon amour.

Je suis montée et pour la première fois de notre vie, tu étais dans mon lit. J'ai alors solennellement pris tes mains dans les miennes et t'ai juré que je ne voulais vivre qu'avec toi. Ton visage s'est illuminé et tu as promis, promis des voyages, des rires, des soupers à la pelle... Oh, mon amour, je n'en demande pas tant, non, nous sommes liés l'un à l'autre jusqu'à la mort, c'est tout. Mais que ne t'ai-je trompé plus tôt pour voir combien tu m'aimes et combien je t'aime !

Gustav, j'ai été tout à l'heure te chercher à ton studio. De loin j'entendais des gémisssements, j'ai eu peur. J'ai couru, couru. Visage contre le sol, étendu, tu sanglotais, criais, alors je t'ai menti, mon amour, je t'ai dit que les caresses du jeune homme n'étaient rien, oubliées. Et je t'ai laissé me pénétrer (m'as-tu vraiment pénétrée ?) et t'ai souri après. Je t'ai menti et te mentirai tous les jours qui nous restent à vivre, car je ne peux plus voir un homme de ta force, de ton talent, tant souffrir. « *Pourtant, mon amour infini a, petit à petit, perdu de sa chaleur et de sa force. Maintenant que les assauts impétueux d'un amoureux plein de jeunesse m'ont ouvert les yeux, je sais à quel point j'ai été une naïve...* »

C'est avec toi que je veux vivre bien que pour vivre, toi, tu m'aies mangée, vidée. Tu as tué ce que je voulais être : une créatrice. Tu as voulu, tu as voulu me réduire, me faire reculer, que je vive comme ta mère (déjà humiliée, malheureuse) asservie à un homme : en échange, suprême récompense... « Mais tu es ma femme, Almisch ! »

Tu as tué ce que je voulais être. Inexorablement mon corps s'est comme désincarné à ton contact, toi pur esprit habitué à mater ton corps, tu as voulu que je vive de la même manière. Une tête arrêtée en plein essor, un corps asphyxié, c'est beaucoup Gustav. Sadique, toi ? Oui, grandement, mais tu ne connais pas ce mot. Mais moi, masochiste — je connais, moi, parfaitement ce mot — je me suis prise d'une telle admiration pour ton œuvre, ton esprit, ta culture, que j'ai accepté cette non-vie et, aujourd'hui, où je sais que mon corps disait vrai, qu'une autre vie peut exister entre un homme et une femme, je ne veux pourtant pas te quitter. Cette non-vie avec toi est devenue ma vie. »

Même jour à l'aube.

« Brusquement je me suis réveillée, vers minuit, tu n'étais pas à côté de moi. Ta chambre était vide, je t'ai trouvé inconscient sur le palier.

Avec maman (Dieu qu'elle nous a aidés dans toute cette histoire, je dois le reconnaître) nous t'avons porté, enroulé dans des couvertures. J'ai glissé du café fort entre tes dents serrées.

Le docteur est venu tout à l'heure et a exigé le repos le plus total. Mais toi, malgré ton chagrin ou à cause de ton chagrin ? tu veux amorcer ta *Dixième Symphonie.* Tu dis qu'elle gronde, hurle en toi. »

Quatre jours après.

« Lorsque nous nous promenions en voiture, tu as aperçu Gropius caché sous un pont. Sans le connaître, tu l'as reconnu d'emblée. A vrai dire, je savais qu'il était là. Il avait écrit à ma mère qu'il exigeait de me voir, mais tu te sentais si mal et j'étais si sûre de ma décision : de rester près de toi que je ne voulais pas le voir. Car, si je l'avais revu, est-ce que mon corps, que je ne connaissais pas sous ce jour, aurait plié, obéi au « non » de ma tête?

Rentrés à la maison tu m'as dit, déterminé : « *Je retourne le chercher, il faut que nous parlions.* »

Il faisait nuit quand ils sont arrivés à la ferme. Mahler tenait une lanterne pour montrer le chemin à Gropius. J'étais dans ma chambre, Mahler vint me prier de descendre. L'entretien fut très bref, je priai Grcpius de partir et de m'oublier. J'étais inquiète, j'avais d'abord entendu le pas de Mahler au-dessus de nous puis, plus rien. Je voulais remonter. Il était assis et lisait la Bible.

— *Ce que tu feras sera juste, prends ta décision.*

— *C'est fait, je reste là.*

Il est descendu, a revêtu son manteau, son chapeau et, cérémonieux, l'a reconduit en silence jusqu'à la grand-route. Tu as toujours été si cérémonieux, mon amour !... Vivre sans toi, je ne l'ai jamais imaginé, non, vraiment. Mais connaître l'amour, le physique, oui. Aussi, au matin, j'ai couru au village, j'avais vu qu'il me désirait toujours et je voulais encore une fois être une femme. O Gustav, être brûlée par un regard qui prend possession de vous. Je t'ai dit que je restais, aussi, en vrai propriétaire, je t'ai trouvé sur le chemin du retour, tu revenais prendre ton bien... Mais j'arrivais, Gustav, j'arrivais.

Tout le long de son voyage Gropius m'a envoyé des télégrammes. Je te les ai donnés sans les ouvrir. Toi, tu en as fait une merveilleuse poésie. J'aime que tu te serves de notre douleur pour créer. Ah ! si tu m'avais donné le droit à moi aussi, rien de tout cela peut-être ne...

Je désire toujours Gropius et son affolement, ses exigences me manquent mais je resterai ici.

Que tu es enfantin, Maître, cet après-midi je t'ai trouvé devant ton piano et tu jouais mes lieder. Tu es venu vers moi... « *Mais comment ai-je pu, quel imbécile j'ai été... c'est bon, c'est très bon, il faut que tu composes ma chérie...* » C'est trop tard, mon amour, tout est mort, et trop de gentillesse après trop d'incompréhension, tu sais cela déroute l'animal, le choque même. J'ai repensé souvent à cette lettre de Gropius, à cette lettre qui m'était destinée et qu'il t'a envoyée. Comment a-t-il pu se tromper alors qu'il m'écrivait habituellement poste restante ? Freud t'a dit que c'était une manière de me demander en mariage à toi, mon substitut de père vu ton âge (entre nous, Freud ne pense qu'au père et à la mère). C'était évident qu'il allait te dire cela, tu me l'aurais demandé je t'aurais dit la même chose et tu te serais épargné ce voyage si éprouvant pour le retrouver !

Non, non c'est tout autre chose que je crois car, au sanatorium, lorsque nous étions ensemble, il ramenait toujours la conversation sur toi, voulait tout savoir de toi. Et s'il ne m'avait possédée que pour arriver à toi ? Alors nous serions quittes, car tu le sais dans ses bras c'était toi qui me faisais enfin vibrer. Que l'animal humain manque de simplicité, Seigneur ! Tu es omniprésent !

Ce soir, je suis inquiète. Cet étrange mal de gorge dont tu souffres t'a repris. Nous l'avons tous eu mais toi ça traîne. C'est cette sotte de nounou anglaise qui pour venir avec nous à Toblach a caché qu'elle était malade.

J'ai écrit de nouveau à Walter Gropius. Je ne peux plus me passer de mon désir même en pensée, et je dois m'assurer qu'il l'éprouve toujours. C'est un plaisir tel. Non, une nécessité pour que mes poumons ne cessent pas de respirer et mon cœur de battre.

« Si je l'ai revu? oui, une fois. Si nous...? oui. »

Toblach, 10 septembre 1910.

« *Ne pas venir me chercher parce qu'il fait trop humide et les petits pieds se mouilleraient ou alors mettre des galoches.*

Ton G.

Que n'ai-je reçu ce genre de lettre il y a dix ans. Tu m'interdisais alors de te rejoindre quand tu travaillais, pieds mouillés ou pieds secs.

Oh, mon Gustav, bien sûr que j'ai couru te rejoindre, et pieds nus. »

Munich, 12 septembre 1910.

« La création de ta *Huitième Symphonie* a été un moment inoubliable. Quand tu es arrivé, tu étais pâle malgré les marches et nos repas sur le ponton en plein soleil. A la fin le public debout et cet instant de silence qui prélude parfois au vacarme du triomphe demeurera inoubliable. Ce silence qui, je crois bien, est le plus grand hommage qu'un artiste puisse recevoir. C'est aussi que ces formidables volumes de son, ce soir, sous ta baguette, tu en as fait « *des fontaines de lumière* ».

Et puis, bien sûr, il y a eu ce déferlement de foule, de femmes et d'hommes qui un quart d'heure déjà avant la fin de l'œuvre guettent la porte des coulisses : être les premiers à te féliciter avant même d'attendre que, trempé, épuisé, tu aies pu t'essuyer et changer de chemise. Poussée, cognée, écartée, je les regardais aller vers toi, si heureuse de ton triomphe.

Les voitures, comme toujours, s'organisaient : « Vous avec moi, non vous... » Les Clemenceau avaient prévu un dîner pour toi et tes amis à l'hôtel. La table était immense.

Comme toujours les dames dites du monde s'agglutinaient près de toi et commençaient à se pousser du cul : être assise à la droite du Maître. Alors j'ai reçu un petit papier : « Ceci n'est pas une fête comme je l'entendais. Trouve-nous deux sièges, j'arrive près de toi. » J'ai sangloté. De bonheur ? Non. Si aujourd'hui (parce que Gropius) tu as compris que tu avais envie d'être près de moi, c'est que les autres fois où tu me laissais, seule, errer d'une table à l'autre pour finir coincée à côté de l'invité le plus infime « socialement », et qui trop heureux, espérant que je te le répéterais, me serinait alors de ses projets et ses théories. C'est donc délibérément que tu étais mufle puisque aujourd'hui tu sais voir où je suis placée ? Mais je me demande si mon corps n'est pas plus habitué à tes manques qu'à tes tendresses qui me font un peu honte : comme si tu en faisais trop Gustav, trop et surtout tellement trop tard... »

P.-S. « Ta *Huitième Symphonie* est une grande œuvre.

Rentrés à la maison, cela a été si doux, tu as été chercher Gucki. Tu l'a posée dans mon lit et, encastrés tous les trois l'un dans l'autre, elle dormant nous deux éveillés, avons attendu le jour : heureux. »

18 octobre 1910.

« Tous les trois plus la nurse sur le bateau en route pour N. Y. Cette fois Gustav n'a plus le mal de mer et il court sur le pont avec Gucki. Qu'ils sont beaux, là, je les aime. Nous sommes arrivés le 25, dix jours rien qu'à nous trois. Nous trois. »

Noël 1910.

« *Bon pour l'acquisition d'un solitaire*
d'une valeur de plus de 1 000 $
G. Mahler, N. Y. Noël 1910.

Ainsi mon envie de ce petit solitaire qui brillait tant dans un magasin de la Burgplatz le jour de mes fiançailles, il la connaissait ? Mais celui-ci qui va être trois ou quatre fois plus gros, je n'en veux pas ami, c'était le petit il y a dix ans mais ça ne fait rien ! Ça ne fait plus rien. C'est si touchant mais, je ne sais pourquoi, j'en ai des larmes de honte qui me viennent aux yeux et je ne sais plus ce soir si c'est pour toi ou pour moi. Des larmes de honte à te voir faire, pour moi, tout ce que tu faisais profession de haïr. Aujourd'hui j'avais préparé un sapin et des boules lumineuses pour Gucki. Toi et elle êtes venus vers moi avec cet air qu'ont les enfants et les adultes quand ils désirent avoir un secret mais que l'autre le devine. Bref, il ne fallait pas que je rentre dans le salon jusqu'au signal. « Ils avaient à faire. » Ce matin, ô mon enfant, tu m'avais demandé ton chéquier et ça n'est jamais toi qui paies !

Je vous ai entendus tirer les volets et vous êtes venus me prendre chacun par la main : « Garde les yeux fermés, papa l'a dit... » J'ai gardé les yeux fermés. « Ouvre-les, ouvre-les maintenant ! » et j'ai été saisie de terreur. Toi, tu avais mis des bougies partout et une nappe blanche de dentelle couverte de roses recouvrait aux pieds du sapin un amas. Ah, Gustav, ça avait la forme d'un corps... Comment ne l'as-tu pas vu ? et toi, debout à côté, incongru, tu t'ennuyais déjà et te demandais ce que tu faisais là et pourquoi tu n'étais pas à ta table de travail. Mais c'était Noël et, des années durant (je ne le disais plus), j'avais dit que j'aimais Noël et ses surprises. Tu as vu que quelque chose se passait et, très vite, tu as arraché cette nappe-linceul.

Tout ce que tu n'aimais pas était là, offert. Ce parfum dont je rêvais et que tu disais détester, des jouets à profusion, de la pâte à modeler par kilos. Gucki fait de si jolies choses avec ses mains. Et cet autre « *bon pour une valeur de 40 $ pour un achat le long de la 5ᵉ Avenue...* »

Là, tu avais lâché ! Tu m'as raconté après que tu étais bien entré dans un magasin, que les vendeuses étaient accourues de partout et que tu avais cru soudain entendre des puffins, ces mouettes grises dont le cri te hante, et que tu avais pris les jambes à ton cou.

Nous avons passé l'après-midi tous trois assis par terre. Gucki modelait, disait-elle, un visage beau comme le tien. Toi (je n'osais pas l'ouvrir) tu as ouvert le flacon de parfum que tu n'aimais pas et m'en a posé doucement derrière chaque oreille et au creux de ma robe devant et aussi une touche sur ma nuque. Là où Gropius... mon Dieu. Donc toi aussi tu sais les endroits qui font plier une femme. »

26 décembre, New York.

« Fatiguée, je suis restée allongée... Pourtant Gustav a poussé ma chaise longue près de la fenêtre et je peux maintenant les voir courir dans Central Park. Tu es un pantin tout rouge Gucki, et toi, Gustav, un petit homme tout gris. Vous jouez, faites semblant de me jeter des boules de neige. Mais comme tu t'arrêtes souvent Gustav quand tu crois que je ne regarde pas et assis sur le banc, tête renversée, mon Dieu comme tu es un homme las.

J'ose à peine l'écrire ici mais j'ai envoyé une carte à Gropius. Ses mains, sa bouche, encore une fois... Non. »

Janvier 1911.

Une cantatrice, Gatti-Casazza, est venue. Elle veut chanter un de mes lieder. Gustav se fâche, veut qu'elle n'en chante pas un, mais au moins cinq. Trop c'est trop mon amour ! et n'ont-ils pas vieilli ? C'était un travail d'adolescente, ami, ne te laisse pas aveugler par tes remords. »

20 février 1911.

« Gustav a encore eu une rechute de ces étranges infections de gorge qui ne l'ont pas laissé en paix depuis l'été.

La fièvre qui cédait à l'aspirine s'installe et habite avec lui, à demeure, elle le ronge. Mon Dieu comme il a changé. Ton regard, Gustav, qu'est-ce qu'ils ont tes yeux ?

Cesse de jouer à me demander, toi mort, qui te remplacera. Personne. Personne. Gropius ? Pas un instant, il n'était qu'une prolongation de toi, c'est ça, une prolongation. »

25 février 1911.

« *Dieu merci* tu étais réellement transporté de joie. J'avais été incognito écouter chanter mon lied. Oui, il a eu du succès, la cantatrice avait même dû revenir saluer trois fois, non deux fois. Et tu riais Mahler et tu me serrais les mains. « Dieu merci. » « Oh mon amour quel gâchis... » Je sais, je me répète, et tu as dit encore une fois : « *Je n'ai vécu que pour mon papier.* »

C'est toi qui le dis maintenant, avant c'était moi. »

1er mars 1911.

« Voilà, il y a des streptocoques dans ton sang. Qu'est-ce que c'est ? Le nom est assez joli tu ne trouves pas ? Toi, tu trouverais même le mot musical... « On pourrait » et de tes doigts, sur un piano imaginaire, tu composais sur ces syllabes-là... Mais horreur, c'est un poison. Les Américains terrorisés devant le nom de Mahler n'osent pas le soigner et nous conseillent de rentrer en Europe. Quand ils l'ont dit, je suis tombée à terre, je m'en suis voulu après, c'est lui qui... Comment l'écrire... Et c'est moi qui tombe, je me hais, me méprise. Hystérique, je suis devenue une hystérique.

O tortionnaire Gustav, tu ne supportes aucune infirmière (heureusement que ma mère est arrivée et que vous vous aimez beaucoup, il m'arrive de penser que vous auriez été un vrai couple), les chaussures d'une des infirmières grinçaient sur le parquet : *exit.* L'autre ronflait : *exit.* Finalement tu tolérais la troisième à condition qu'elle ne te regarde jamais : elle était trop laide. O mon enfant chéri et capricieux. C'est elle qui est partie. »

Fin avril 1911, N. Y.

« Le bateau qui doit nous ramener en France est à quai. Sans que tu t'en aperçoives, j'ai vidé nos chambres d'hôtel de tous nos objets personnels. Les malles sont déjà parties. Peut-être l'as-tu parfaitement vu, peut-être sais-tu que tu ne reviendras plus jamais et tu n'as rien dit afin que ça soit moins difficile ? C'est bien possible, vraisemblable même.

Fauve courageux, tu n'as bien sûr pas voulu descendre en civière et tu as salué tous les liftiers de ton salut de chef, pieds joints, bras au corps, un mouvement sec du cou pour pencher la tête et un mini-sourire au visage quand il se redresse.

En mer la fièvre te brûlait, la fièvre te glaçait, nous ouvrions les hublots et les fermions, et comme je dormais sur la couchette supérieure, j'ai pris froid et j'ai la fièvre aussi. Mais comment puis-je écrire une chose pareille alors que Mahler, le grand Mahler, mon mari va peut-être mourir. Parfois je m'horrifie moi-même (n'empêche que j'ai pris froid ! Voilà que je recommence, je me battrais quand je suis comme ça). Ai reçu une carte de Gropius, il l'a envoyée au nom de ma mère, il pense toujours à moi, me désire toujours. Jamais Gustav tu n'as été aussi beau, tes yeux cernés de noir brillent comme jamais et tes lèvres si rouges et curieusement enfin pleines, gonflées, dans ce visage si lisse, si pur. »

Paris.

« Le voyage jusqu'à Paris, ce train, ces cahots, j'ai cru... j'ai cru que tu allais mourir. « *Qu'est-ce donc que cette idée fixe qui s'est introduite dans cette petite tête si profondément et si tendrement aimée qu'elle doit être et devenir elle-même.* » Tu es là agonisant et je te pleure non, je te hurle. Je veux que tu vives, il faut que tu vives... et pendant ce temps-là les roues du train obsédantes me répètent cette petite phrase de ta lettre, la fameuse ! C'est sans doute la plus moqueuse, la plus mordante. Comment j'ose écrire cela ? Mais, mon amour, même à cet instant je ne peux plus mentir. Je hais les mensonges pieux et pourtant je t'en ai fait. Mais là, je ne veux pas : tu as écrit cela... et cette phrase, je l'avais presque oubliée... mais le train lui la sait.

Ce matin tu es là, rasé, assis sur le balcon. Tu as sonné pour le déjeuner : « *J'ai demandé des croissants, il n'y a qu'ici qu'ils sont dignes de ce nom.* » Un miracle, Gustav va guérir. Oh, comme je l'aimerai alors, fini de penser à moi, de me plaindre. Oh, mon Dieu, vous en qui je ne crois pas, faites-le vivre et, je vous le promets, je ne geindrai plus.

Bon Dieu, vous m'avez entendue. Cet espoir fou, lui qui sourit, parle : « *J'ai toujours dit que je guérirais dès que j'aurais le pied en Europe. D'ailleurs, commandons une voiture et allons tous faires une promenade.* »

Mais c'est un agonisant que nous avons sorti de l'auto une heure plus tard. C'en est fini. Il va mourir, je le sais maintenant. Et c'est Pâques, pas un médecin joignable. C'est encore plus facile de mourir à Pâques à Paris ! Pâques, n'est-ce pas la résurrection du Christ ? Comme j'ai raison de ne vraiment croire à rien... Je blasphème ? oui, et alors ?

Gustav parle de sa mort, il veut être enterré près de notre fille et, péremptoire (encore), dit « *Je veux seulement Mahler sur la pierre. Qui viendra me voir saura qui je suis, les autres n'ont pas besoin de le savoir.* » Maître à jamais.

Il est entré, ma mère dit : « Dans le délire » parce qu'il répétait, répétait, il le chantait presque, « *ma vie n'a été que du papier, je n'ai vécu que pour du papier* ». Mon Dieu, dans mes colères, dans mes rages, c'est moi qui lui assenais cela... Et maintenant il le dit, sûr aussi.

J'ai téléphoné à Chvostek à Vienne, qu'il vienne. Je

me méfie de ces médecins français qui me forcent à regarder grandir les streptocoques au microscope. Émerveillés, ils sont émerveillés ces cochons, ils n'en ont jamais vu d'aussi longs ! « Comme des algues. »

Chvostek est venu, a regardé Mahler, les analyses, et il a haussé le ton, enjoué soudain : « *Alors Mahler, on s'amuse à trop travailler ! Il faut rentrer à Vienne et dételer.* »

Cette fois Mahler est perdu.

Ambulance, brancard, train... sa casquette devenue trop grande était toute de guingois, il avait l'air d'un ivrogne, je la lui ai retirée, il m'a regardé, il a compris... non, il a eu honte. Je me hais quand j'ai ainsi des gestes d'esthète.

Je lui baise les mains, je ne saurais vivre sans lui.

Allemagne, Autriche, les journalistes se pressent aux portes du wagon. C'est le retour d'un roi mourant, d'un roi que son pays a fait damner sa vie durant et qui maintenant va s'emparer de son nom, je le sens, je le devine.

L'agonie a commencé... l'ai veillé toute la nuit... ce matin ai couru à la poste restante, il y avait une lettre de Gropius, j'ai besoin en ce moment où ma vie bascule de me sentir désirée... Suis-je un monstre ? Je ne le crois pas, une femme qui ose dire, c'est tout. L'assassinat de ma création, la mort de la petite et maintenant toi, toi qui t'en vas... Mais nous n'en avons pas fini ensemble Gustav.

Lève-toi, je ne veux pas que tu meures, et toi qui tires ton drap et hoches la tête les yeux pleins de larmes, elles coulent le long de tes joues, pures comme de l'eau pure. « *J'ai donné ma vie au papier.* » Oui mon amour, deux vies, trois vies saccagées pour la musique, soit... C'est pour cela... Toi seul pourrais me comprendre, mais bien sûr que je te le tairai, c'est pour cela que j'ai besoin de Gropius. Pour lui je suis encore vivante tu le comprends, n'est-ce pas ? Réponds-moi, dis-le que tu me comprends ? »

Vienne, le sanatorium de Loew.

« Il faut enjamber des fleurs pour arriver jusqu'au lit de Gustav. Des lys blancs du Philharmonique — « *mon philharmonique* » a-t-il murmuré —, eux qui le détestaient... lui qui les détestait mais savait les faire si bien travailler et eux qui finalement pliaient.

Il est si maigre que c'est Jésus descendu de sa croix. Depuis quelques minutes sa main droite dirige et marque les *tempi* sur la couverture, il a dit deux fois « Mozart... »

Gustav Mahler, mon mari, est mort le 18 mai 1911.

C'est la fin d'une vie conjugale vécue sur la pointe des pieds un bâillon sur la bouche pour ne pas le déranger. »

2 février 1919.

« Je sais, censeurs et juges réunis, vous direz que c'est Alma l'égoïste qui a précipité sa mort, que c'est mon acte infâme (n'exagérez rien, messieurs les juges, Gustav, lui, n'a jamais dit que c'était infâme), ma trahison avec Gropius qui lui a ôté le goût de la vie et qui a permis aux streptocoques de proliférer en lui. Je ne peux pas vous empêcher de le dire et de l'écrire... et ne le veux pas. Et pourtant, huit ans après sa mort, sachez que « *tout d'un coup je me rends compte, et cela avec une clarté aveuglante, que j'aime Gustav, que je l'aimerai toujours et que je suis en train de le chercher, même depuis sa mort, mais ne le retrouverai pas. Tous ceux qui m'approchent manquent de maturité et sont négligeables »*

Non, aucun, même Gropius avec qui j'ai été mariée, ni Kokoshka qui fut un amant sublime mais par trop destructeur, non, aucun je ne l'ai aimé comme j'ai aimé mon pur esprit de mari. »

New York, 1960.

« Je voudrais, pour clore définitivement ce Journal que je ne désire plus tenir — je ne le brûlerai pas, mais qu'en adviendra-t-il ? —, je voudrais, puisque les amis, les admirateurs de mon mari m'ont fait et me font encore une réputation de garce égoïste, doublée d'une alcoolique (ce qui est vrai au demeurant, autant l'assumer de mon vivant), je voudrais donc remercier M. Freud d'avoir eu le front de m'envoyer une facture de 300 couronnes après ta mort Gustav, longtemps après. Alors qu'il t'avait dit, obséquieux : « *Que vous soyez venu à moi est un honneur insigne.* » J'ai payé, c'était cher, pour t'entendre dire, ce que c'est vrai, je n'ai osé te dire, Gustav, que tard, bien trop tard pour la réussite de notre couple charnel. Quant à notre entente spirituelle, je nie à quiconque le droit de s'en mêler.

Avais-je du talent ? mes ennemis jureront que non et moi je mourrai persuadée que oui... Finalement Mahler m'a peut-être fait là son plus sublime cadeau. Tous mes lieder joués et chantés, j'aurais su ! Tandis que je rêve encore de mes symphonies non écrites.

Alma Schindler. Veuve Mahler. Épouse divorcée Gropius. Veuve Werfel. »

Merci aux auteurs que j'ai lus ou relus pour bien m'imprégner des maris et me confirmer dans mes intuitions quant à leurs épouses.

Platon
Pléiade, Gallimard.

Victor Hugo
Hubert Juin, Flammarion.

Victor Hugo
Lettre à la fiancée, correspondance.

André Maurois
Œuvres complètes, Tome XVI, Olympio ou la vie de Victor Hugo, Fayard.

Karl Marx, histoire d'un bourgeois allemand
Françoise P. Lévy, Figures, Grasset.

Les Filles de Karl Marx, lettres inédites
A. Michel.

La vie de Freud
Irving Stone, Flammarion.

Freud mon père
Martin Freud, Denoël.

Gustave Mahler
L'âge d'or de Vienne 1900-1907
Henry-Louis de la Grange plus des notes inédites alors prévues pour son troisième tome si amicalement, si généreusement (et pourtant si craintivement) prêtées.

Alma Mahler
Mémoires et correspondance, Éditions Jean-Claude Lattes.

Alma Malher Werfel, ma vie
Éditions René Julliard.

Les phrases en italique dans le texte ont été réellement prononcées ou écrites.

Achevé d'imprimer en juin 1985
sur presse CAMERON
dans les ateliers de la S.E.P.C.
à Saint-Amand-Montrond (Cher)

— N° d'édit. 85115. — N° d'imp. 1186. —
Dépôt légal : juin 1985
Imprimé en France